AF397661

MINA MILLER

Gläserne Mauern

Die dunkle Loge

Mina Miller
DIE DUNKLE LOGE:
GLÄSERNE MAUERN
© 2018 Plaisir d'Amour Verlag, D-64678 Lindenfels
www.plaisirdamour.de
info@plaisirdamourbooks.com
© Covergestaltung: Mia Schulte
© Coverfoto: Shutterstock.com
ISBN Taschenbuch: 978-3-86495-336-1
ISBN eBook: 978-3-86495-337-8

Kapitel 1

Der Wind zerrte wild an ihrem Haar, als wollte er sie von ihrem Vorhaben abbringen. Er fuhr zischend um sie herum und wirbelte ihr sommerliches Kleid gnadenlos um ihre nackten Beine.

Mit zitternder Hand schob sie sich das Haar aus dem Gesicht. Die Arme um sich geschlungen, stand sie vor dem Abgrund aus facettenreicher Dunkelheit und verschwommenen Gestalten. Beschienen von den wenigen Straßenlaternen weit unter ihr, fuhren um diese Uhrzeit nur noch wenige Autos. Sie konnte auf die Dächer der anderen Häuser hinuntersehen und die Höhe verwandelte ihren Magen in einen eisigen Klumpen. Die Kälte betäubte den Schmerz, der ihren Körper fest in seinen Krallen hielt. Sie schluckte mühsam, denn ihr Hals fühlte sich trocken und wund an. Es gab keinen anderen Ausweg für sie. Er würde sie überall finden und grausame Dinge mit ihr anstellen. Evelin Marten nahm einen tiefen Atemzug, drückte die Schultern zurück und krallte die geschundenen Hände in ihr flatterndes Kleid. Langsam schloss sie die Augen. Die Tränen flossen unaufhaltsam über ihre Wangen und ein wehmütiges Lächeln schlich sich auf ihre Lippen.

Sie war überrascht, hatte sie die kleinen Verräter doch vorsorglich in sich verschlossen. Diese Genugtuung, vor ihm zu weinen, hatte sie ihm nicht geben wollen, egal, welchen körperlichen und seelischen Schmerz er ihr zugefügt hatte.

Schluss mit diesen Gedanken! Sie wollte endgültig mit dem Leben abschließen. Nichts mehr fühlen, sehen, einfach nur vergessen. Sie ging einen großen Schritt vorwärts und hörte, wie kleine Steine über die Kante rollten und in der Tiefe verschwanden. Das Blut rauschte in ihren Ohren und ihr Herz klopfte vor Aufregung. Sie war so hoch oben, dass sie den Gehweg unter sich nur schemenhaft sehen konnte.

Entschlossen fasste sie nach dem kleinen Herzanhänger an ihrem Hals, der an einer zierlichen goldenen Kette hing. Fest umschloss sie ihn mit ihrer Hand und dachte an die vergangenen schönen Momente, die sie mit dem Schmuckstück verband. Es gab kein Zurück mehr.

Sie würde endlich frei sein!

Und er konnte ihr nichts mehr anhaben.

Nie mehr!

Sie schaute zu dem sternenklaren Himmel hinauf. Der nächste Schritt würde ihr Letzter sein. Mit einem wehmütigen Lächeln auf den Lippen breitete sie die Arme aus.

„Tu das nicht!"

Erschrocken schrie sie auf und tänzelte auf der Kante des Daches, um ihr Gleichgewicht zu halten. Als sie sicher war, dass ihre Beine nicht unter ihr wegknicken würden, stieß sie hart den Atem aus und drehte sich langsam um. Keine vier Schritte von ihr entfernt stand ein schlanker und hochgewachsener Mann.

„Nichts auf der Welt kann es wert sein, dass du dein Leben beenden willst!"

Der Bariton seiner Stimme war warm und verlockend.

Evelin schüttelte den Kopf und ihre blonden Locken kitzelten sie im Gesicht. Mit ärgerlicher Miene und einer nicht damenhaften Antwort auf den Lippen hob sie den Kopf und schaute in blaugraue Augen, in denen ein gewaltiger Sturm zu brodeln schien. Schwarze Haarsträhnen fielen in ein markantes Gesicht. Sie merkte erst, dass sie den Atem angehalten hatte, als der Fremde sich ihr weiter näherte. Unsicher trat sie einen Schritt zurück und fühlte plötzlich Leere unter sich.

Kaltes Entsetzen packte sie, als sie mit einem Keuchen vom Dach stürzte. Wie in Zeitlupe sah sie den Fremden mit schnellen Schritten auf sich zu hechten. Sein Gesicht war eine Maske aus Unverständnis und Wut. In letzter Sekunde bekam sie den Vorsprung des Daches zu fassen, und ein Ruck ließ ihren gesamten Körper erzittern, sodass ihre Zähne klappernd aufeinanderschlugen. Ein Ziehen in ihrem Arm ließ sie schmerzerfüllt aufschreien. Es fühlte sich an, als würde er ihr aus der Schulter gerissen. Durch den Aufprall an der Hauswand schabte sie sich die Haut auf, ihr ganzer Körper war ein brennendes Inferno. Tränen strömten über ihre Wangen. Der Fremde tauchte über ihr auf und fasste nach ihrem Arm. Sie hörte ihn vor Anstrengung keuchen, doch er hielt ihren Arm weiter fest umklammert. Feine Schweißperlen fanden ihren Weg über sein hübsches Gesicht. Warum konnte sie in einer solchen Situation nur daran denken, wie gutaussehend er war? Er war ein Mann und seine Ausstrahlung glich der von Marcel!

Auf einmal waren die Erinnerungen wieder da. Die Peitsche surrte durch die Luft und traf auf heißes, nachgiebiges Fleisch. Mit lautem Kreischen fing

Evelin an, sich in dem Griff des Mannes zu winden und zu zappeln wie ein Fisch im Netz des Anglers.

Ein unterdrückter Fluch kam von den zusammengepressten Lippen des Fremden. Im nächsten Moment wurde sie hochgezogen und landete an seiner Brust. Ihr Körper wollte ihr nicht mehr gehorchen, ihre Arme und Beine fühlten sich an, als wären sie mit Blei überzogen. Sie konnte sich nicht bewegen, war wie versteinert. Der Mann bewegte seine Lippen, aber sie konnte seine Worte nicht hören, spürte nur die starken Muskeln unter seinem Jackett und seine Arme, die sie wie ein Gefängnis umschlangen.

Nein, nie wieder! Panisch versuchte Evelin, Luft in ihre Lungen zu pumpen, doch ihre Kehle war wie zugeschnürt und langsam wurde alles schwarz um sie herum. Sie nahm noch wahr, wie ihr Gegenüber fluchte und sie vorsichtig auf seine Arme hob. Dann endlich fiel sie in das lang ersehnte Vergessen.

***

Sie war so leicht wie eine Feder. Besorgt betrachtete Adrian die zierliche Gestalt in seinen Armen. Ihr Atem ging ruhig und gleichmäßig, die feinen Gesichtszüge waren entspannt und die Lippen etwas geöffnet. Fasziniert starrte er sie an.

Eine Locke ihres blonden Haares hatte sich in ihr Gesicht verirrt. Vorsichtig strich er sie fort und konnte dabei nicht widerstehen, mit den Fingerspitzen über ihre Wange zu streicheln.

Die junge Frau war ihm sofort ins Auge gesprungen als sie wie ein verschrecktes Tier durch die Lobby des Museums geschlichen war. Der neue Flügel des Museums wurde an diesem Abend eingeweiht und natürlich waren die bereitwilligen Spender zahlreich vertreten. Auch er hatte die Ausstellung mitfinanziert. Vorsichtig und leise hatte sie sich an den vielen Besuchern vorbeibewegt, ohne von ihnen beachtet zu werden. Ihr schulterlanges, gelocktes Haar hielt ihr Gesicht verborgen. Und doch war etwas Besonderes an ihr, das ihn fesselte und ihn seinen Blick nicht abwenden ließ, bis die Frau in einem Treppeneingang verschwunden war.

Adrian folgte der jungen Frau wie von einem unsichtbaren Faden gezogen und bewegte sich selbstbewusst durch die vielen prominenten Besucher der abendlichen Wohltätigkeitsveranstaltung. Er war sich der sehnsuchtsvollen Blicke der Frauen und manch eines grimmig schauenden Mannes sehr wohl bewusst, denn mehr als einmal hatte er verheiratete Frauen mit seinem Charme um den kleinen Finger gewickelt. Als angesehener Junggeselle mit dem Namen Adrian Lorain war er für viele eine prall gefüllte Geldquelle, die sie für sich zu öffnen versuchten. Schon früh hatte Adrian gelernt, sich dem Großteil dieser Geier gegenüber taub zu stellen.

Schnell öffnete er die Treppenhaustür und blickte gezielt nach oben und unten. Er horchte, konnte ihre Schritte aber nicht hören. Wo war sie hingegangen? Das Museum umfasste fünf Stockwerke und er befand sich auf der ersten Etage. Adrian liebte dieses Museum. Schon als kleiner Junge war er staunend durch die geheimnisvollen Gänge gestreift und hatte sich an den vielen Vitrinen mit ihren beeindruckenden Schätzen die Nase platt gedrückt. Am meisten hatten ihn die uralten Gemälde interessiert. Besonders die von starken Frauen, wie die der

Gottesmutter Maria, Jeanne d'Arc oder Kleopatra. Die Anmut und der Stolz dieser Frauen in ihren schwierigen Lebenssituationen hatten ihn schon immer beeindruckt. Ein wehmütiges Lächeln huschte über seine Lippen. Das war zu einer Zeit gewesen, in der die Welt noch in Ordnung schien. Adrian schüttelte traurig den Kopf. Jetzt war nicht der richtige Zeitpunkt für trübsinnige Gedanken. Er musste die junge Frau finden, denn er hatte ein bedrückendes Gefühl in der Magengegend, und das konnte nichts Gutes bedeuten. Ein lautes Knarren drang durch das menschenleere Treppenhaus. Adrian wusste sofort, dass es die Tür zum Dach war, die geöffnet wurde.

Schnell stieg er die Stufen hinauf. Die Treppen schienen kein Ende nehmen zu wollen. Obwohl nur noch zwei Etagen zu erklimmen waren, kam es ihm wie das Treppenhaus eines Hochhauses vor.

Außer Atem und völlig verschwitzt erreichte er endlich die letzte Stufe. Nach dieser Geschichte würde er sein Fitnessprogramm, das er in vorheriger Zeit vernachlässigt hatte, auf jeden Fall wieder in Angriff nehmen. Nicht auszudenken, was seine drei Kameraden sagen würden, könnten sie ihn nun wie einen Hund um Luft hecheln sehen. Der Spott würde sich in ihren Augen widerspiegeln und sie würden ihn sein Eingerostetsein ein Leben lang nicht vergessen lassen.

Auf dem letzten Treppenabsatz angekommen sah er, dass die Tür zum Dach sperrangelweit offen stand. Mit schnellen Schritten ging er hindurch.

Eine Windböe traf ihn hart und ließ ihn fröstelnd innehalten.

Dann sah er sie. Sie befand sich am Rand des Daches.

Viel zu nah.

Sie bewegte sich.

Nein!

Zügig ging er auf sie zu und bellte einen Befehl.

„Tu das nicht!"

Erschrocken drehte sie sich zu ihm um. Adrian sah in grüne Augen, in denen es erst ängstlich, dann ärgerlich blitzte. Und noch etwas meinte er zu erkennen. Eine Mischung aus Verzweiflung und Widerwillen.

Sein Atem stockte. Diese Szene erinnerte ihn an eines der Gemälde im Museum, auf dem eine Amazone, geschlagen und umringt von Feinden, zu sehen war. Auf dem Bild peitschte der Wind Regen und Schlamm auf, doch der Blick der Amazone blieb stolz und unberechenbar. Sie schaute dem Tod mutig entgegen. Es war eines seiner Lieblingsgemälde.

„Adrian, alles in Ordnung?"

Adrian blinzelte und versuchte seine abschweifenden Gedanken zu ordnen.

Drei Männer kamen schnellen Schrittes auf ihn zu. Der kleinere von ihnen, mit Namen Henry, hatte kurze blonde Haare und sah aus wie ein Model. Der bulligere von ihnen, mit dem kurz geschorenen Haar und dem Augenbrauenpiercing, war Falco. Er kniete sich neben Adrian und begutachtete sachte die kleine Elfe. Vorsichtig fühlte er ihren Puls und nahm behutsam einen ihrer Arme in Augenschein. Währenddessen hatte sich auch sein dritter langjähriger Freund zu ihnen gesellt. Patrick, groß, schlank und Brillenträger, war stets auf ein adrettes Äußeres bedacht. Nun sah er kritisch von Adrian zu der Frau in seinen Armen und schob seine Brille höher.

„Du kannst froh sein, dass Henry dich im Auge behalten hat. Bei den ganzen aufgeblasenen Truthähnen da unten war das gar nicht so einfach. Kannst du mir bitte erklären, wer diese Frau ist? Und was zum Teufel habt ihr zusammen auf diesem Dach gemacht?“

Das war nicht gut!

Wenn Patrick zu fluchen anfing, war das kein gutes Zeichen.

Adrian wollte gerade etwas erwidern, als Falco sie unwirsch unterbrach. „Das hat Zeit bis später! Das Mädchen muss ärztlich untersucht werden. Schaut euch die Verletzungen an ihren Handgelenken an und das hier …“

Vorsichtig schob er ihre Haare von der Schulter. Der linke Träger ihres Kleides war zur Seite gerutscht und gab tiefrote Striemen preis, teilweise verheilt, andere noch frisch.

Alarmiert wechselten die vier Blicke und Henry fuhr sich aufgebracht durch das Haar.

Adrian schaute grimmig. Die Lippen hatte er wütend zusammengepresst. Dann erhob er sich mit der Frau im Arm.

„Wer auch immer das war, wird nicht ungeschoren davonkommen.“ Seine Stimme hatte einen gefährlichen Unterton angenommen. Derjenige, der sich Adrian zum Feind machte, konnte sich schon mal sein Grab schaufeln. „Ich konnte gerade noch verhindern, dass sie vom Dach springt.“

Bestürzt schauten ihn seine Freunde an. Henry wurde kreidebleich, Falco stieß ein Knurren aus und Patrick hatte die Hände zu Fäusten geballt.

„Falco, fahr mit dem Wagen zum Hinterausgang, wir treffen uns dort. Henry, misch dich unter die Besucher und rede mit dem Personal. Vielleicht weiß einer, wo sie hergekommen ist, oder hat etwas Auffälliges beobachtet.“

Henry nickte, klopfte Adrian kurz auf die Schulter und machte sich mit Falco auf den Weg nach unten.

Patrick zückte sein Handy. „Ich werde Dr. Wessler im Krankenhaus anrufen und ihr mitteilen, dass wir vorbeikommen werden.“

„Nein! Ich werde sie mit zu mir nehmen. Bestell den Arzt in mein Haus.“

„Bist du dir sicher? Was ist, wenn sie aufwacht? Kommst du damit klar? Es kann sein, dass sie psychologische Hilfe benötigt. Wir wissen ja nicht, was sie alles durchgemacht hat.“

„Wenn sie psychologisch betreut werden muss, wird es in meinem Haus geschehen. Ich lasse sie nicht mehr aus den Augen.“

Zweifelnd schaute Patrick ihn an. „Ich hoffe, du weißt, was du tust, Adrian.“

Dieser betrachtete das Geschöpf in seinen Armen. Er war wild entschlossen, seine Amazone vor ihren Peinigern und sich selbst zu beschützen.

Kapitel 2

Etwas kitzelte Evelin an der Wange. Unendlich langsam öffnete sie ihre Augen und musste mehrmals blinzeln, um scharf sehen zu können. Ihr Bewusstsein fühlte sich wie ein klebriger Kaugummi an, der auseinandergezogen wurde. Sie nahm als Erstes die weichen Kissen und Decken wahr, auf denen sie lag. Kühl schmiegten sie sich an ihre geschundene Haut. Sie hob den rechten Arm und strich sich eine Strähne ihres Ponys aus dem Gesicht. Sie fühlte sich so leicht, fast unbeschwert. Wie lange war es her, seit sie sich so gefühlt hatte? Es kam ihr vor wie eine Ewigkeit.

Ihre Gedanken konnte sie nicht ordnen, sie durchflogen ihren Kopf wie ein Schwarm Schmetterlinge, und ein tiefes Seufzen bahnte sich seinen Weg aus ihrer Kehle. Sie lag in einem großen Himmelbett. Zu ihrer Rechten befanden sich Fenster, die den Blick in einen wolkenverhangenen Himmel freigaben. Daneben standen ein Kleiderschrank, ein Schreibtisch und eine kleine gemütliche Sofaecke, über der ein riesiges Gemälde an der Wand hing. Das Zimmer war geschmackvoll eingerichtet. Die allumfassende Farbe war ein warmes Grau.

Ein sanfter, blumiger Duft stieg ihr plötzlich in die Nase und sie drehte den Kopf zum Nachttisch. Dort stand eine wunderschöne Porzellanvase, gefüllt mit bunten Blumen, die das süße, angenehme Aroma verbreiteten. Es war sogar Lavendel dabei.

Diese kleine, zarte Blume hatte sie schon immer gemocht. Es kam ihr vor wie in einem anderen Leben, als sie die violetten Blumen in ihrem Garten gepflanzt hatte. Sie hatte förmlich in ihnen versinken können. Wenn sie aufgewühlt, traurig oder ärgerlich war, zog sie sich zu ihrem Lavendel zurück, um neuen Mut und Energie zu schöpfen. Im Winter hatte sie einen ordentlichen Vorrat Lavendelsäckchen parat, die sie verkaufte. Viele Leute wussten von ihrer Vorliebe und gaben gleich mehrere Bestellungen bei ihr auf. Lange saß sie abends noch an der Nähmaschine, um die kunstvollen, gut duftenden Säckchen zu nähen und mit ihrem ganz eigenen Charme zu versehen.

Langsam setzte Evelin sich im Bett auf und zuckte vor Schmerz zusammen. Sie schaute an sich herunter und nahm den Verband wahr, der sich von ihrem linken Handgelenk bis zu ihrer Schulter erstreckte. Auch das andere Handgelenk war fachmännisch verbunden worden und auf ihrem Rücken spürte sie ein weiteres Ziehen. Dort konnte sie einen Verband spüren. Wo war sie?

Auf einmal war die Erinnerung wieder da. Der Abgrund, die Lichter, ein Mann. War er ein Hirngespinst ihrer Fantasie oder war er wirklich da gewesen? Diese Augen …

War sie vielleicht doch gesprungen?

War sie tot?

Der Schmerz in ihrem Arm sagte ihr jedoch etwas anderes. Ihr Herz begann zu rasen.

Was war passiert und an welchem Ort befand sie sich?

Hastig sprang sie vom Bett, verhedderte sich mit den Beinen in den Laken, stolperte unbeholfen zum

Fenster, drehte den Griff herum und riss es auf. Sie stützte sich mit zitternden Händen am Rahmen ab und holte langsam tief Luft. Sie musste sich konzentrieren, durfte nicht zusammenbrechen.

Wie viel Zeit in den vergangenen acht Wochen hatte sie genauso zugebracht, still in sich gekehrt, um den Schmerz und die Dunkelheit um sich herum zu vergessen? Sie ballte die Hände zu Fäusten. Ihre Fingernägel bohrten sich schmerzhaft in ihre Handflächen. Krampfhaft versuchte sie, sich nicht an das Geschehene zu erinnern. Doch sie konnte die Gedanken nicht aufhalten. Wie ein Ertrinkender, der nach dem erlösenden Sauerstoff lechzte, fraßen sie ein Loch durch das sorgsam aufgestellte Netz, das sie um die albtraumhaften Erinnerungen errichtet hatte. Stück für Stück bröckelte der Schutz, und die Erinnerungen trafen sie mit der Wucht eines Vorschlaghammers.

… Das hämische Grinsen in seinem Gesicht, die pure Bösartigkeit in seinen Augen und diese allumfassende Überheblichkeit. Eine Fratze aus Begierde und Wahnsinn.

Dann sah sie Madeleine. Er hatte sie grob am Arm gepackt und sie in dem Wissen, sie damit zutiefst zu verletzen, wie eine Trophäe vorgeführt. Madeleines entsetztes, tränenüberströmtes Gesicht, die weit aufgerissenen Augen, in denen absoluter Unglaube und Schock geschrieben standen, ließen alles in Evelin zu Eis erstarren, und ihr kämpferisches Ich fiel wie ein Kartenhaus zusammen. Sie hatte gebettelt und gefleht, sich ihm statt ihrer Schwester angeboten, alles in dem Wissen, dass er es genoss, wie sie sich vor ihm wand, denn das befriedigte sein sadistisches Herz mehr als alles andere. Beide wussten, dass er gewonnen hatte. Er hatte es geschafft, ihren Willen zu brechen, und das kostete er in vollen Zügen aus. Alles Kämpfen und Wehren hatte keine Wirkung gezeigt. Es hatte sein Begehren nur noch mehr angestachelt. Er nahm Madeleine mit sich und sie blieb allein in ihrem Gefängnis zurück. Im Dunkeln zurückgelassen und gefangen, dazu verurteilt, die fürchterlichen Schreie ihrer Schwester tatenlos mit anhören zu müssen. Evelin schlug gegen die eiserne Tür und schrie so lange, bis ihre Stimme mit einem kläglichen Krächzen erstarb und ihre Arme schmerzhaft und nutzlos an ihr herunterhingen. Evelin wusste ganz genau, was er mit ihrer Schwester machte, und sank kraftlos und entmutigt zu Boden, die Knie angezogen, den Kopf zwischen den Armen vergraben. Sie konnte das alles nicht mehr ertragen. Sie hatte keine Kraft mehr und hoffte sehnlichst, endlich den Verstand zu verlieren, um alles vergessen zu können. Dass ihr nächstes Treffen mit Madeleine jedoch noch viel schlimmer und grauenhafter werden würde, hatte sie bis zu dem Zeitpunkt unmöglich ahnen können.

… Eine Bewegung neben ihr riss sie aus ihren schauerlichen Gedanken.

„Miaaauuu."

Eine dicke Katze mit rotem, langem Fell und zuckendem Schwanz saß am offenen Fenster und schaute sie aus schmalen, bernsteinfarbenen Augen an. Blinzelnd versuchte Evelin, ins Hier und Jetzt zurückzukehren und ihren schnellen Herzschlag zu beruhigen. Eine Panikattacke würde ihr jetzt auch nicht weiterhelfen.

Der kleine Löwe hatte Ähnlichkeit mit der Katze ihrer Oma. Clara war jedoch um einiges schmaler gewesen. Sie hatte es sogar ein paarmal geschafft, dem Besuch das Essen vom Teller zu stibitzen. Mit einem Lächeln im Gesicht streckte sie dem Fell-knäuel ihre Hand entgegen.

„Hallo meine Kleine, du bist aber eine Hübsche.“

Das Tier zuckte mit den Ohren, ließ sich genüss-lich das angenehm weiche, flauschige Fell am Kinn kraulen und fing an zu schnurren. Bei einem Bellen von draußen drehte sie sich trotz ihrer Leibesfülle behände um, sprang schnell mehrere Fensterbänke herunter und landete mit einem geräuschvollen Plumpsen in einem Strauch. Mit hochgezogenem Schwanz, als wäre es das natürlichste der Welt für sie, so laut zu landen wie ein Düsenjet, stolzierte sie heraus und war im nächsten Moment hinter einer Trauerweide verschwunden.

Umringt wurde die Weide von wunderschönen Blumen und Sträuchern. Sie alle waren ordentlich um sie herum gepflanzt, und doch gab es überall geheime Bereiche, die die Fantasie anregten. Ein kleiner Brunnen, versteckt unter tiefgrünem Efeu, plätscherte unter ihrem Fenster vor sich hin. Sie hätte sich nicht gewundert, wenn der Froschkönig persönlich aus seinen Tiefen emporgekrochen wäre, so märchenhaft war die Ausstrahlung des kleinen Gärtchens. Hinter den hohen Hecken, die es ein-grenzten, konnte man den weiteren Garten nur er-ahnen.

Wo in aller Welt war sie gelandet?

Sie drehte sich um, ging in das Zimmer zurück, und sofort sprang ihr das edle Gemälde wieder ins Auge, welches die komplette Wand über dem Sofa einnahm. Vorsichtig trat sie näher und berührte den verzierten goldenen Rahmen. Er fühlte sich kalt und rau unter ihrer Hand an. Was für ein wunderschönes, anmutiges Kunstwerk.

Das Bild stellte eine verwunschene, traumhafte Szene auf einer Lichtung im Wald dar. Junge Frauen, in kurze, weit flatternde Gewänder gekleidet, tanzten um fünf Männer herum. Jede schien förmlich zu schweben, und der Ausdruck in ihren Gesichtern war sowohl verschmitzt als auch keck. Ein Mann streckte den Arm nach einem der Mädchen aus, aber dieses tanzte geschwind aus seiner Reichweite heraus. Ein anderer hatte ein Mädchen um die Hüfte gepackt und versuchte, sie sich über die Schulter zu werfen. Das feenartige Wesen schien zu lachen, und ein lüsternes Funkeln lag in ihren Augen. Die Männer hatten allesamt ihre begehrlichen, hungrigen Blicke auf die Frauen gerichtet.

Evelin bekam eine Gänsehaut. Das Bild war so friedlich und doch voller Verheißung.

Ein zartes Klopfen an der Tür riss sie aus ihren Gedanken und ließ das Blut schneller durch ihre Venen rauschen.

Plötzlich wurde die Tür geöffnet und eine junge Frau kam herein. Ihre langer Pferdeschwanz leuchtete rot wie Mohnblumen.

„Hallo! Ich hoffe, ich habe dich nicht erschreckt? Dr. Wessler sagte, du würdest bestimmt bis in den Nachmittag hinein schlafen. Wie geht es dir? Ich habe hier ein paar Kleider für dich und hoffe, sie passen, sie sind nämlich von mir." Die Frau tippte sich mit dem Finger an das Kinn und begutachtete Evelin einmal von oben bis unten. „Ja, die Sachen müssten dir passen. Nur an der Länge müssen wir noch etwas machen. Adrian wird dir sicherlich bald eigene Anziehsachen besorgen."

Evelin starrte die Frau mit offenem Mund an. Sofort fiel ihr der Mann mit dem durchdringenden Blick auf dem Dach wieder ein. Fröstelnd rieb sie sich die Arme.

Als hätte die andere Frau ihren emotionalen Wandel mitbekommen, klatschte sie einmal schnell in die Hände. „Tut mir leid. Ich bin eine Plaudertasche." Sie warf Evelin ein entschuldigendes Lächeln zu. „Sei unbesorgt, du bist hier in Sicherheit. Adrian ist ein fürsorglicher Mensch. Übrigens heiße ich Liz und freue mich sehr, dich kennenzulernen. Eine weitere weibliche Seele in diesem verruchten Haus ist mir immer willkommen, und ich hoffe, die Blumen gefallen dir. Endlich kann ich in diesem Haus mal Blumenvasen aufstellen. Ich glaube, außer Adrian wissen die anderen Männer die schönen Blüten gar nicht zu schätzen."

Sie streckte Evelin ihre Hand entgegen, doch diese zögerte. Liz machte einen fröhlichen Eindruck, wie konnte so etwas möglich sein? Sie lebte in einem Haus voller Männer, und mindestens einer von ihnen hatte eine dominante Ader, das wusste Evelin seit dem Zusammentreffen auf dem Dach des Museums.

Evelin schüttelte den Kopf. Komisch, sie schien in diesem Haus zu leben, sie musste wissen, was es bedeutete, aber trotzdem … Sie schien nett und auf eine schusselige Art sympathisch, auch wenn sie redete wie ein Wasserfall. Liz hatte den Kopf leicht zur Seite geneigt und schaute sie mit großen Augen an.

Was soll's! Vielleicht machte Liz es ihr einfacher zu erfahren, wie sie von hier verschwinden konnte.

Evelin ergriff ihre Hand, und Liz strahlte über das ganze Gesicht. „Es freut mich auch, dich kennenzulernen. Ich heiße Evelin, aber nenn mich ruhig Evi."

Sollte Liz noch etwas mehr anfangen zu leuchten, befürchtete Evelin, eine Sonnenbrille zu benötigen. Es würde sie nicht wundern, wenn Liz gleich einen Purzelbaum schlagen und einen Freudentanz aufführen würde. Ein Lächeln stahl sich auf Evelins Lippen. Sie hatte diese unbeschwerte Liz schon jetzt lieb gewonnen. Umso schwerer würde es ihr fallen, sie hier zurücklassen zu müssen.

Liz drückte ihr die Anziehsachen in die Arme und beförderte sie zu der anderen Tür in dem Zimmer. Schneller als Evelin es begreifen konnte, hatte Liz sie schon in ein edles Badezimmer geschoben. Helle Marmorwände und eine große runde Badewanne in der Mitte des Zimmers nahmen ihren Blick gefangen.

„Du kannst alles benutzen, was du siehst. Bestimmt möchtest du dich etwas frisch machen. Aber pass bitte auf die Verbände auf. Adrian sagte, sie helfen beim Heilungsprozess und sollen noch draufbleiben."

Liz wollte gerade die Tür schließen, da drehte sie sich mit einem schelmischen Grinsen auf den Lippen noch einmal um. „Ach, bevor ich es vergesse: Du wirst von Adrian schon erwartet, und er mag es gar nicht gerne, lange warten zu müssen. Es wäre also besser, du sputest dich etwas, denn glaube mir, du möchtest nicht, dass er dich holen kommt."

Sie zwinkerte Evelin zu und schloss mit einem Ruck die Badezimmertür.

Sofort lief Evelins Fantasie auf Hochtouren. Sein Name war Adrian. Sie sah einen männlichen Schatten, der in das Badezimmer stürmte und sie mit seinen Blicken, die ein Feuer der Begierde in ihr entfachten, an Ort und Stelle festnagelte. Seltsamerweise spürte sie bei dem Gedanken nicht nur Grauen, sondern auch ein leichtes Prickeln zwischen den Beinen. Etwas, das sie schon seit langer Zeit nicht mehr gespürt hatte.

Evelin entglitten die Anziehsachen, die nun auf dem schwarzen Fliesenboden landeten.

Das durfte doch alles nicht wahr sein.

Sie vergrub das Gesicht in ihren Händen.

Womit in aller Welt hatte sie das verdient? Sie hatte doch mit all dem abschließen wollen.

Evelin ging müde zum Spiegel über dem elfenbeinfarbenen Waschbecken. Sie sah schrecklich verwahrlost aus und hatte dunkle Ringe unter den Augen. Nachdenklich schaute sie auf ihre Handgelenke und fing an, die Verbände abzuziehen. Die aufgeschürfte Haut schimmerte rosa und die Striemen an den Handgelenken waren verblasst.

Das letzte Stück des Verbandes fiel ins Waschbecken. Sie fuhr mit einem Finger die Striemen an ihrem Handgelenk nach. Nur ungern dachte sie an die aufgeschürfte, blutige Haut, die unter dem unbarmherzigen Griff der eisernen Handschellen entstanden war. Die Striemen waren inzwischen fast verheilt, und wenn sie Glück hatte, würden keine Narben bleiben. Es schüttelte sie, und sie wollte nichts sehnlicher, als ihre Vergangenheit zu vergessen.

Ein Klopfen war an der Tür zu hören. „Evi, ist alles in Ordnung da drinnen?“ In Liz' Stimme schwang ein besorgter Unterton mit.

Evelin richtete sich am Waschbecken auf und zog die Schultern zurück. „Ja, alles gut. Ich komme gleich."

Kampfeslustig schaute sie sich im Spiegel an. Sie versuchte, das angenehme Kribbeln in ihrem Magen zu unterdrücken, das sie empfand, wenn sie an Adrians intensiven Blick dachte. Schnell machte sie ihre Katzenwäsche und zog sich an. Liz hatte ihr eine lockere Bluse und eine weite Leinenhose mitgebracht. Beim Anziehen der Bluse bemerkte sie, dass diese so weit geschnitten war, dass sie den Verband auf ihrem Rücken problemlos verdeckte, ohne sie in ihrer Bewegung einzuschränken. Sie kämmte sich schnell das zerzauste Haar, besah sich noch einmal im Spiegel und ging zufrieden zur Tür.

Evelin würde sich höflich für die Rettung bedanken und sich dann verabschieden. Sie wollte ganz neu anfangen. Weit weg von hier.

Allerdings gab es eine Stimme tief in ihrem Innern, die die Hoffnung nicht aufgeben wollte, dass es vielleicht doch noch ein Happy End für sie geben würde. Aber konnte sie Adrian wirklich trauen? Er war ein dominanter Mann, und sie hatte sich geschworen, sich nie wieder auf einen solchen einzulassen. Allein der Gedanke, ihm gleich gegenüberzustehen, ließ sie ängstlich zittern.

Liz führte sie durch einen großen Altbau. Überall sah man dunkle Holzbalken, die Böden wurden von dicken Teppichen bedeckt und an den Wänden hingen prachtvolle Gemälde. Evelin schaute sie neugierig an, konnte aber keines entdecken, das so wunderbar war wie das in ihrem Zimmer. Ein wenig enttäuscht folgte sie Liz eine Treppe hinunter in eine große Eingangshalle, an deren Decke ein riesiger Kronleuchter hing, wie sie ihn bisher nur im Film *Titanic* gesehen hatte. Sie bogen in einen der vielen Flure ab. Selbst mit einem Wegweiser würde sie sich im Innern dieses Hauses verlaufen.

Liz stoppte abrupt und blieb vor einer großen Doppeltür stehen. „Du musst allein reingehen. Er erwartet dich. Viel Glück!"

Sie drückte Evelins kalte Hände, um ihr ein wenig Mut zuzusprechen. Mit roten Wangen wandte sie sich danach um und ging wiegenden Schrittes in die entgegengesetzte Richtung weiter.

Evelin spürte, wie ihr die Hitze den Nacken emporkroch und ihre Handflächen zu schwitzen anfingen. Das Herz klopfte ihr bis zum Hals. Was sollte sie nur machen, wenn er genauso schrecklich war wie ihr wahnsinniger Entführer? Evelin wurde plötzlich schlecht. Sie konnte das nicht noch einmal durchmachen!

Im nächsten Augenblick wurde die Doppeltür geöffnet und Evelin sprang erschrocken zurück, wobei sie über ihre eigenen Füße stolperte und mühsam um ihr Gleichgewicht kämpfte. Nebenbei nahm sie den Schatten eines großen Mannes wahr, der sie überragte.

„Was zum …! Wieso stehen Sie vor meiner Tür wie ein festgefrorener Eiszapfen?"

Evelin erkannte die Stimme wieder.

Sie konnte die Balance nicht mehr halten und landete unsanft auf dem Hosenboden. Fluchend rieb sie sich den schmerzenden Hintern und zog dabei eine Grimasse, die einem kauenden Lama alle Ehre gemacht hätte.

Kapitel 3

Verdammt was für einen köstlichen Anblick sie bot.

Adrian musste sich schwer zusammenreißen, um nicht in schallendes Gelächter auszubrechen. Wie die junge Frau dort vor ihm auf dem Boden saß, mit zerknirschtem Gesicht und der viel zu großen Hose, war sie ein Bild für die Götter. Seine Blicke glitten wissend über ihre hübschen Kurven und die üppigen Brüste, die sich ihm unter der Bluse verführerisch und neckend entgegenstreckten. Ihr Arsch hatte nun schon ungewollt einen Vorgeschmack seiner zukünftigen Erlebnisse erfahren. Adrian würde es lieben, ihren Hintern erst in einen zarten Rosaton und dann in ein dunkleres Rot zu färben. Bei dem Gedanken juckte es ihn in den Fingern, denn eines war klar, so schnell würde er seine Amazone nicht mehr gehen lassen.

Wann hatte er das letzte Mal so über eine Frau nachgedacht? Die kleine Amazone war nicht nur wie ein Tornado in seinen Verstand gefegt, sondern auch auf direktem Wege in seinen Schwanz.

Schnell sammelte er sich und half der jungen Frau auf die Beine. Zögernd legte sie ihre Hand in seine.

„Das tut mir wirklich leid, ma chérie. Hätte ich gewusst, dass Sie wie eine Biene am Honig an meiner Tür festkleben würden, hätte ich mich natürlich erst bemerkbar gemacht, bevor ich die Tür öffnete."

Evelin warf ihm einen vernichtenden Blick zu.

Oh, wenn Blicke töten könnten.

Wenn alles nach Plan verlief, würde sie es sich schon bald zweimal überlegen, ihn so anzufunkeln.

Er stand dicht vor ihr und sie nahm einen feinen Geruch nach Moschus und Blumen wahr. Evelin konnte ihn nun das erste Mal richtig in Augenschein nehmen. Er war einen Kopf größer als sie und hatte schwarze Haare, die im Nacken von einem Zopf gebändigt wurden. Sein dunkelblaues Hemd hatte er lässig über seiner Jeans hängen. Die obersten Knöpfe waren geöffnet und gaben ein Stück gebräunter Haut frei. Da er sie fast mühelos den Dachvorsprung hochgezogen hatte, wusste sie, dass er einen durchtrainierten Körper hatte. Als sie in sein markantes Gesicht sah, wurde ihr Blick von den sturmgrauen Augen gefangen genommen, die sie schon auf dem Dach in ihren Bann gezogen hatten. Evelin schluckte mühsam und merkte, wie ihr die Röte ins Gesicht stieg. Sie fühlte sich ertappt. Schnell senkte sie den Kopf, spürte seine Aufmerksamkeit aber immer noch auf sich gerichtet.

„Nun, nachdem Sie mich augenscheinlich bis ins kleinste Detail begutachtet haben, würden Sie bitte eintreten?" Galant hielt er ihr eine der mit Schnörkeln verzierten Türen auf.

Schnell umrundete sie ihn, um aus seiner Reichweite zu kommen. Wie ein verschreckter Hase, der versuchte, vor dem Fuchs zu fliehen, schlug sie einen Haken und verschwand in seinem Büro, nicht ahnend, dass sie gerade die Fuchshöhle betreten hatte. Sie saß in der Falle.

Evelin meinte, den Mann amüsiert lächeln zu sehen, doch im nächsten Moment hatte er seinen durchdringenden Blick auf sie gerichtet. Seine Mimik gab keines seiner Gefühle preis. Somit hatte sie keine Möglichkeit, ihr Gegenüber einzuschätzen.

Evelin wischte sich unauffällig die schweißnassen Hände an der Hose ab. Sie versuchte, ihrem Herzen zu befehlen, endlich ruhiger zu schlagen. Ein auswegloses, zum Scheitern verurteiltes Unterfangen.

Sie musste jetzt unbedingt einen klaren Kopf behalten. Nur nebenbei nahm sie die hohen Bücherregale wahr, die zu beiden Seiten die Wände einnahmen. Ihr Fokus lag auf dem Mann, der, ihr den Rücken zugekehrt, am Fenster stand und scheinbar gelassen in den großen Garten dahinter blickte. Seine breiten Schultern luden zum Anlehnen ein. An diese konnte man sich bestimmt anschmiegen und den Rest der Welt vergessen, während man sich sorgsam beschützt fühlte. Es schien ihr wie eine Ewigkeit, in der ihr das Blut in den Ohren rauschte, bis er endlich zu sprechen anfing. Sie war so in Gedanken versunken, dass sie es beinahe nicht mitbekommen hätte.

Blinzelnd richtete sie sich ein wenig mehr auf. „W… wie bitte?"

Verdammt, sie musste sich unbedingt konzentrieren. Warum fiel es ihr nur so schwer, ihre Gedanken zu ordnen?

Er drehte sich um und sah sie mit einem strengen Blick an. „Ich hatte Sie gefragt, wie es Ihren Verletzungen geht. Meine Ärztin hat Sie untersucht und behandelt, als Sie bewusstlos waren. Durch den abgefangenen Sturz haben Sie im linken Arm eine Muskelzerrung davongetragen. Was die anderen Verletzungen auf Ihrem Rücken und an den Handgelenken angeht, würde ich gerne von Ihnen hören, woher sie stammen."

Er ließ sie keinen Augenblick aus den Augen.

Evelin schluckte hart. Ein bitterer Geschmack lag ihr auf der Zunge. Sie vertraute diesem Mann nicht. Wie sollte sie ihm da von dem grauenhaften Albtraum erzählen, den sie durchgemacht hatte?

Sie hob entschlossen den Kopf und sah ihm ins Gesicht. „Das geht Sie nichts an!“

Bevor sie einem unbekannten Mann von ihrem Martyrium erzählte, sollte sich der Boden unter ihren Füßen auftun und sie im Ganzen verschlingen. Sie würde nicht noch einmal so leichtgläubig sein und einem fremden Kerl vertrauen.

Sie registrierte, wie sich eine seiner Augenbrauen nach oben wölbte. Evelins Mund fühlte sich wie ausgedörrt an und sie befeuchtete ihre trockenen Lippen mit der Zunge.

Sein Adlerblick folgte jeder ihrer Bewegungen.

Als hätte jemand einen Schalter umgelegt, war plötzlich eine elektrische Spannung im Raum zu spüren. Ihr war, als wenn sie über einem lodernden Vulkan stehen würde, der jeden Moment ausbrechen konnte, um sie mit seinem Feuer zu verschlingen.

Evelin setzte ein gezwungenes Lächeln auf und fokussierte den Schreibtisch. Sie wusste nicht, ob sie seinem Blick standhalten konnte. „Verstehen Sie mich bitte nicht falsch. Ich danke Ihnen für meine Rettung, aber nun möchte ich mich von Ihnen verabschieden. Ich habe nicht vor, Ihre Zeit weiter in Anspruch zu nehmen.“

Nervös blinzelnd schaute sie ihn an. Adrian beobachtete sie eine Weile schweigend. Sein Blick reichte tief und brannte sich in ihr Innerstes. Evelin spürte, wie sich diese verdammte Hitze zwischen ihren Brüsten und in ihrem Geschlecht ausbreitete. Sie konnte fühlen, wie die Feuchtigkeit zwischen ihren Schenkeln zunahm.

Warum reagierte ihr Körper immer noch so auf Dominanz?

Wie konnte er sie so hintergehen?

Sie hoffte sehnlichst, ihr Gegenüber würde es nicht merken, wusste jedoch, dass diese Hoffnung nur das bleiben würde, was sie war, nämlich eine Illusion. Wenn er wirklich aufmerksam war, würde er ihr jede Gefühlsregung an der Nasenspitze ablesen können.

Der Gedanke, dass jeder in ihr lesen konnte wie in einem offenen Buch, behagte ihr gar nicht. Nervös kaute sie auf ihrer Lippe herum und begann, ihre Hände zu kneten.

Der Mann stützte sich mit den Armen auf seinem Schreibtisch ab und beugte sich zu ihr vor. Sein Hemd spannte sich über zwei muskulösen Armen, und seine Augen glitzerten gefährlich.

„Und was genau bringt Sie zu der Annahme, dass ich Sie nach der ganzen Geschichte einfach gehen lasse? Sie wollten sich vom Dach stürzen und haben sich aufgeführt wie eine Verrückte. Mal abgesehen davon, dass Sie noch verletzt sind."

Mit einem langsamen, fast schleichenden Gang kam er um den Tisch herum und lehnte sich mit verschränkten Armen ihr gegenüber an den Schreibtisch.

Sie biss sich unbewusst auf die Lippen. Stand ihr jetzt etwa eine Moralpredigt bevor? Evelin musste an ihre Schulzeit zurückdenken, denn er verhielt sich wie ein Lehrer, der gleich mit seiner Strafpredigt anfangen würde. Seltsamerweise entlockte ihr der Gedanke ein Schmunzeln. Ihr ehemaliger Lehrer, Herr Jackson, hatte sich mehr als einmal die Zähne an ihr ausgebissen. Er hätte ihrem jetzigen Gegenüber in Sachen Attraktivität und Ausstrahlung jedoch keinerlei Konkurrenz machen können.

„Ich sage Ihnen, wie es weitergehen wird." Damit unterbrach er ihren erheiternden Gedankengang. „Sie bleiben so lange mein Gast, bis Ihre Verletzungen verheilt sind und Sie mir erzählt haben, was Ihnen widerfahren ist."

„Nein!"

Es fehlte nicht viel und sie hätte wie ein trotziges Kind mit den Füßen gestampft. Was bildete sich dieser Lackaffe eigentlich ein? Er konnte sie doch nicht gegen ihren Willen festhalten. Der Kerl hatte ihr Leben gerettet und glaubte jetzt, über sie bestimmen zu können? Wenn er sich da mal nicht täuschte!

****

Adrian konnte in der Frau lesen wie in einem offenen Buch. Ein großer Vorteil und ein Muss, wenn man sich, wie er, Master nennen wollte.

Er ging langsam auf sie zu.

Evelin wich wie ein erschrockenes Reh vor ihm zurück und stieß irgendwann mit dem Rücken an eines der Bücherregale. Sie konnte nicht weiter.

Mit unbewegter Miene stützte er sich mit den Händen links und rechts neben ihrem Kopf ab. Sein Gesicht war nur noch wenige Zentimeter von ihrem entfernt.

Evelin hielt die Luft an. Sie hatte keine Möglichkeit, sich ihm zu entziehen.

„Sie werden in meinem Haus als Gast bleiben, solange ich es will. Ich glaube kaum, dass sie ansonsten der Polizei erklären wollen, warum sie von einem Dach springen wollten. Die würden sie schneller, als sie Nein sagen könnten, in die Psychiatrie
einweisen lassen, was sicherlich nicht in Ihrem Sinne wäre."

Er hatte leise gesprochen, nahezu gefährlich leise.
Sein Blick glitt über ihr Gesicht. Große grüne Augen blickten ihn unsicher an.

Er schaute tiefer und seine Augen blieben an ihren
Lippen hängen. Adrian konnte den Blick nicht von
ihnen lösen. Sie sahen so unendlich weich aus, und
er konnte es kaum erwarten, dass sie sich um seinen
Schwanz legten.

***

Evelin war es nicht möglich, sich zu bewegen. Ihre
Beine fühlten sich wie Pudding an. Sein Mund war
nur wenige Zentimeter von ihrem entfernt.

Evelin war von seiner Aura gänzlich umhüllt.

Sie durfte ihm nicht verfallen. Sie musste hier weg!

Nervös suchte ihr Blick etwas, das ihr helfen würde, ihm zu entkommen. Ihre Hände glitten Halt suchend über das Regal in ihrem Rücken. Sie bekam
etwas Hartes, Glattes zu fassen, dachte nicht nach,
handelte intuitiv. Fest umklammerte sie das Buch
und klatschte es mit Schwung ihrem Gegenüber an
den Kopf.

Der Mann zuckte kurz zusammen und sah sie mit
einem Blick an, der eine ganze Horde Rehe zum
Flüchten gebracht hätte. Er richtete sich auf und sie
erstarrte.

„Sie haben mir ein Buch an den Kopf geworfen“, knurrte er leise. „Wissen Sie eigentlich, wie kostbar und alt diese Bücher sind?“

Evelin konnte nur benommen den Kopf schütteln. Was hatte sie getan? War sie jetzt von allen guten Geistern verlassen?

„Vielleicht sollte ich Sie gleich auf der Stelle knebeln und fesseln. Danach werde ich Ihnen so sehr den Hintern versohlen, dass Sie sich wünschten, Sie hätten noch nie ein Buch zu Gesicht bekommen!“

Evelin wurde kreidebleich. Und wie ein Blitz, der in einen Baum einschlug, begann ihre Fantasie Purzelbäume zu schlagen. Sie sah genau vor sich, wie er sie sich, teuflisch grinsend, übers Knie warf, ihr die Hose mit einem Ruck vom Körper zog und ihren prallen Hintern mit seiner großen Hand bearbeitete. Wie sie schrie und zappelte, sich nach Kräften wehrte, nur um sich dann ihrem Schicksal zu fügen. Wie sie vergaß, wer und wo sie war, während ihre Tränen seine Hose durchtränkten.

Evelin öffnete den Mund, aber es kam kein Wort heraus. Sie schluckte mühsam und spürte ein sehnsuchtsvolles Ziehen in ihrer Magengrube. Dabei wusste sie doch am besten, wie schrecklich es enden konnte, wenn man sich mit einem dominanten Mann einließ.

Evelin wollte so etwas nie wieder durchmachen müssen.

***

Adrian ließ sie frei und trat einen Schritt zurück. Ihr Blick senkte sich automatisch zu Boden. Ohne sich darüber im Klaren zu sein, zeigte sie ihm damit ihre devote Seite.

Er konnte sehen, wie es in ihrem hübschen Köpfchen arbeitete und ratterte. Dass noch keine Dampfwolken aus ihren Ohren qualmten, war ein Wunder. seine Dominanz machte sie geil und dass noch intensiver, als er es für möglich gehalten hatte.

Er hob das besagte Buch vom Boden auf und las den Einband. Sie hatte doch tatsächlich William Shakespeares *Romeo und Julia* erwischt.

***

Ein Zucken um seine Mundwinkel herum ließ sie das Schlimmste befürchten. Er fing an zu zittern.

Ob sie ihn doch schwerer als gedacht am Kopf erwischt hatte?

Sie wollte sich gerade zu ihm vorbeugen, als er sich mit einem Ruck aufrichtete und in schallendes Gelächter ausbrach. Erschrocken wich sie weiter zurück. Jetzt hatte er eindeutig den Verstand verloren!

***

Adrian konnte sich nicht daran erinnern, wann er das letzte Mal so herzhaft und befreit gelacht hatte. Er wischte sich die Tränen aus den Augen, ging einen Schritt zurück und seine Amazone trat flink zur Seite. Er stellte das Buch an seinen Platz, dann drehte er sich zu ihr um und streckte ihr seine Hand entgegen.

„Ich denke, es ist besser, wenn wir noch einmal von Neuem beginnen. Mein Name ist Adrian Lorain. Du darfst mich Adrian nennen. Ich bin der

Besitzer dieser hübschen kleinen Villa hier und du wirst bis auf Weiteres mein Gast sein.“

Evelin war erfrischend anders, als all die anderen Frauen mit denen er zusammen gewesen war. Trotz der schlimmen Erfahrungen die sie erlebt haben musste, gab sie nicht nach. Ihre rebellische Ader brachte sein Blut in Wallungen. In Gedanken spielte er schon mehrere Sessions mit ihr durch. Wie viel Schmerz sie wohl ertragen konnte? Er wusste, hier musste er vorsichtig und behutsam vorgehen, aber ihre eindeutigen sexuellen Reaktionen auf seine dominante Art konnte sie nicht vor ihm verbergen. Er würde sie zu seiner Sub machen, er konnte gar nicht anders, hatte sie ihn doch bereits auf dem Dach in ihren Bann gezogen.

***

Er ließ seinen Blick langsam und genüsslich über ihren Körper gleiten. Dort wo er sie ansah spürte sie ein Prickeln auf ihrer Haut. Er spielte mit ihr, dabei könnte er sich doch einfach nehmen, was er wollte.

Mit einer zärtlichen Geste strich er ihr federleicht über die Wange. Evelin zwang sich dazu, weiter zu atmen, den kostbaren Sauerstoff irgendwie in ihre Lungen zu pressen. Seine dominante Ausstrahlung löste widersprüchliche Gefühle in ihr aus. Sie ertappte sich bei dem Gedanken, wie es wäre, von einem Mann dominiert zu werden, der wirklich nur das Beste für sie wollte, der sich um sie sorgte und dem sie sich vertrauensvoll hingeben konnte. Die Aufregung ließ ihr Herz schneller schlagen. Wieso dachte sie nach all den Schrecken immer noch darüber nach, sich auf so einen Mann einzulassen?

„Ich werde dich nun herumführen und dir alles zeigen. Du darfst dich frei im Haus und auf dem Anwesen bewegen. Solltest du jedoch den dummen Gedanken fassen, auf eigene Faust von hier fortzugehen, würde ich dir davon abraten. Das Gelände ist von einem hohen schmiedeeisernen Zaun umgeben. Dazu kommt ein Wachdienst, der im Außenbereich seine Runden zieht.“

Evelin konnte es nicht glauben. War der Kerl etwa Dagobert Duck und besaß einen riesigen Geldtresor? Oder litt der Mann vielleicht an Verfolgungswahn? Wobei, wahrscheinlich wollte sie gar nicht wissen, womit er sein Geld verdiente, bei diesen ganzen Sicherheitsvorkehrungen.

Es blieb ihr wohl vorerst nichts anderes übrig, als in den sauren Apfel zu beißen und hierzubleiben. Sie seufzte tief und ergriff vorsichtig seine Hand, als hätte sie Angst, sich bei der Berührung zu verbrennen.

„Ich heiße Evelin Marten. Sobald meine Verletzungen verheilt sind, werde ich gehen und du wirst mich nicht aufhalten!“

„Sehr erfreut, Evelin.“

Adrian hatte ein verschlagenes Grinsen im Gesicht, wie ein Fuchs, dachte Evelin plötzlich.

Galant hielt er ihr die Tür auf, und ohne ihn eines weiteren Blickes zu würdigen, ging sie an ihm vorbei.

Kapitel 4

Es gab keinen Ausweg.

Alle Räume, die ihr gezeigt wurden, sowie der wunderschöne, parkähnliche Garten, boten keine Möglichkeit zur Flucht. Die Zäune, die alles eingrenzten, waren massiv und viel zu hoch, um drüberzuklettern. Evelins Hoffnung schwand mit jedem Schritt mehr, mit dem sie Adrian folgte. Das Wachpersonal bestand aus vier Männern, die Adrian ihr nacheinander vorstellte. Jan, David, Mike und Erik. Sie strahlten eine autoritäre Art aus, genau wie Adrian. Das waren bestimmt auch Master. Verdammter Mist, wo war sie nur gelandet?

David, Erik und Jan begutachteten sie neugierig. Unter ihren prüfenden Blicken bekam sie eine Gänsehaut. Jan zwinkerte ihr verschmitzt zu. Da sein Lächeln freundlich war, lächelte sie unsicher zurück. Adrian sah sie an und wieder hob sich seine Augenbraue bedenklich in die Höhe. Evelin starrte ihn, mit nach vorn gestrecktem Kinn, trotzig an.

Mike klopfte Adrian auf die Schulter. „Da hast du dir ja eine schöne Herausforderung eingebrockt."

Er grinste, dann sah er Evelin an, und seine rehbraunen Augen schienen sie auszuziehen. Ihr ganzer Körper kribbelte, und sie spürte, wie sich ihre Nippel aufrichteten. Mikes Grinsen wurde nun noch breiter, und Evelin fühlte sich wie ein Lamm, gefangen in einer Höhle mit hungrigen Wölfen.

„Ich wette ein ganzes Monatsgehalt, dass die Kleine spätestens morgen Abend nicht mehr ordentlich sitzen kann.“

„Da bin ich dabei!“, rief David.

Die vier redeten wild durcheinander. Scheinbar war sie jetzt auch noch der Mittelpunkt einer Wette geworden. Das war wirklich unglaublich! Genervt verdrehte sie die Augen.

Plötzlich verstummten die Gespräche, und die wissenden Blicke der Männer lagen auf Evelin. Sie spürte, wie ihr die Röte in Gesicht schoss.

Die Männer konnten doch keine Gedanken lesen?

Unbewusst rückte sie ein Stück näher an Adrian heran.

***

Adrian schmunzelte und nahm es wohlwollend wahr. Es gefiel ihm, dass sie bei ihm Schutz suchte. Er konnte selbst nicht begreifen, warum ihm diese Frau nach so kurzer Zeit so sehr unter die Haut ging. Er wusste nur, dass er schon lange nicht mehr eine solche Freude empfunden hatte, eine Frau bis aufs Blut zu triezen. Dass seine kleine Walküre sowohl anschmiegsam als auch aufbrausend war, gefiel ihm besonders gut.

***

Sie verabschiedeten sich von den Männern, gingen über einen Kiesweg zurück zum Haus, und Evelin hätte schwören können, dass sich die Blicke der vier auf ihrem Hintern eingebrannt hatten.

Evelin staunte über die Größe des Anwesens. Die Villa bestand aus drei Etagen und war teilweise mit Efeu bedeckt. Die Giebel leuchteten tiefrot und an manchen Stellen konnte man graue Steinfiguren zwischen dem ganzen Grün erkennen. Das Haus hatte eine genauso märchenhafte Ausstrahlung wie das Gärtchen unter ihrem Fenster. Zu ihrer Rechten konnte sie ein Laubwäldchen sehen. Ansonsten sah der Vorgarten, wenn man ihn so nennen konnte, sehr ordentlich und akkurat aus. Evelin spürte, wie ihr Herz schneller klopfte. Von so einem verwunschenen Haus hatte sie schon immer geträumt.

An der edel verzierten Haustür angekommen, öffnete Adrian diese, stellte sich mitten in den Durchgang und versperrte ihr den Weg. Grinsend lehnte er sich an den Türrahmen und bedeutete ihr mit dem Arm, hindurchzugehen. Evelin verzog schmollend das Gesicht. Das machte er doch nur, um sie zu ärgern.

Sie hatte jedoch keine Kraft für eine weitere Auseinandersetzung mit ihm und so näherte sie sich ihm bis auf wenige Zentimeter. Sie konnte seine Körperwärme spüren, und die Härchen in ihrem Nacken richteten sich auf. Er duftete nach Rosen. Wie seltsam. Ob er diese Blumen wohl sehr mochte? Dabei musste sie an die wunderschönen Rosen in der Blumenvase in ihrem Zimmer denken. Was war nur mit ihr los, dass ihr Kopf auf Autopilot schaltete, sobald sie in seiner Nähe war? Als wäre Adrian ein starker Magnet, der sie ununterbrochen anziehen würde. Es war mühselig, dagegen anzukämpfen, aber ihr Verstand warnte sie wie eine riesige Sirene davor, ihm nachzugeben.

Adrian führte sie die breite Treppe hoch zu ihrem Zimmer. Sie blieben vor der Tür stehen und Evelin fand sich plötzlichen zwischen Adrian und der rettenden Tür wieder.

„Ich möchte dich nun bitten, auf dein Zimmer zu gehen und dich auszuruhen. Später kommt Dr. Wessler, um nach dir zu sehen, und Liz wird dich am Abend abholen, denn ich erwarte dich um 19 Uhr im Esszimmer.“

Sein Blick ging ihr unter die Haut. Er war ihr wieder so nah, dass sie die Wärme seines Körpers spüren konnte.

„Ach ja, bevor ich es vergesse: Du hast gegen meine Anweisung gehandelt und deine Verbände an den Handgelenken entfernt.“

Evelin schluckte hart. Das hatte sie schon längst vergessen. Wenn er ihr so nahe kam, war es, als würde sie ihren Körper nicht mehr unter Kontrolle haben. Ein angenehmes Prickeln wanderte von ihrem Magen zwischen ihre Beine.

Den linken Arm am Türrahmen abgestützt, beugte er sich zu ihr herunter. Sein Mund war genau an ihrem Ohr, sein Atem verursachte ihr eine Gänsehaut. „Daher wirst du heute Abend ohne Unterwäsche zum Abendessen erscheinen.“

Evelin erstarrte. Sie fühlte sich, als wäre ein Eimer kaltes Wasser über ihr ausgeschüttet worden.

„Ich werde Liz anweisen, dir nur deine Kleidung zu bringen.“

„Das kannst du nicht machen!“

Sie keuchte atemlos und erkannte ihre hohe Stimme nicht wieder.

„Mhmmm …“ Er strich sanft mit seinen Lippen ihr Ohr entlang, wanderte tiefer und liebkoste ihren Hals. Ihr Kopf war mit einem Mal wie leer gefegt.

Evelin hatte das Gefühl zu vibrieren. Sie schmolz förmlich dahin und es fühlte sich fantastisch an. Aber eine nervige Stimme in ihrem Innern flüsterte ihr zu, Adrian nicht zu trauen. Plötzlich spürte sie einen Schmerz an ihrem Hals.

„Autsch!“

Evelin wich zur Seite, legte ihre Hand auf die schmerzende Stelle und funkelte Adrian böse an. Er hatte sie gebissen!

Adrian grinste sie an und leckte sich über die Lippen. „Du schmeckst wirklich köstlich, ma chérie. Ich freue mich schon darauf, dass du meine Anweisung ein zweites Mal nicht befolgst.“ Er hob ihr Kinn und schaute ihr tief in die Augen. „Denn solltest du dich nicht daran halten, wirst du nackt, wie Gott dich geschaffen hat, zum Abendessen erscheinen!“

Evelin riss die Augen auf. Das konnte nicht sein Ernst sein?

Doch in Wahrheit wusste sie es besser. Er war ein Master, und diese Männer waren, ihren Erfahrungen nach, unberechenbar. Er wollte sie triezen und quälen. Und sie spielte ihm, mit ihrer offensichtlichen Erregung, auch noch in die Hände.

„Also, bis heute Abend zum Dinner. Ich bin gespannt, für welche Garderobe du dich entscheiden wirst.“

Damit ließ er sie stehen und ging die Treppe herunter. Wie konnte sich ein Mensch so bewegen? Als wäre er Mensch und Raubtier in einem.

Evelin flüchtete in ihr Zimmer und knallte die Tür hinter sich zu.

Es war ihr egal, dass sie sich wie ein aufsässiges Kind aufführte. Sie war stinksauer. Was fiel diesem arroganten Mistkerl eigentlich ein? Wütend schritt sie im Zimmer hin und her und raufte sich die Haare. Sie musste unbedingt von hier verschwinden.

Müde ließ sie sich rückwärts aufs Bett fallen und verdeckte mit einem Arm ihr Gesicht. Sie musste in Ruhe nachdenken.

Der Duft von Lavendel und Rosen hüllte sie ein und sie entspannte sich. Die Kraftanstrengungen der letzten Stunden forderten nun ihren Tribut. Evelin spürte, wie ihr die Gedanken entglitten und eine bleierne Müdigkeit von ihr Besitz ergriff, und war nach wenigen Sekunden eingeschlafen.

Kapitel 5

Ein Klopfen an der Tür ließ Evelin aufschrecken. Die Schatten in ihrem Zimmer waren länger geworden und müde wischte sie sich die verstrubbelten Haare aus dem Gesicht. Sie fühlte sich schrecklich. Ihr Rücken hatte die unbequeme Haltung nicht gut überstanden und auch ihr linker Arm schmerzte wieder.

Es klopfte erneut, bevor sich die Tür einen spaltbreit öffnete. „Guten Tag! Ich bin Dr. Wessler, darf ich hereinkommen?"

Ohne eine Antwort abzuwarten, trat eine hochgewachsene Frau ins Zimmer. Sie hatte einen Hosenanzug an, der ihre weibliche Figur betonte. Ihre schwarzen Haare hatte sie zu einem Dutt gedreht. Der Blick, der Evelin entgegenkam, schien unzufrieden.

Die Ärztin schnalzte missbilligend mit der Zunge. „Sie sehen aber gar nicht gut aus, haben Sie etwa in den Sachen geschlafen?" Die Frau hatte einen silbernen Koffer dabei, den sie neben dem Bett abstellte. „Darf ich?"

Evelin nickte und die Frau setzte sich zu ihr auf die Bettkante. „Ich bin Ihre Ärztin und habe Sie untersucht, als Sie bewusstlos waren. Lassen Sie mich bitte mal Ihre Wunden sehen."

Evelin gehorchte und zeigte der Frau ihre Handgelenke. Sie war froh, dass es sich bei ihrem Gegenüber um eine weibliche Person handelte. Der Gedanke, sich von einem Mann verarzten zu lassen, bereitete ihr Unbehagen.

„Ihre Handgelenke sehen sehr gut aus. Die Wunden heilen, deshalb würde ich Ihnen keine Verbände mehr anlegen."

Evelin konnte sich ein müdes Kichern nicht verkneifen.

Dr. Wessler schaute sie über ihre Brillengläser hinweg verwundert an.

„Nun ja, wissen Sie, ich hatte die Verbände heute Mittag abgenommen. Aber Adrian war darüber wenig erfreut. Er hätte es anders besser gefunden."

Die Ärztin sah Evelin ungläubig an. Dann stahl sich ein breites Lächeln auf ihre Lippen. „Ich sehe schon, mit Ihnen wird es nicht langweilig werden. Kein Wunder, dass er so einen Narren an Ihnen gefressen hat." Sie beugte sich näher zu Evelin. „Wenn ich Ihnen einen Tipp geben darf: Reizen Sie ihn ruhig noch etwas mehr. Als seine Ärztin kann ich das nur befürworten." Sie zwinkerte ihr verschwörerisch zu.

„Dann schaue ich mal nach Ihrer Schulter und dem Rücken." Evelin zog ihre Bluse aus und mit geschickten Fingern entfernte Dr. Wessler fachmännisch beide Verbände. Auf Evelins Rücken klebte sie ein großes Pflaster über eine noch nicht verheilte Stelle. Ihre Schulter bekam einen elastischen Verband.

„Evelin, ich darf Sie doch so nennen?" Die Frau wartete ab, bis Evelin ihr ein zustimmendes Nicken gab. „Ich möchte nur, dass Sie wissen, dass Sie mit mir reden können. Ich bin eine gute Zuhörerin. Und ich bin ganz ehrlich." Sie drehte sich zu Evelin um und schaute ihr ernst ins Gesicht. „Ich und jedem anderen in diesem Haus ist klar, wie Ihre Verletzungen entstanden sind. Es würde Ihnen sicherlich dabei helfen, das Erlebte zu verarbeiten, wenn Sie mit jemandem darüber sprechen würden."

Jeder wusste Bescheid? Das bestätigte nur ihre Vermutung, dass die männlichen Bewohner allesamt BDSM praktizierten.

„Sie scheinen, abgesehen von den äußerlichen Verletzungen, keine weiteren gesundheitlichen Einschränkungen zu haben. Ich habe in Ihrem Blut eine hohe Dosis an Hormonen entdeckt. Daher gehe ich davon aus, dass sie vor einiger Zeit eine hormonelle Verhütungsspritze erhalten haben."

„Das ist wahr." Die Worte kamen ihr nur schwer über die Lippen. Es wäre das Letzte für ihren Peiniger gewesen, sie zu schwängern. Er wollte seinen Spaß mit ihr haben, keine enge Verbindung zu ihr knüpfen. Sie hatte sich die Spritze freiwillig geben lassen. Nicht auszudenken, wenn sie von ihm schwanger geworden wäre. Im Nachhinein ängstigte sie der Gedanke, dass sie alles für ihn getan hätte, am allermeisten. Doch zu dem Zeitpunkt hatte sie noch nicht hinter seine wahren Absichten blicken können.

Wie ein Blitz war plötzlich die Erinnerung an das Geschehene wieder da. Sie sah den Mistkerl, wie er auf Madeleine einschlug. Die lange Peitsche rutschte ihm aus seinen blutbesudelten Händen. Ein irres Lachen stahl sich aus seiner Kehle. Die Angst erfasste Evelins Herz ein weiteres Mal. Madeleine rührte sich plötzlich nicht mehr. Im nächsten Moment drehte er sich zu ihr um und sie konnte den Wahnsinn in seinen Augen erkennen.

Ein Schaudern ließ Evelin frösteln und sie fing an zu zittern. Ein Sog erfasste ihre Gedanken und ließ sie ihre Umgebung nicht mehr klar sehen. Sie spürte auf einmal, wie die eisernen Handschellen, mit einem Versprechen auf viel Schmerz und ungeahnte Demütigung, um ihre Handgelenke zuschnappten. Evelin hatte unbewusst die Knie angezogen und ihre Arme darüber verschränkt. Sie begann, sich hin und her zu wiegen, und merkte selbst, dass ihr Atem unregelmäßig kam. Ihre tief sitzende Angst blubberte wie kleine Blasen, immer mehr an die Oberfläche. Sie nahm jetzt auch den muffigen Geruch des Kellerverlieses wahr und hörte das Sausen der Peitsche – gleich müsste der scharfe Schmerz kommen, der sich brennend heiß in ihr Fleisch fraß. Sie zuckte zusammen, doch statt des erwarteten Schmerzes waren da zwei warme Hände, die ihr zärtlich über den Rücken strichen. Ein verzweifeltes Schluchzen fand seinen Weg aus ihrem Inneren heraus. Die Hände wanderten langsam ihre Beine entlang, Fingerspitzen tanzten über ihre Arme und ließen ein angenehmes Kribbeln auf ihrer Haut zurück. Sie streichelten über ihre Schulter den Hals hinauf und strichen federleicht über ihr Gesicht. Mit einem erleichterten Seufzen schmiegte sie ihre Wange in eine der Hände. Evelin umgab ein wunderbar blumiger Duft, und die Angst zog sich, wie eine sich schließende Blüte, aus ihrem Herzen zurück. Sie fühlte sich auf einmal sicher und geborgen. Nun hörte sie eine leise Stimme und spürte etwas Warmes, an das sie sich anlehnte. Evelin hatte keine Lust und auch keine Kraft mehr, sich vor der Vergangenheit zu fürchten.

Nach und nach nahm ihr Körper die angebotene Wärme auf und merkte, wie sie sich entspannte. Ihre verkrampften Arme und Muskeln lockerten sich. Noch immer war ihr Blick wie benebelt, doch da war diese angenehme Stimme, die sie wie ein leuchtender Wegweiser durch den Nebel führte. Sie konnte den warmen Bariton eines Mannes hören und fand endlich den richtigen Weg aus der Trance hinaus. Evelin fühlte sich, als würde sie nach einem langen Schlaf erwachen. Sie nahm als Erstes etwas Weiches unter sich wahr. Sie musste noch auf ihrem Bett liegen. Über sie war eine Decke ausgebreitet, und mit dem Rücken lehnte sie an etwas Warmem, das sich leicht bewegte. Vorsichtig öffnete sie ihre Augen und fühlte sich, als wäre sie längere Zeit abwesend gewesen.

Evelin versuchte, sich zu bewegen. Dabei rutschte die Decke auf ihre Hüfte hinunter, und zum Vorschein kamen zwei Hände, die auf ihrem Bauch und Oberschenkel lagen. Zwei sehr große, männliche Hände.

„Evelin, wie geht es dir?" Adrians Ton war mehr als besorgt.

Langsam drehte Evelin sich um. Was um Himmels willen hatte er in ihrem Bett zu suchen? Als sie wieder aufschauen konnte, entdeckte sie einen sehr besorgt dreinschauenden Adrian. Sie schmiegte sich mit ihrem Körper an seinen. War er etwa die ganze Zeit bei ihr gewesen? Sie konnte die Wärme seines Körpers spüren, und unter seinem Hemd war ein nicht zu verachtender Körper versteckt.

„Evelin, rede mit mir. Soll ich Dr. Wessler wieder hereinholen lassen?"

Erst jetzt bemerkte Evelin, dass sie beide allein im Zimmer waren. Der Anblick von Adrian war einfach umwerfend. Sein Hemd war zerknittert und sein Haar fiel ihm wie ein Schleier ins Gesicht. Sofort stieg ihr die Röte in die Wangen. Es sah so wüst um sie herum aus, dass man denken könnte, sie hätten wilden, hemmungslosen Sex gehabt. Die Kissen waren auf dem Boden um das Bett verstreut und die Blumenvase war heruntergefallen. Ihre Scherben und die Blumen lagen in einem einzigartigen Muster auf dem dicken Teppich verteilt. Adrian drehte ihr Kinn mit einer zärtlichen Geste zu sich hin und schaute ihr intensiv und lange in die Augen.

Das was er als Nächstes sagte, ließ ihr den Atem stocken. „Evelin, ich möchte dich zu meiner Sub machen."

Evelins ganzer Körper erstarrte. Sie brachte keinen einzigen Ton heraus. Adrians Blick war wild, und das Begehren darin wollte schier aus ihnen herausbrechen, um sie mit Haut und Haaren zu verschlingen.

„Ich werde dir drei Tage Zeit geben, um dich zu entscheiden. Solltest du Ja sagen, wirst du meine Gespielin werden und deine bisherige Sichtweise wird sich von Grund auf ändern. Ich will dein Vertrauen gewinnen und dich in die wirkliche Welt des BDSM einführen. Dich in pure Ekstase zu versetzen und dir Lustschmerz zu schenken, wird mir ein außerordentliches Vergnügen bereiten. Ich werde die Mauern einreißen, die du um dich errichtet hast, und tief in deine Seele vordringen. Sollte das geschehen sein, kannst du als starke und selbstbewusste Frau, die du dann sein wirst, in die Welt hinausgehen. Mit einem Schatten aus der Vergangenheit, der sich deiner aber nicht mehr bemächtigen wird. Solltest du mein Ultimatum jedoch nicht annehmen, werde ich dich nach der Heilung deiner äußeren Wunden gehen lassen. Es ist allein deine Entscheidung."

Evelin fühlte einen dicken Kloß in ihrer Kehle. Sie war zwischen fürchterlichem Zorn über seine Anmaßung und der Hoffnung, ihr Leben endlich wieder in den Griff zu bekommen, hin- und hergerissen. Wenn sie ehrlich zu sich selbst war, wusste sie momentan nicht, wie sie alleine zurechtkommen sollte.

Sie wollte gerade antworten, als Adrian ihren Mund mit seinen Lippen verschloss. Evelin war überrumpelt. Ihr erster Impuls war es, Adrian von sich zu stoßen, doch im nächsten Moment begann ein Begehren in ihr zu erwachen, von dem sie nicht gedacht hätte, dass sie so etwas nach all den Schrecken noch empfinden könnte. Sie schmolz förmlich dahin, wie süße Schokolade unter dem gleißenden Licht der Sonne.

Seine Lippen strichen verführerisch langsam über ihren geöffneten Mund. Ihr Innerstes begann zu vibrieren. Sie wollte mehr von ihm kosten, und es war ihr egal, ob sie sich an ihm verbrennen würde. Dieser arrogante, reiche, gut aussehende Mann begehrte sie. Ungeachtet dessen, was er sich über ihre Vergangenheit zusammengereimt hatte. Evelin bewegte ihre Lippen und spürte, wie seine Zunge um Einlass bat. Sie öffnete sich ihm und er erkundete heiß und feucht ihre Mundhöhle. Ihre Zungen tanzten einen wilden Tanz und versuchten, die Vorherrschaft über den anderen zu erlangen. Ihr Keuchen hallte durch das Zimmer. Noch nie war Evelin so leidenschaftlich geküsst worden – es war eher eine Verschmelzung als ein Kuss. Ihr Schoß prickelte voller Vorfreude auf noch kommende sexuelle Genüsse.

Adrian löste plötzlich seine Lippen von ihrem Mund und beide saugten wieder Sauerstoff in ihre Lungen.

Dr. Wessler hatte ihn wegen Evelins Panikattacke rufen lassen und er war mehr als besorgt in ihr Zimmer gestürmt. Sie hatte einen schlimmen Anblick geboten. Wie ein Häufchen Elend saß sie zusammengekauert auf dem Bett und im nächsten Moment warf sie schreiend mit den Kissen um sich. Erst nachdem er die Ärztin hinausgeschickt hatte, Evelin in den Arm nahm, streichelte und ihr gut zuredete, wurde ihm klar, dass man ihre innere Mauer einmal komplett einreißen musste, damit sie mit ihrer Vergangenheit abschließen konnte. Als würde man eine heruntergekommene Ruine zerstören, um auf ihrem Fundament ein strahlendes neues Schloss zu errichten. Dies war ein sehr schwieriges Unterfangen und würde ihm als Master alles abverlangen. Es war wichtig, ihre Grenzen auszuloten, sie dabei aber noch genug Lust empfinden zu lassen, dass sie sich ihm völlig hingab und die gläserne Mauer um sie herum in Milliarden von Splitter zerbrach. Adrian hatte sich entschieden. Er würde sie vom Dach springen lassen und am Boden wieder sicher auffangen. Er konnte nur hoffen, dass sie diese Chance nutzte. Adrian wusste nicht, was er tun würde, sollte sie sich anders entscheiden und fortgehen wollen, denn diese wilde Amazone hatte sein Herz im Sturm erobert.

Adrian war froh, dass Evelin inzwischen aus ihrer Lethargie heraus und wieder bei ihm war. Er hatte eine Heidenangst um sie gehabt. Sie hatte während dem Anfall gewütet wie eine Furie, um danach seidenweich in seinen Armen zu liegen, ohne ihn jedoch wirklich wahrzunehmen.

Noch nie hatte er eine Frau so nah an sich herangelassen. Dazu hatte bislang einfach kein Grund bestanden. Der Master und seine Sub schlossen einen Vertrag, der beiden ihre Schweigepflicht zusicherte, und zusammen erstellten sie eine Liste ihrer Vorlieben, die es ihnen ermöglichte, ihre Lust und ihr Verlangen zu stillen und ihre sexuellen Begierden auszuleben. Doch das sehnsüchtige Ziehen, das ihn jetzt von innen zu verschlingen drohte, hatte er bisher noch nie erlebt. Bei keiner seiner zahlreichen Sessions war dieses Gefühl auch nur annähernd vorgekommen.

Doch Adrian musste aufpassen. Es würde viel Arbeit werden, ihre äußere Schale zu knacken, um zum köstlichen, verführerischen Kern vordringen zu können. Er würde sie ficken, dass ihr Hören und Sehen verging.

Adrian erhob sich vom Bett. „Du wirst nun ein Bad nehmen. Ich denke, das wird dir helfen, dich zu entspannen.“

Trotzig schaute Evelin ihn an. Er konnte ihr ansehen, dass sie nach dem plötzlichen Abbruch des Kusses enttäuscht und verwirrt war, dies aber niemals zugegeben hätte. Doch der Kuss war nur ein winziger Vorgeschmack auf das gewesen, was er mit ihr noch vorhatte.

Die Decke hatte sie sich bis zum Kinn hochgezogen und sie funkelte ihn böse an. Als würde dieser

Schutz reichen, um ihn aufzuhalten! Sie konnte ihn bisher nicht einschätzen, das sah er ihr an der Nasenspitze an.

Sehr gut. Dann benötigte sie wohl etwas nachdrückliche Hilfe, seinem Befehl nachzukommen. Mit einem fiesen Grinsen zog er ihr die Decke mit einem Ruck fort. Ganz der Master, der er nun wieder war, genoss er ihre Reaktion in vollen Zügen.

Evelin quietschte überrascht auf und kroch flink zum Bettende zurück. Sie wollte es ihm nicht so einfach machen.

Adrian liebte Herausforderungen, und diese ganz besonders. Sie streckte ihm ihren süßen Hintern verführerisch entgegen. Da hätte Evelin sich gleich ein blinkendes, neongelbes Tattoo auf den Po tätowieren lassen können mit der Aufschrift: „Bitte Master, verhau mir den Hintern!"

Adrian ging einen bedrohlichen Schritt auf sie zu. Seine Mimik zeigte keine Regung und in seiner gefährlichsten Tonlage sprach er: „Solltest du nicht auf der Stelle aus dem Bett steigen und dich ins Badezimmer begeben, werde ich dich schnappen und dir die Klamotten vom Leib reißen. Ich ziehe dir die Bluse über deine hübschen Brüste und werde deine kleinen Nippel so lange mit der Zunge bearbeiten, bis deine Pussy um Erlösung bettelt. Danach werde ich mich eingehender mit deinem fantastischen Arsch beschäftigen. Meine Hand wird ihn so lange küssen, bis er in einem dunklen Rot erstrahlt, und die Tränen, die du mir schenken wirst, werden meinen Sadismus befriedigen und meine Erregung ins Unermessliche steigern."

Bei jedem Wort, das er sagte, wurde seine Aura noch dunkler und sein ganzer Körper strahlte rohe, männliche Begierde aus.

***

Wie von der Tarantel gestochen stürmte Evelin aus dem Bett, landete unsanft auf dem Teppich und raste ins Badezimmer. Die Tür schlug krachend hinter ihr zu, und mit bebenden Gliedern und einem Herzschlag, als wäre sie einen Marathon gelaufen, horchte sie ängstlich und zugleich aufgeregt auf seine Schritte hinter der Tür. Sie lehnte sich an und lauschte, aber es waren nur ein paar leise Geräusche zu hören. Nervös kaute sie auf einer Haarsträhne herum. Unbewusst glitt ihre Hand in die Hose und zwischen ihre Beine. Sie war feucht, dabei hatte er sie nicht mal richtig angefasst. Sie spürte, wie ihre Perle erregt pochte, und verfluchte, dass sie sich Adrians Befehl, ein Bad zu nehmen, nicht widersetzt hatte. Seit wann kam sie den Befehlen eines dominanten Mannes freiwillig nach?

Diese Feststellung sendete widersprüchliche Gefühle durch ihren Körper: Aufregung, Angst, Lust, Panik. Doch das Wohlgefühl siegte, und sie ertappte sich dabei, wie sie sich über ihre von ihm geküssten Lippen strich. Insgeheim hoffte ein Teil von ihr, er würde jeden Moment ins Bad stürmen, um seine verheißungsvolle, erregende Drohung in die Tat umzusetzen.

Sie wollte nachsehen, ob er noch in ihrem Zimmer stand, doch dafür fehlte ihr letztendlich der Mut. Ihr Blick wanderte zu der überdimensional großen Badewanne. Überrascht stellte sie fest, dass sich darin schon Wasser befand. Ob Adrian es hatte einlaufen lassen und die ganze Zeit damit gerechnet hatte, dass sie seinem Befehl nachkommen würde? Sie ging zu der Wanne und griff vorsichtig mit der Hand hinein. Das Wasser hatte eine angenehm warme Temperatur. Sie besah sich die vielen Badezusätze im Schrank gegenüber. Für jeden Geschmack war hier etwas zu finden. Von Tiefenentspannung und Schokoladenbad bis hin zu bunten Sexy-Flower-Bädern, die ein erotisches Abenteuer versprachen. So stand es jedenfalls auf dem Etikett. Evelin entschied sich für ein Fläschchen mit Lavendel und Hibiskusblüten.

Die bunten Badesalze übten einen hohen Reiz auf sie aus, aber momentan fühlte sie sich nicht bereit, auch noch ein Bad mit erotisierenden Badezusätzen zu überstehen. Sie brauchte nur an Adrians wilden Blick zu denken und schon bekam sie Hitzewallungen. Sie gab etwas von der angegebenen Menge in das Wasser hinein.

Ein freches Grinsen stahl sich auf ihr Gesicht, als sie nun den kompletten Inhalt in das Becken kippte. Sie drehte den Wasserhahn auf und der Badezusatz verteilte sich schäumend in der ganzen Wanne. Genießerisch schloss Evelin ihre Augen. Der Duft der beruhigenden Lavendelblüten hüllte sie ein und ließ sie kurz vergessen, wo sie sich befand. Sie freute sich auf das angenehme Bad, in dem sich ihre Glieder endlich entspannen konnten. Evelin drehte den Kran zu, knöpfte ihre Bluse auf und ließ sie zu Boden fallen. Danach folgte die viel zu große Leinenhose. Unterwäsche hatte sie keine getragen, denn Liz hatte ihr heute Morgen keine mitgebracht.

Evelin schaute bewusst nicht in den Spiegel. Das eigene Gesicht zu sehen, war das eine, etwas ganz anderes war es, seinen geschundenen und verwundeten Körper zu betrachten. Vorsichtig stieg sie in die Wanne und ließ sich mit einem zufriedenen Seufzen in das schaumige Wasser gleiten. Den elastischen Verbänden machte das nichts, denn diese waren wasserfest, wie sie von der Ärztin erfahren hatte. Dennoch zuckte sie zusammen, als die Flüssigkeit das Pflaster auf ihrem Rücken berührte.

Sie konnte sich gar nicht erinnern, wann sie das letzte Mal in einer Badewanne gelegen hatte. Zufrieden schloss sie ihre Augen und lehnte sich genießerisch zurück. Eben noch hatte sie befürchtet Adrian würde sich einen Spaß mit ihr erlauben, doch er hatte das Badezimmer wirklich für sie vorbereitet. Evelin liebte das Baden seit sie denken konnte. Ihre Schwester hatte sie immer eine Wassernixe genannt, denn sie war erst aus der Wanne gestiegen, wenn ihre Finger und Zehen verschrumpelt gewesen waren. Madeleine hatte dann über so viel Unvernunft mit dem Kopf geschüttelt und Evelin hoch und heilig prophezeit, dass sie sich eines Tages in ein Wasseralien verwandeln würde.

Madeleine, warum konnte ich dir nicht helfen?

Als würden die bedrohlich großen Schaumberge, die sich auf dem Wasser gesammelt hatten, ihr eine Antwort auf ihre Frage geben können, starrte Evelin sie verzweifelt an. Aber die konnten ihr auch keine Antwort geben und so hob Evelin ihre Hände und fuhr mit ihnen wütend durch die Schaumberge, sodass die Schaumbläschen in der Luft herumwirbelten.

Wieso musste ihr Leben so ablaufen? Warum hatte sie sich von dem Mistkerl Marcel nur so blenden lassen? Sie gab sich die Mitschuld an Madelines Tod und wünschte sich nichts sehnlicher, als das Geschehene rückgängig machen zu können.

Evelin merkte, wie die trübseligen Gedanken versuchten, nach ihr zu greifen, und war gegen den finsteren Strom machtlos. Plötzlich ging die Badezimmertür mit einem kräftigen Ruck auf. Erschrocken rutschte sie tiefer ins Wasser und verschluckte sich am Badewasser. Sie musste schrecklich husten und konnte gerade noch verhindern, einmal komplett unterzutauchen. Ihre Fluchtreflexe waren schrill am Läuten, doch im letzten Moment konnte Evelin sich daran erinnern, dass sie nackt in der Badewanne saß. Aus Intuition hatte sie die Hände vor den Brüsten verschränkt und tauchte schnell noch etwas tiefer in das Wasser hinein. Ihre Locken tanzten nun auf der Wasseroberfläche mit dem Schaum um die Wette. Wütend stierte sie zu dem Unruhestifter hinüber. Adrian schloss die Tür und kam auf Evelin zu. Soweit es ging, versuchte sie, mit der Wanne zu verschmelzen, ohne dabei zu ertrinken.

„Was soll das? Du hast doch gesagt, ich solle baden gehen. Geh raus, und zwar sofort.“

Evelins Herz schlug Purzelbäume. Es hatte etwas Anzügliches, selbst vollkommen nackt zu sein, während das Gegenüber komplett angezogen war. Evelin spürte ihre Wangen heiß glühen. Ein Wunder, dass das Wasser um sie herum noch nicht zu kochen angefangen hatte. Wieso hatte sie nicht daran gedacht, die Tür abzuschließen? Aber andererseits hatte sie diesen Moment mehr als herbeigesehnt. Jetzt war es zu spät!

Adrian grinste verschlagen. „Ma chérie, ich dachte mir, ich sehe mal nach, ob du meiner Anweisung auch Folge leistest."

Evelins Augen verengten sich wütend.

„Zudem wird mein Badezimmer gerade renoviert und deines ist meinem am nächsten, damit ich es schnell mal benutzen kann."

„Das ist Blödsinn, und selbst wenn, es gibt bestimmt noch eine Handvoll Badezimmer in diesem Haus. Ich habe keine Lust, mein Schaumbad mit dir zu teilen." Ihr Verstand warnte sie davor, einem dominanten Mann so frech gegenüberzutreten, doch sie konnte einfach nicht anders, denn er reizte sie bis aufs Blut. „Also, wenn du jetzt bitte gehen würdest."

Das Bitte blieb ihr förmlich im Halse stecken. Adrian verzog keine Miene. „Nun gut, das ist wirklich zu schade, aber ich denke, Liz wird nichts dagegen haben, wenn ich mich zu ihr geselle."

Er drehte sich um und wollte das Badezimmer verlassen.

„Warte!"

Kapitel 6

Evelin hatte sich schnell aufgerichtet. Ein Teil des Badewassers schwappte über den Rand und benetzte den dunklen Fliesenboden. Sie stützte sich zitternd mit der Hand auf dem Beckenrand ab und holte hörbar Luft, als ein kühler Windhauch ihre warme Haut berührte. Sie spürte, wie sich eine Gänsehaut über ihren ganzen Körper ausbreitete und sich ihre Nippel aufrichteten. Sie kam sich unheimlich verletzlich vor.

Eine kleine, teuflische Stimme in ihr rief ihr höhnisch zu, sie solle nicht so tun, als würde sie den Samariter spielen, sondern zugeben, dass ihr der Gedanke ganz und gar nicht behagte, wenn er sich mit einer anderen Frau in einem Badezimmer aufhielt. Doch diese Stimme brachte sie schnell zum Verstummen.

Seine Augen hielten ihren Blick gefangen, und Evelin wollte sich schnell wieder ins sichere Wasser zurückgleiten lassen.

„Nein, stell dich gerade hin, ich will deinen Körper betrachten."

Evelin stockte in ihrer Bewegung, ihr Herz schlug ihr bis zum Hals. Sie hatte sich selber schon lange Zeit nicht mehr angeschaut. Irgendwann hatte sie es nicht mehr ausgehalten, die Makel und Narben, die Ihren Körper verunstalteten, zu sehen.

Evelin hatte die Hände zu Fäusten geballt.

„Ich möchte wissen, was in dir vorgeht. Ich fühle, dass dich etwas beschäftigt, das du schon viel zu lange mit dir herumträgst." Adrian nahm vorsichtig Evelins Hand und strich mit dem Daumen behutsam über ihr Handgelenk.

Evelin war sich nur zu bewusst, dass sie nackt vor einem fremden Mann stand, doch so, wie er ihre Hand hielt und sie anschaute, als würde er ihre Sorgen ernst nehmen, fühlte sie sich gestärkt und seltsamerweise auch sehr geborgen.

Sie befeuchtete ihre Lippen mit der Zungenspitze. „Ich habe mich schon seit langer Zeit nicht mehr angesehen. Ich meine, ich habe meinen Körper schon eine lange Zeit nicht mehr im Spiegel betrachtet." Evelin stockte und senkte den Blick auf ihre Hände.

Adrian verstärkte leicht den Druck seiner Hand.

Evelin holte zitternd Luft. „Die ganzen Narben auf meiner Haut haben mich stets an das Böse erinnert."

Adrian wartete schweigend drauf, dass sie weitersprach.

„Er … Marcel hat mir schlimme Dinge angetan. Ich dachte, er liebt mich, und vielleicht war es am Anfang auch so, aber er hat sich in ein krankes Monster verwandelt." Evelins Stimme war nur noch ein Flüstern und verstummte ganz. Sein Name fühlte sich in ihrem Mund wie pures Gift an.

Adrian strich ihr mit der anderen Hand leicht über die Wange, dann fasste er ihre Schultern und drehte sie um.

Evelin stand sich selbst gegenüber. Der Spiegel an der Wand zeigte ihr das ganze Ausmaß ihrer monatelangen Folter. War ihr Oberkörper noch ziemlich glimpflich davongekommen, so zeigten sich umso mehr kleine, weiße Narben auf ihren Oberschenkeln. Wie hypnotisiert drehte sie sich um und besah sich ihren Rücken. Tränen, die sie nicht unterdrücken konnte, schossen ihr in die Augen. Lange Narben verunstalteten ihren Rücken bis zu ihrer Taille hinunter. Evelin zuckte zusammen, als Adrian eine von ihnen berührte und sie mit der Fingerspitze nachfuhr. Dabei schaute er ihr durch den Spiegel tief in die Augen.

„Was dir angetan wurde, ist unverzeihlich, und glaube mir, der Bastard wird seine gerechte Strafe dafür noch erhalten. Aber du darfst dich nicht verstecken wie ein geschlagenes Tier."

Evelin verzog das Gesicht, doch Adrian ließ sich nicht beirren. „Weißt du, was ich im Spiegel sehe?"

„Eine weibliche Version von Frankenstein vielleicht?"

„Im Gegenteil, ich sehe eine Frau, die in jungen Jahren schon viel Schmerz erleben musste und die sich trotz des Erlebten nicht in ihrem Schneckenhaus verkrochen hat, sondern, auch wenn es ihr nicht bewusst ist, der Außenwelt zeigt, dass sie erfolgreich gekämpft_hat. Ich sehe eine Amazone, die den Kampf verloren hat, aber nicht ihren Mut. Deine Narben machen dich zu etwas besonderem, Evelin. Sie zeigen, wie stark du bist, auch wenn du das jetzt nicht erkennen kannst."

Evelin rieb sich fröstelnd die Arme. Dieser Mann konnte in dem Schlimmsten noch etwas Gutes erkennen. Trotzdem war sie keine Amazone. Eine Kriegerin wäre wohl kaum so dumm gewesen, auf einen Kerl wie Marcel hereinzufallen, und sie hätte ihre Schwester vor ihm beschützen können.

Evelin schluckte mühsam.

„Es gibt keinen Menschen, der unfehlbar ist, auch du nicht." Er nahm ihr Gesicht in beide Hände, sie konnte seinem Blick jetzt nicht mehr ausweichen. „Aber eines muss ich wissen, Evelin: Hat er dich jemals zum Sex gezwungen?"

Würde Adrian ihr nicht den nötigten Halt geben, wäre sie wahrscheinlich rücklings ins Wasser gefallen. Diese Frage war wie ein Peitschenhieb in ihrer Seele. Sie presste die Lippen aufeinander und wollte sich von ihm befreien, doch sein Griff war unbezwingbar. Tränen schossen ihr in die Augen und Adrians Gesicht verschwamm..

Adrian sagte kein Wort, er hielt sie einfach fest, gab ihr genug Zeit, Nähe und Abstand, um ihre Gedanken ordnen zu können.

„Marcel hat mich nicht gezwungen. Am Anfang habe ich freiwillig mit ihm geschlafen, da wurde ich auch noch nicht von ihm eingesperrt. Danach hat er einmal versucht, mich zu vergewaltigen, es aber nicht durchgezogen, da er zu betrunken gewesen war."

Die Tränen flossen nun unaufhaltsam über ihr Gesicht und benetzten seine Hände. Evelin schluckte mühsam an dem Kloß, der in ihrer Kehle saß. Ihre Hände klammerten sich an seine Arme.

„Marcel nannte mich seine Königin. Er hat mich ausgepeitscht und geschlagen, aber geschlafen hat er nur mit anderen Frauen. Ich weiß nicht, warum, ich weiß es nicht …" Evelin bebte, ihre Schultern zitterten und aus ihrem Inneren kamen tiefe Schluchzer.

Adrian löste seinen Griff und nahm sie fest in die Arme. Evelin grub ihre Hände in sein Hemd und weinte.

„Schhhh, alles ist jetzt gut. Du bist hier in Sicherheit."

Adrian streichelte ihr beruhigend über den Rücken. Evelin lauschte seinem Herzschlag. Es tat gut, sich an einen Mann anlehnen zu können, der um einen besorgt war und einem wieder Hoffnung gab.

Nach einiger Zeit ließen ihre Tränen nach, doch nun schämte sie sich für ihren Gefühlsausbruch. Sie räusperte sich. „Es tut mir leid, jetzt ist dein Hemd ganz nass."

Adrians Brust bebte und er lachte leise. „Du darfst gerne noch mehr meiner Hemden nass machen, wenn es dir dadurch besser geht."

Evelin musste lächeln. Er schaffte es immer wieder, sie aufzumuntern. Sie wischte sich mit dem Handrücken die letzten Tränen weg und fühlte sich erleichtert.

Adrian nahm ihre beiden Hände und führte sie zu seinem Hemd. „Jetzt knöpf mein Hemd auf."

Seine Stimme hatte wieder diesen tiefen Bariton angenommen, bei dem ihr ganzer Körper kribbelte, als wenn tausend Ameisen auf ihm Tango tanzen würden. Es war, als wäre die Temperatur im Raum urplötzlich um etliche Grad angestiegen. Sie merkte, wie ihr die Röte ins Gesicht stieg und ihr wieder sehr heiß wurde.

Adrian ließ sie nicht aus den Augen, was Evelin noch mehr verunsicherte. Doch die Anziehung, die sie zu diesem Mann empfand, vertrieb ihre Unsicherheit. Mit bebenden Händen versuchte sie, ihren Fingern zu befehlen, einen Knopf nach dem anderen zu öffnen, was ihr nur bei einem gelang. Danach zitterten sie so sehr, dass sie den Knopf nicht mehr durch das Loch bekam. Verflucht, warum mussten diese Hemdknöpfe auch so winzig klein sein?

Adrian strahlte eine unglaubliche Hitze aus. Evelin fühlte sich wie ein entzündetes Streichholz, welches nach der Flamme lechzte, und wusste, dass sie zum Schluss verbrennen würde.

Mit einem wissenden Lächeln legte er seine großen Hände auf ihre und knöpfte einen Knopf nach dem anderen auf. Sein brennender Blick lag dabei die ganze Zeit auf ihr, wanderte genauso ruhig wie seine Finger über ihr Gesicht, hinunter zu ihren Brüsten und noch tiefer zu ihrem Venushügel, der schon verräterisch vor Erregung pochte.

Evelin schluckte hart. Sie hätte nie gedacht, dass es so verdammt erotisch sein würde, jemandem beim Ausziehen zuzusehen. Aber bei Adrian sollte sie so langsam nichts mehr wundern. Er war nicht einfach nur sexy, wie er da lässig und überlegen vor ihr stand. Nein, das Wort sexy war viel zu milde für ihn. Ein teuflisch heißer Gott, das traf es schon eher.

Unbewusst ging Evelin rückwärts und keuchte überrascht auf, als sie die kalten Fliesen an ihrem Rücken spürte. Sie konnte den Blick nicht von Adrian lösen, der sich gerade lässig das Hemd über die Schultern streifte und es zu Boden gleiten ließ. Nun war sie es, die ihre Augen gierig über seinen Oberkörper wandern ließ. Sie erkannte den Körper eines Athleten. An seinem Bauch und den Oberarmen fanden sich durchtrainierte Muskeln.

Seine schlanken Finger wanderten weiter nach unten zu seiner tief auf den Hüften sitzenden Jeans. Evelin stockte der Atem, sie war sich sicher, sie würde gleich ohnmächtig ins Wasser sinken. Ihr Blick wurde von seinem Körper magnetisch angezogen und folgte den feinen Härchen, die sich auf seiner Brust befanden und sich wie ein lebendiger Fluss seinen Bauch hinunterschlängelten, um im Hosenbund zu verschwinden.

Evelin musste schlucken.

Adrian grinste verschmitzt, ließ Evelin keine Zeit, sich zu sammeln und zog sich mit einem Ruck die Hose von den Hüften. Dass er keine Unterwäsche trug, war das Erste, was Evelin in den Sinn kam, bevor sie registrierte, dass Adrian mit einer beträchtlichen Erektion zu ihr in die Wanne stieg.

Sein Blick war pure Begierde und ließ Evelin ungewollt wimmern. Sie versuchte, sich so klein wie möglich zu machen und mit der Wand zu verschmelzen.

Adrian stützte sich mit den Händen neben ihrem Kopf ab.

Sie konnte den Blickkontakt nicht länger aushalten und drehte den Kopf zur Seite. Im nächsten Moment spürte sie eine federleichte Berührung an ihrem Hals. Sie hatte mit allem gerechnet, aber nicht mit einer solchen Zärtlichkeit.

Adrian fuhr mit seinen Lippen ihren Hals hinauf zu ihrem Ohr und liebkoste es mit seiner Zunge. Seine Zungenspitze strich leicht über die Erhebungen ihrer Ohrmuschel, um dann tiefer vorzudringen.

Evelin hatte gehört, dass die Ohren zu den erogenen Zonen gehören konnten, sich aber nie vorgestellt, dass sich eine Berührung an dieser Stelle so gut anfühlen würde. Das Gefühl war so intensiv, dass sie den Kontakt fast nicht aushielt. Ihre Atmung beschleunigte sich und sie wand sich unter seinen Liebkosungen. Evelin klammerte sich an seinen Armen fest und wünschte sich, seinen Körper an ihrem zu spüren. Aber diesen Luxus gönnte er ihr nicht. Sie wollte die Hände nach ihm ausstrecken, doch er fing sie ab und drückte sie wieder an die Fliesen.

Adrian knabberte weiter an ihrem Ohrläppchen und Evelin konnte ein Stöhnen nicht unterdrücken. Sein Mund wanderte ihren Hals entlang, seine Zunge leckte federleicht über ihr Schlüsselbein und glitt zwischen ihre Brüste. Evelin streckte sich ihm entgegen, denn er umkreiste viel zu langsam ihre aufgerichteten Nippel. Sie wünschte sich in diesem Moment nichts sehnlicher, als dass er sie endlich in den Mund nehmen und an ihnen saugen würde.

Doch Adrian ließ im gleichen Augenblick von ihr ab. Sein Blick war dunkel und voll unausgesprochener Versprechen.

Er ging einen Schritt zurück und legte sich ihr zugewandt in die Wanne hinein, die Arme lässig auf den Rand gelehnt. Das Wasser schwappte, wie bei einem Sturm, unruhig hin und her. Adrians Augenbrauen hoben sich abwartend, und Evelin brauchte ein paar Sekunden, um sich zu fangen. Ihr ganzer Körper stand in Flammen und ihr Atem kam stoßweise. Sie spürte Feuchtigkeit zwischen ihren Beinen, die nichts mit dem Wasser zu tun hatte, und ließ sich langsam zurück in das warme Wasser gleiten. Seine blitzenden Augen schickten kleine Stromstöße in ihr Innerstes.

Evelin wollte nicht mehr denken, sie sehnte sich nach körperlicher Nähe und würde alles nehmen, was Adrian ihr geben konnte.

Evelin kniete zwischen Adrians Beinen. Der Schaum verbarg nichts, was sie zuvor nicht schon gesehen hätte. Trotzdem kribbelte es tief in ihrer Magengegend, und sie fragte sich, wie es wäre, seinen Schwanz mit dem Mund zu verwöhnen. Adrian stöhnen zu hören, stellte sie sich höllisch sexy vor. Natürlich würde sie mit ihm spielen und ihn ein wenig quälen. Dass eine sadistische Seite in ihr steckte, hätte sie nicht gedacht, aber es machte die ganze Sache noch verruchter.

Adrian sah Evelin eindringlich an. „Egal, was du dir gerade in deinem hübschen Köpfchen ausdenkst, ich werde dir immer ein Stück voraus sein."

Dabei hatte er sich zu ihr vorgebeugt und nun trennten nur wenige Zentimeter ihre Lippen voneinander.

„Meinen Schwanz wirst du noch früh genug mit deinem süßen Mund verwöhnen dürfen. Aber fürs Erste habe ich etwas anderes mit dir vor. Dreh dich um und lehn dich an mich an."

Er hatte ein verfluchtes Talent dafür, ein Wechselbad der Gefühle in ihr auszulösen. Wie er mit ihr redete, törnte sie unheimlich an.

Adrian schien sie Stück für Stück zu entblättern, wie eine Blume, die ein Blütenblatt nach dem anderen verliert.

Evelin drehte sich vorsichtig um und lehnte sich an seine warme, starke Brust. An ihrem Hintern spürte sie sein hartes Glied. Diese Berührung schickte einen Blitz in ihre Vulva und ließ sie lustvoll aufstöhnen.

Adrian hatte plötzlich, wie durch Zauberei, einen Schwamm in der Hand und strich damit wie in Zeitlupe über ihre Arme, ihren Hals entlang, hinunter zu ihren Brüsten. Ihre Nippel waren so hart, dass sie wie kleine Berggipfel aus dem Wasser herauslugten.

Mit dem Schwamm fuhr er neckend über ihre Brüste und strich dann endlich, aber unheimlich langsam, über ihre erregten Brustwarzen. Wenn Evelin dachte, ihre Knospen könnten nicht mehr härter werden, wurde sie nun eines Besseren belehrt. Der Schwamm vollführte wahre Zauberkünste, doch es war die Hand, die diesen führte, die diese zauberhaften Empfindungen in ihr zum Vorschein brachte. Adrians Hand glitt tiefer, zu ihrem Venushügel, berührte ihn jedoch nicht, sondern wanderte ihren Oberschenkel hinunter. Evelin stöhnte frustriert auf. Sie lag völlig entspannt in seinen Armen, und doch war sie so angespannt wie noch nie. Adrian schaffte es, sie förmlich um den Verstand zu bringen, und das nicht durch Schmerz, sondern durch federleichte Berührungen, die sie schier in den Wahnsinn treiben würden, wenn er nicht endlich ihre pulsierende Klit berührte. Sie wollte sich einmal ganz fallen lassen.

Adrian ließ den Schwamm los und nahm mit der Rechten Evelins Hand in seine. Er legte beide auf ihren Bauchnabel, wobei ihre auf der warmen Haut lag. Er führte sie gemächlich weiter abwärts, bis ihre Hand ihre geschwollenen Spalte berührte.

„Streichle dich selber, steck deinen Finger in deine Pussy und komm für mich." Es war ein leise gehauchter Befehl, der in Wirklichkeit so viel mehr war.

Evelin rührte sich nicht.

„Evelin."

Dass er ihren Namen so zärtlich und so bestimmt aussprach, gehörte verboten.

Sie zitterte und holte tief Luft. „Ich kann das nicht. Im Wasser bin ich noch nie gekommen."

Es fiel ihr nicht leicht, über etwas so Intimes zu sprechen, doch bei ihm wusste sie: Würde sie es nicht tun, würde es Konsequenzen haben. Welche das waren, wollte sie jetzt noch nicht herausfinden, dafür war die momentane Situation viel zu angenehm.

„Evelin, du wirst auf der Stelle anfangen, dich selbst zu befriedigen. Ansonsten werde ich das übernehmen, und es wird so großartig und fürchterlich für dich werden, dass du dir zukünftig zweimal überlegen wirst, meinen Befehlen nicht nachzukommen.“

Evelin rauschte das Blut in den Ohren. Ein Teil von ihr gierte danach, ihren Master weiter zu reizen und zu erfahren, ob er seine Drohung auch in die Tat umsetzen würde. Doch in diesem Augenblick fühlte sie sich nicht kräftig genug, um sich mit ihm auseinanderzusetzen, und so fing sie an, ihre Lustspalte zu streicheln. Mit einem Finger glitt sie dazwischen und Adrian fasste ihre Oberschenkel und zog sie sacht auseinander. Evelin fühlte sich unheimlich berauscht. Sie lag entspannt an ihn gelehnt und schloss genießerisch die Augen. Ihre Finger liebkosten ihre geöffneten Schamlippen und strichen leicht über ihre Perle. Ein Seufzen kam über ihre Lippen, und mutig geworden, steckte sie zwei Finger in ihre Vagina. Erstaunt registrierte sie, wie feucht sie war. Sie begann, ihre Perle zu umkreisen, die Schamlippen zu streicheln, und stöhnte laut auf, als Adrian gleichzeitig ihren Hals liebkoste und mit den Fingernägeln über ihre Nippel kratzte. Diese widersprüchlichen Gefühle, die Sanftheit und der Schmerz, sandten einen Strom von Elektrizität in ihren Kitzler. Ihr Körper bebte und ihr Atem kam keuchend.

Adrian führte seine süße Folter fort. Mal sanft, dann wieder schmerzhaft, brachte er sie an einen Ort des Vergessens. Evelin nahm nichts mehr wahr außer seinem Mund und seinen Händen, die extrem erregende Sachen mit ihr anstellten. Sie hörte sich laut stöhnen, und doch kam sie sich vor, als wäre nur noch ihr Körper anwesend und ihr Verstand würde davonfliegen.

Adrian nahm ihre Hand zur Seite und flüsterte ihr ins Ohr: „Komm für mich, ma chérie.“

Dann biss er ihr in den Hals und schlug mit der flachen Hand auf ihre schutzlose Vulva.

Erschrocken schrie sie auf. Ihr Orgasmus überrollte sie wie heiße Lavaströme. Ihre Perle zuckte unkontrolliert, und sie glaubte, noch nie in ihrem Leben einen solch fantastischen Höhepunkt erlebt zu haben. Als er abebbte, lag sie mit schweren Gliedern und klopfendem Herzen im Wasser. Sie wollte ihre Hand von ihrer heißen Mitte nehmen, doch Adrian legte seine auf ihre und strich mit ihren Fingern weiter über ihre Perle.

Evelin zuckte zusammen. Der Kontakt war zu intensiv, ihr Kitzler nach dem unglaublichen Orgasmus zu gereizt, um noch mehr Berührungen auszuhalten. Sie versuchte, ihre Hand zu befreien, doch Adrian hatte kein Erbarmen. Evelin versuchte erneut, sich zu befreien, Badewasser spritzte auf, aber Adrian fuhr unbeirrt, erst langsam, dann wieder schneller, mit ihren beiden Händen über ihre Lustspalte.

Evelin wand sich in seinen Armen, keuchte und bettelte, er möge damit aufhören.

„Oh nein, ma chérie, du hast eine kleine Bestrafung verdient, findest du nicht auch? Bist du jemals schon zweimal nacheinander gekommen?“

Evelin konnte nicht mehr klar denken, sie wollte nur, dass er aufhörte, und doch waren diese intensiven Gefühle wie Schmetterlinge in ihrem Bauch, die, wie auf einer Achterbahn, mal auf und mal ab flogen.

„Antworte mir.“

Evelin musste sich zum Sprechen zwingen. Auf ihrer Stirn sammelten sich Schweißtropfen. Das unangenehme Ziehen wurde zu einem lustvollen Kribbeln.

„Nein, bin ich nicht. Bitte … hör auf.“

„Du kennst doch das Codewort? Du musst bloß Rot sagen und ich werde sofort aufhören. Aber solltest du es nur sagen, um deiner Bestrafung zu entgehen, sei gewarnt, denn das wird Konsequenzen für dich haben.“

Evelin biss sich auf die Lippen, es war verführerisch, dieses eine kleine Wort zu nennen, um zu testen, ob er dann auch wirklich aufhören würde. Andererseits, wollte sie wahrhaftig, dass er es beendete?

Die Antwort war ein klares Nein.

Das sie sich für ihre Bestrafung entschied, intensivierte die quälende Berührung.

Evelin spürte wie sie ein zweites Mal explodierte, so fühlte es sich jedenfalls an. In ihrem Kopf schwirrte es wie in einem Bienenstock und silberne Lichter flimmerten vor ihren Augen. Sie bäumte sich auf und schrie seinen Namen, bis ihre Stimme erstarb. Dann sackte sie erschöpft in seinen Armen zusammen.

Zärtlich hauchte er Küsse auf ihren Nacken, nahm etwas Shampoo in die Hand und verteilte es in ihrem nassen Haar. Adrian begann, ihre Kopfhaut mit kräftigem Druck zu massieren, und Evelin seufzte wohlig auf. Sie fühlte sich wie auf Wolke sieben. Seine Hände fanden jeden verspannten Muskel in ihrem Nacken und kneteten ihn mit geübten Bewegungen fort. Sie schloss genießerisch die Augen, spürte, wie sie sich immer mehr entspannte. Adrian spülte ihr vorsichtig das Shampoo aus den Haaren und stieg mit ihr aus der Wanne, wobei sie sich müde an ihn lehnte. Er wickelte sie beide in flauschige, weiche Handtücher, welche so groß waren, dass nur noch Evelins Kopf herausguckte. Adrian hob sie auf seine Arme, trug sie zu ihrem Bett, legte sie vorsichtig auf das Kopfkissen und tupfte ihre nasse, gerötete Haut behutsam mit dem weichen Handtuch ab.

Evelin nahm kaum mehr etwas wahr. Ihre Knochen schienen nur noch aus Gelee zu bestehen, und mit einem zufriedenen Seufzen schlief sie auf der Stelle ein.

Kapitel 7

Vogelgezwitscher weckte Evelin. Blinzelnd öffnete sie ihre Augen. Das Zimmer wurde von sanftem Sonnenlicht geflutet und draußen erklang das Plätschern des märchenhaften Brunnens. Genüsslich streckte sie sich.

Evelin strampelte die weiche Decke zur Seite, blieb allerdings weiterhin liegen. Sie fühlte sich unglaublich zufrieden, aber durfte sie das überhaupt? Hatte sie dieses Glück wirklich verdient? Vielleicht würde doch noch alles wie ein instabiles Kartenhaus zusammenbrechen.

Evelins Magen knurrte laut und lenkte sie so von ihren unangenehmen Gedanken ab. Sie hatte schon lange nichts mehr gegessen, und das war ihrem Magen gerade wichtiger als ihre schweren Gedankengänge. Evelin dachte an den Abend zuvor. Ihre rechte Hand glitt zärtlich über ihre Hüfte, dabei stellte sie sich vor, es wären Adrians Lippen. Eine Gänsehaut überzog ihren Körper. Als ihre Hand ihre Perle berührte, zuckte sie kurz zusammen. Sie war nicht mehr geschwollen, fühlte sich aber noch überreizt an. Evelin hatte einen Orgasmus noch nie so stark gefühlt, dabei hatte Adrian nicht einmal mit ihr geschlafen. Er wusste nicht nur, wie er ihrem Körper intensive Lust schenken konnte, sondern kurbelte auch ihre Fantasie an. Zu keiner Zeit hatte ein Mann so etwas in ihr ausgelöst. Er war ein Zauberkünstler, der sie auf eine erotische Achterbahnfahrt mitnahm und bestimmt ein paar weitere aufregende Asse im Ärmel hatte.

Evelin kicherte. Sich Adrian als Hauptfigur in einem ihrer Erotikromane vorzustellen, hatte einen gewissen Reiz. Wie sehr hatte sie das Lesen geliebt und ein Buch nach dem anderen verschlungen. Sie hatte mit den Charakteren gelacht, geweint und gezweifelt. Sie mochte Happy Ends am meisten, trotzdem musste sie zugeben, dass es die traurigen Enden waren, die ihr das Herz zerrissen und ihr im Gedächtnis blieben.

Evelin war neugierig. Sie wollte mehr über Adrian und dieses Haus, das scheinbar mit Geheimnissen überfüllt war, erfahren. Entschlossenen stand Evelin auf, ging zu dem eindrucksvollen Gemälde und ließ sich noch einmal von seinem Anblick verzaubern. Danach trat sie einen Schritt zurück und sah, dass jemand eine weiße Schachtel mit einer rosafarbenen Schleife auf dem Tisch deponiert hatte. Oben drauf lag eine schlichte, geriffelte Karte. Sie nahm sie in die Hand, klappte sie auf und ihr sprang eine wunderschöne Handschrift ins Auge.

„Zieh dieses Kleidungsstück zum Frühstück an. Ich bin mir sicher, es wird deinem Körper schmeicheln.“

Es gab keine Unterschrift, doch Evelin war sich sicher, dass die Karte nur von Adrian kommen konnte.

Mit einem aufgeregten Kribbeln griff sie nach der eleganten Schachtel, entfernte das Schleifenband, nahm den Deckel ab und enthüllte ein zusammengelegtes Kleid in der Farbe von violetten Lavendelblüten. Evelin strich ehrfürchtig über die Rüschen und winzigen Schleifen, die sich über die Puffärmel und das Dekolleté zogen. Sie holte das Kleid aus der Schachtel. Es reichte ihr bis zu den Knien und der Stoff fühlte sich kühl und wunderbar weich an. Sie konnte es nicht glauben, noch nie hatte sie etwas so Edles und Hübsches geschenkt bekommen.

Evelin drehte sich einmal um sich selbst, und das Kleid bauschte sich um sie herum auf. Dabei trat sie auf die Karte, die unauffällig heruntergefallen war. Evelin kniete sich hin und hob sie auf. Erst jetzt sah sie, dass auf der anderen Seite noch etwas geschrieben stand. In der gleichen schwungvollen Schrift las sie dort: „PS: Du wirst keine Unterwäsche tragen. Ich will jederzeit Zugang zu deinem Körper haben.“

Evelin merkte, wie sich ihr Puls leicht beschleunigte. Ihrem Körper schien der Gedanke zu gefallen, warum sonst würde sie ein sehnsuchtsvolles Ziehen in ihrer Mitte verspüren?

Evelin sah förmlich, wie sich auf ihrer rechten Schulter ein kleiner Engel positionierte, während auf der anderen ein kleines Teufelchen schmollend die Lippen kräuselte. Das Engelchen plapperte ihr vor, sie solle machen, dass sie von hier fortkam. Sie hatte endlich die Möglichkeit, frei zu sein und selbst über ihr Leben zu bestimmen.

Im Gegenzug machte sich das Teufelchen so groß, wie es ihm seine kleine Gestalt ermöglichte, stemmte die Hände in die Hüften und wisperte schmeichelnd, sie solle endlich einsehen, dass sie nirgendwo hingehen könne und nie wirklich frei sein werde. Hier seien Gleichgesinnte, die sie verstehen, sie verwöhnen und ihr helfen würden, sich selbst zu akzeptieren. Außerdem würde ihr ein so heißer Master bestimmt kein zweites Mal das Leben retten. „Nutze deine Chance!“, schrie das Teufelchen.

Danach zeterten die beiden um die Wette.

Evelin schüttelte den Kopf und die beiden Fantasiegestalten lösten sich in Luft auf.

Sie würde erst noch abwarten, bevor sie sich endgültig entschied.

Evelin duschte im Badezimmer und versuchte, die Badewanne keines Blickes zu würdigen, was ihr gar nicht so leichtfiel. Sie war jetzt schon viel zu aufgeregt, ihre Nerven waren zum Zerreißen gespannt, denn gleich würde sie Adrian wiedersehen. Evelin konnte ihre eigenen Gefühle nicht verstehen. Wie konnte man sich nach so kurzer Zeit bereits nach einer anderen Person sehnen? Vielleicht hatte Adrian sie ja verzaubert und war wirklich ein Magier und das Haus tatsächlich ein verwunschenes Schloss. Stellte sich nur die Frage, ob er der böse Zauberer oder der nette Prinz des Schlosses war.

Evelin konnte ein Lachen nicht unterdrücken. Beschwingt putzte sie ihre Zähne und kämmte sich das Haar. Dadurch, dass sie es sich am Abend zuvor nicht trocken geföhnt hatte, rahmte nun eine wilde Lockenmähne ihr Gesicht ein. Mit ein paar Haarklammern, die in einer Dose bereitstanden, steckte sie sich die widerspenstigen Strähnen zurück. Danach ging sie in ihr Zimmer und zog das seidige Kleid an. Es schmiegte sich eng an ihren Körper und war doch leicht, ließ jede Bewegung zu. Es war seltsam, nichts darunter anzuhaben, jedoch war es sehr erregend. Die passenden Ballerinas dazu fand sie neben dem Tisch. Evelin ging bewusst zu einem der großen Spiegel hinüber und besah sich das erste Mal nach langer Zeit freiwillig. Die dunklen Augenringe vom Vortag waren schon etwas verblasst. Der Ausschnitt des Kleides war nicht zu tief und setzte ihren straffen Busen hübsch in Szene. Das Kleid hatte zwar halblange Ärmel, dennoch sah man die Narben auf ihren Armen hervorblitzen. Sie war sich sicher, dass er es absichtlich für sie ausgesucht hatte. Gestern hatte er sie nackt, mit all ihren Narben gesehen und ihr nicht einen Moment lang gezeigt, dass er ihren Körper abscheulich fand. Im Gegenteil, er hatte bewusst versucht, sie zu stärken und ihr Mut gemacht, in Zukunft mit den Narben umgehen zu können. Das Kleid sollte ihr zeigen, dass er seine Worte auch so meinte. Ihm waren ihre Narben egal, er begehrte sie trotz allem, das hatte sie gestern zu spüren bekommen. Evelin versuchte, nicht weiter darüber nachzudenken, straffte ihre Schultern und verließ ihr Zimmer.

Es roch verführerisch nach Essen und so folgte Evelin ihrer Nase und kam in ein hübsch dekoriertes Esszimmer. In seiner Mitte stand ein großer runder Holztisch, gedeckt mit silbernem Geschirr und allerlei Köstlichkeiten: selbst gemachte Marmeladen, süßer Honig, ein frischer Obstsalat, verschiedene Müslisorten, duftende Brötchen und noch vieles mehr, das Evelin das Wasser im Mund zusammenlaufen ließ. Die Wand ihr gegenüber besaß deckenhohe Fenster, die den Blick in den traumhaften Garten freigaben.

Evelin stand unschlüssig vor dem gedeckten Tisch, als neben ihr eine weitere Tür geöffnet wurde. Sie hörte, wie sich mehrere Männer unterhielten, um dann abrupt zu verstummen. Adrian trat durch die Tür, blieb stehen und schaute Evelin mit einem Blick an, der versprach, dass sie sein Frühstück werden würde.

Von jetzt auf gleich wurde ihr schrecklich heiß, und diesmal war sie froh, dass sie nur so wenig anhatte. Je länger Adrian sie anstarrte, desto mehr klopfte ihr Herz. Und rühren konnte sie sich gar nicht. Schließlich hatte jeder schon einmal davon gehört, dass man sich möglichst nicht bewegen sollte, wenn ein Raubtier einen ins Visier genommen hatte.

Die Zeit schien förmlich still zu stehen. Unvermittelt wurde eine große Hand auf Adrians Schulter geklatscht und eine männliche Stimme sprach: „Bist du festgewachsen? Versperr uns nicht den Weg. Wir haben uns dieses fantastische Frühstück von Liz mehr als verdient."

Damit schob er Adrian aus dem Weg, und nun konnte Evelin die drei Männer begutachten, die hinter ihm gestanden hatten. Der Kleinste von ihnen sah aus wie ein Model, mit hellen, verstrubbelten Haaren, die seinem Äußeren aber keinen Abbruch taten. Im Gegenteil, er schaute verdammt gut aus, als er ihr verschmitzt zuzwinkerte. Evelin wurde eine Spur röter, wenn dies überhaupt noch möglich war. Dann sprang ihr der nächste Mann ins Auge. Er war hochgewachsen, trug einen Anzug und eine Brille, die seine dunklen Augen nicht verstecken konnte. Bei Evelins Anblick zog sich einer seiner Mundwinkel nach oben. Mehr gab seine Mimik jedoch nicht preis. Der dritte im Bunde, der zuvor gesprochen hatte, passte so gar nicht in die Männerrunde. Er hatte kurz geschorene Haare und ein silbernes Piercing in der Augenbraue. Sein Blick war einschüchternd.

Unbewusst ging Evelin ein paar Schritte rückwärts, nur um von einer Stuhllehne gebremst zu werden.

Die vier Männer hatten sich vor ihr aufgestellt. Evelin wollte am liebsten im Erdboden versinken. Die geballte Aufmerksamkeit dieser vier Master jagte ihr einen Schauer nach dem anderen über den Rücken. Sie wusste nicht, wo sie hinschauen sollte, und ihr Atem kam stockend.

„Sieh mal einer an, was aus dem kleinen Küken geworden ist. Adrian, du hast ganze Arbeit geleistet. Sie schaut aus wie ein hübscher Schwan. Am liebsten würde ich sie auf der Stelle vernaschen."

Dabei ließ der Gepiercte den Blick nicht von ihr und leckte sich hungrig über die Lippen. Evelin schluckte hart. Eine Schweißperle rollte langsam zwischen ihre bebenden Brüste.

„Mensch, Falco, wenn ich nicht wüsste, dass du Spaß machst, würde ich an ihrer Stelle schlottern vor Angst!" Der kleinste von ihnen ging an dem muskelbepackten Mann vorbei und stellte sich vor Evelin. Er streckte ihr seine Hand entgegen. „Mein Name ist Henry. Schön, dich endlich kennenzulernen. Der große, penibel gekleidete Typ ist Patrick. Der mit der großen Klappe, aber dem weichsten Herzen, das ich kenne, ist Falco."

Evelin ergriff zögernd Henrys Hand.

„Hey, Henry versau mir ja nicht meinen unbarmherzigen Ruf bei den Frauen." Damit ging Falco auf Evelin zu. Er nahm ihre Hand in seine und hauchte ihr einen Kuss auf den Handrücken. Dabei schaute er belustigt, ließ sie aber nicht aus den Augen.

Als Letztes kam Patrick zu ihr, der noch immer keine Miene verzog. „Ich bin froh, dass es dir besser geht. In der Situation, in der wir dich gefunden haben, war ich mir nicht sicher, ob es besser wäre, dich in ein Krankenhaus zu bringen. Wie mir scheint, hat Adrian sich jedoch gut um dich gekümmert." Er beugte sich zu ihr herunter und flüsterte ihr ins Ohr: „Du siehst hinreißend aus in dem Kleid. Ich bin mir sicher, nackt strahlst du wie ein Himmelskörper."

Evelin holte hörbar Luft. Ihr Gesicht lief tomatenrot an.

Patrick ging zum gedeckten Tisch und setzte sich zu den anderen Männern.

Adrian ging auf Evelin zu. „Ich hoffe, dir ist bewusst, dass jeder von ihnen ein Master ist. Sollten wir eine Session mit ihnen haben, wirst du sie so anreden, verstanden?" Dabei glitt sein Blick zu den Männern am Tisch. „Sie leben nicht in diesem Haus, können aber jederzeit ein und aus gehen, wie sie es möchten. Ich denke, du wirst dem einen oder anderen noch mal über den Weg laufen."

Ein Prickeln erfasste Evelin. Nicht auszudenken, was passieren würde, wenn sie einem von ihnen allein begegnete. Bei Henry machte sie sich keine Gedanken, aber Patrick und Falco schienen einer solchen Begegnung nicht abgeneigt zu sein. Sie konnte sich gut vorstellen, wie die beiden Master sich auf sie stürzen würden, um sie mit ihrer Dominanz zu verführen.

***

Interessant, dass sie so auf Falco reagierte, das würde er sich später sicherlich zunutze machen können. Es gab viele Subs, die sich von Falcos Äußerem blenden ließen. Sie sahen in ihm den strengen Master, und die ein oder andere Sub stand besonders auf seine kühle Distanziertheit während der Sessions. Er machte seinem düsteren Ruf ja auch alle Ehre. Nur seine engsten Freunde wussten, dass er im Herzen ein lieber Kerl war. Er unterstützte seine Familie finanziell, und wenn Not am Mann war, war Falco sofort zur Stelle. Adrian würde für jeden der drei seine Hand ins Feuer legen. Sollte einer von ihnen bis zum Hals in Problemen stecken, würde ihm jeder der anderen Hilfe anbieten.

Damals, im Internat, waren sie eine gefürchtete Clique gewesen. Man nannte sie schlicht und einfach „Die Vier". Eine Bande von ungeliebten und vergessenen Jungs, die sich jedoch Respekt und Achtung erkämpften. Auch heute waren sie noch füreinander da. Adrian erinnerte sich gut daran, dass jemand sie mal „Die vier Musketiere" genannt hatte.

„Wie ich sehe, steht dir das Kleid fantastisch. Vor allem, dass du meinem Befehl gefolgt bist und keinen BH trägst, gefällt mir besonders gut. Deine harten Nippel springen jedem sofort ins Auge." Adrian grinste raubtierhaft, dabei wanderte sein Blick zu ihrem Dekolleté.

***

Evelin folgte seinem Blick und stieß einen nicht gerade sehr damenhaften Fluch aus. Durch den dünnen Stoff konnte man deutlich ihre aufgerichteten Brustwarzen erkennen. Sie spürte, wie ihr die Röte in die Wangen schoss. Reflexartig wollte sie ihre Hände vor der Brust verschränken, Adrian fing sie jedoch ab, zog Evelin mit der gleichen Bewegung zu sich heran und hielt ihre Hände hinter ihrem Rücken verschränkt.

Das alles ging so schnell, dass Evelin nur noch einen kleinlauten Protest ausstoßen konnte. Gefangen in seiner Umarmung spürte sie überdeutlich seinen Körper, der sich an sie drückte. Sein Mund war auf Höhe ihrer Augen und bot ihr einen fantastischen Anblick.

„Also, meine Liebe, was habe ich dir gestern zu dem Thema, du sollst deinen Körper nicht vor mir verstecken, gesagt? Kann es sein, dass du es schon vergessen hast?"

Während er mit einem drohenden Unterton in der Stimme mit ihr sprach, hauchte er sanfte Küsse auf ihr Gesicht. Evelin versuchte, ihre Hände zu befreien, was natürlich nicht funktionierte. Da hätte sie gleich probieren können, einem Elefanten das Fliegen beizubringen.

„Ich warne dich, ma chérie. Solltest du es noch einmal wagen, deinen Körper vor mir oder einem der anderen Master zu verstecken, werde ich dir dieses Kleid über den Kopf ziehen und du wirst nackt mit uns am Tisch sitzen und dein Frühstück zu dir nehmen. Glaub mir, es wird nicht nur mir wahre Freude bereiten, dich so zu bestrafen. Die anderen werden sich an deiner Nacktheit genauso erfreuen wie ich."

Adrian grinste diabolisch, und Evelin hatte nicht die geringsten Zweifel daran, dass er es ernst meinte.

Plötzlich öffnete sich eine Tür und Liz kam mit einer großen Pfanne voll lecker duftender Pfannkuchen herein. Sie trug eine bunte Schürze und grinste von einem Ohr zum anderen. Auf ihrer Nasenspitze befand sich entweder ein wenig Puderzucker oder Mehl.

„Ich wünsche euch allen einen guten Morgen." Sie stellte die Pfanne auf den Tisch und sah glücklich in die Runde.

Adrian hatte Evelin nach einem strengen Blick inzwischen losgelassen und bedeutete ihr, sich auf den freien Stuhl zwischen Patrick und Falco zu setzen. Evelin schluckte mühsam. Wie sollte sie in Ruhe das Essen genießen, wenn diese heißen Brummbären neben ihr saßen?

Als hätte Falco ihre Gedanken erraten, drehte er sich zu ihr um und klopfte neben sich auf den freien Platz. Es lag ihr schon ein passender Spruch auf den Lippen, als ihr Magen ohrenbetäubend laut zu knurren begann. Damit hatte sie nun die Aufmerksamkeit aller Beteiligten in diesem Raum. Evelins Nacken wurde heiß und sie wünschte sich ans Ende der Welt.

Besorgt klatschte Liz in die Hände. „Ach herrje, du musst ja am Verhungern sei. Erst die ganze Aufregung und dann noch die Session mit Adrian." Dabei flitzte Liz wie eine führsorgliche Glucke um den Tisch herum und fing an, Evelin eine Köstlichkeit nach der anderen unter die Nase zu halten. Als Evelins Teller bis zum Bersten mit den wunderbar duftenden Delikatessen gefüllt war, nahm sie zwischen Patrick und Falco Platz.

„Ach, ihr hattet schon ein kleines Intermezzo? Vielleicht hätte ich gerne daran teilgenommen." Dabei sah Falco Evelin grinsend an.

Evelin kribbelte es auf der Zunge und sie konnte sich nicht zurückhalten. „Ich denke nicht, dass es etwas gebracht hätte", sprach Evelin mit schmeichelnder Stimme. „Die Badewanne war so schon voll genug. Hättest du dich dazu begeben, hätte es danach ausgesehen, als würde ein Walross versuchen, sich auf eine übervolle Sandbank zu retten."

Liz verschluckte sich an ihrem frisch gepressten Orangensaft und schnappte panisch nach Luft, während Henry ihr belustigt auf den Rücken klopfte. Die anderen Männer ließen ihr Besteck sinken und schauten Evelin ungläubig an.

Evelin rauschte das Blut in den Ohren und ihr Herz pochte hart gegen ihren Brustkorb. Sie starrte stur geradeaus, direkt in Adrians funkelnde Augen. Evelin rechnete mit dem Schlimmsten und machte sich auf ihrem Stuhl so klein wie möglich. Auf einmal hatte sie Angst, er würde sie vielleicht schlagen. So, wie Marcel es manchmal getan hatte, wenn ihm ihre Antworten nicht gefallen hatten.

Falco richtete sich ruckartig auf, was Evelin zusammenzucken ließ, dann fing er an zu lachen, hielt sich den Bauch, und auch die anderen am Tisch stimmten mit ein. Evelin war perplex, doch daraufhin musste sie ebenfalls schmunzeln. Es war so befreiend, endlich mal wieder herum albern zu können, dass sie spürte, wie ihre innere Schutzwand einen ersten kleinen Riss bekam.

Nach einer gefühlten Ewigkeit setzte sich Falco auf seinen Stuhl und nahm Evelin in die Arme. Er gab ihr einen festen Kuss auf den Mund und strahlte über das ganze Gesicht.

„Ich sehe schon, wir werden viel Spaß miteinander haben. Solch ein frischer Wind hat hier wirklich noch gefehlt." Er wischte mit der Hand wild durch ihre Locken. „Ich danke dir für deine spitze Zunge und freue mich bereits darauf, dich für diese Frechheit bestrafen zu dürfen."

Seltsamerweise war Evelin nach seinen Worten nicht ängstlich. Im Gegenteil, ihr wurde sogar warm ums Herz. Alle, die hier am Tisch saßen, machten einen innigen und familiären Eindruck auf sie, und irgendwie wünschte sie sich, zu dieser geselligen Gruppe dazugehören zu können.

Nach den unterhaltsamen Lachanfällen ließen sie sich das Frühstück schmecken. Liz war eine wahre Meisterköchin. Evelin aß mit Begeisterung und freute sich schon auf die nächste Mahlzeit.

Nachdem alle aufgegessen hatten, ergriff Adrian das Wort. „Liz, wärst du so lieb und würdest ein wenig mit Evelin spazieren gehen? Es ist so ein schöner Frühlingstag, und ich denke, es würde euch beiden guttun, ein bisschen die Sonne zu genießen."

„Das werde ich mit Freude übernehmen, Adrian."

Liz schaute Evelin erwartungsvoll an. Dabei zeigte sie einen solchen Hundeblick, dass Evelin unmöglich Nein sagen konnte. Und etwas Abstand von den Mastern zu gewinnen, war mehr als eine gute Idee. Sie kam sich bei so viel männlichem Ego schon wie ein weich gekochtes Ei vor.

„In Ordnung."

Liz sprang förmlich vom Stuhl auf. Sie verabschiedeten sich von den Männern, dabei schien es Evelin, als würde sie Henry einen besonders langen Blick schenken.

Adrian erhob sich und stellte sich vor Evelin. Im nächsten Moment hatte er sie schon in seine Arme gezogen, küsste sie zärtlich auf den Mund und flüsterte ihr ins Ohr: „Ich kann es kaum erwarten, dass wir wieder allein sind."

Evelin spürte, wie ihr Körper erwartungsvoll kribbelte.

„Ich wünsche euch viel Spaß. Versuch, dich etwas zu entspannen, und denk daran: Keine Höhenflüge, du musst deinen Arm noch schonen.“

Am liebsten hätte sie mit „Ja, Dad!“ geantwortet. Doch sich eine Strafe pro Tag einzuhandeln, sollte wohl genug sein. Außerdem brannte sie darauf, endlich mit Liz allein zu sein. Sie hatte so viele Fragen, die diese hoffentlich beantworten konnte!

***

Adrian schaute den beiden Frauen hinterher. Sie schienen sich sympathisch zu sein, was ihn mehr als erleichterte.

„Adrian, jetzt erzähl schon. Wie schätzt du sie ein? Hast du bereits etwas aus ihr herausbekommen?“

Henry schaute ihn ernst an. Um seinen Mundwinkel lag ein bitterer Zug. „Sie ist immer noch sehr labil. Gestern hatte sie eine Panikattacke, als der Doc ihr ein paar Fragen stellte. Ich muss also äußerst vorsichtig sein, sonst verschließt sie sich ganz vor mir.“

Henry seufzte frustriert.

„Immer langsam Henry, wir können von Glück sagen, dass Adrian sie gefunden hat. Sonst wäre ein weiteres Menschenleben verloren gewesen. Sie ist unsere erste heiße Spur nach langer Zeit“, sprach Patrick.

„Ich weiß. Aber jedes Mal, wenn ich Liz ansehe, werde ich ungeduldiger. Ich will diese verdammte Loge endlich dem Erdboden gleichmachen!“

„Das wollen wir alle, Henry, aber wir dürfen uns nicht zu sehr von unseren Emotionen leiten lassen. Wir müssen mit klarem Kopf an diese Sache herangehen", erwiderte Adrian.

„Was mich viel mehr interessiert, wie steht es mit dir und Evelin? Darf ich annehmen, dass du etwas für sie empfindest, dass sie für dich nicht nur der Schlüssel zu unserem Fall darstellt?" Falco schaute Adrian, der eine Hand in seinen Haaren vergrub, wissend an.

„Es ist etwas zwischen uns, aber momentan habe ich noch Mühe, zu ihr durchzudringen. Außerdem habe ich ihr drei Tage Zeit gegeben, um sich zu entscheiden, ob sie hierbleiben oder gehen möchte."

„Du hast was getan?" Henry hatte seine Stimme ungläubig erhoben und ballte die Hände zu Fäusten.

„Ich muss ihr Vertrauen gewinnen, und ihr ein Ultimatum zu stellen, war zu dem Zeitpunkt die geschickteste Möglichkeit."

Henry entspannte sich wieder. „Du hast recht. Tut mir leid. Hat sie denn irgendetwas erzählt? Wer ihr das angetan hat?"

„Er heißt Marcel, mehr hat sie nicht verraten. Sie wurde gefoltert, sowohl körperlich als auch seelisch. Evelin ist stark, deshalb vermute ich, da steckt noch etwas anderes dahinter. Ein schlimmes Ereignis, das sie bislang nicht preisgeben kann."

„Es ist also so ähnlich wie bei Liz?", fragte Falco.

„Dem Anschein nach … ja", sagte Adrian.

Die vier Männer verfielen in Schweigen. Jeder hing seinen eigenen düsteren Gedanken nach.

Falco brach als Erster die Stille. „Wir müssen die Nachforschungen so lange weiterbetreiben, bis Evelin uns zusätzliche Anhaltspunkte über ihren Entführer geben kann.“

„Ich werde euch auf dem Laufenden halten“, sprach Adrian. Es behagte ihm ganz und gar nicht, bei Evelin nicht mit offenen Karten spielen zu können. Aber ihre momentane psychische Situation machte es ihm noch nicht möglich. Er konnte nur hoffen, dass sie sich am nächsten Abend dazu entschied, bei ihm zu bleiben, zum Wohle aller Beteiligten.

Kapitel 8

Liz war die geborene Fremdenführerin. Sie zeigte Evelin die schönsten Bereiche, die es auf dem großen Anwesen zu sehen gab. Ihr Lieblingsort war unter den Kastanien, wo ein kleines Bächlein ruhig dahinplätscherte. Sie machten dort Rast und genossen die friedliche Umgebung, bis Evelin es nicht mehr aushielt.

„Liz, darf ich dir ein paar Fragen stellen?"

Liz hatte sich neben sie ins Gras gelegt und beobachtete die Wolken am Himmel. „Lass mich raten, du möchtest etwas über Adrian erfahren?"

„Ähm, ja, genau. Wie lange kennst du ihn und die anderen Master schon?"

Liz verschränkte die Arme unter dem Kopf, ihr Blick folgte den schneeweißen Wolken. „Ich bin seit ungefähr drei Jahren hier. Die Master haben mich damals gefunden und aufgenommen, wofür ich ihnen sehr dankbar bin. Sie haben sich um mich gekümmert, als es kein anderer tun konnte. Adrian gehört dieses Anwesen, das er von seinen Eltern geerbt hat."

„Heißt das, seine Eltern leben nicht mehr?"

„Soweit ich weiß, sind sie früh gestorben, aber das solltest du ihn lieber selbst fragen. Er redet nicht gerne darüber."

Da scheinen wir etwas gemeinsam zu haben, dachte Evelin. Sie rieb sich die Stelle über ihrem schmerzenden Herzen. Sie hatte nicht nur ihre Eltern verloren, sondern ebenso ihre Schwester Madeleine.

Liz hatte sich zu ihr umgedreht, den Kopf auf den Arm gestützt, und schaute Evelin an. „Ich bin unheimlich froh, dass du hier bist, Evelin. Sosehr ich die Master auch mag, eine weitere Schicksalsgefährtin hat mir schon gefehlt." Sie nahm Evelins Hand in ihre. „Ich bin mir sicher, wir werden uns gut verstehen."

Liz schien auf eine traurige Art überaus einsam zu sein, und Evelin brachte es nicht übers Herz, ihr von Adrians Ultimatum zu berichten. Es gab noch so viel, was sie nicht über Adrian wusste. Trotzdem spürte sie seine enorme Anziehungskraft. So etwas hatte sie bisher nie gespürt. Es fühlte sich besonders an, und doch ängstigte sie das Gefühl bis ins Mark. Die andere Option wäre, sich allein in einer fremden Stadt an einem entlegenen Ort durchzuschlagen. Aber hier kam sie sich seltsamerweise sicher vor Marcel vor. Das Vergangene war verschwommen, wie hinter Milchglas verschlossen. Am liebsten würde sie alles vergessen, aber was wäre dann mit dem Andenken an ihre Schwester? Sie durfte nicht einfach verdrängen, was geschehen war. Ihr Tod hatte Evelins Herz gesprengt, zumal sie Mitschuld daran hatte.

Nach einiger Zeit setzten die beiden ihren Spaziergang fort. Sie kamen zu einer großen offenen Wiese. In der Nähe konnte man die schmiedeeisernen Zäune mit ihren meterhohen Hecken sehen, die das ganze Grundstück umgaben. Evelin konnte David und Mike erkennen, die am Tor patrouillierten.

„Liz, sind die Wächter auch Master?"

„Du hast sie schon kennengelernt? Ja, das sind sie, aber soweit ich weiß, leben sie ihre Dominanz an einem anderen Ort aus."

„Warum ist das Gebäude eigentlich so gut abgeriegelt? Befürchtet Adrian, dass ihm seine Sklavinnen sonst davonlaufen?"

Liz schaute sie entgeistert an und fing an loszulachen. „Du bist so lustig, Evelin. Warum in Gottes Namen sollte jemand vor Adrian fortlaufen wollen? Würden sie wissen, wo er wohnt, würden sie Schlange stehen, um hier reinzukommen. Adrian ist einer der begehrtesten Junggesellen der Stadt. Aber natürlich weiß niemand von diesen reichen, verzogenen Gören und auch die Presse nicht, dass er ein Master ist. Seine sexuelle Neigung ist der Öffentlichkeit nicht bekannt, und Adrian achtet sehr darauf, dass es weiterhin so bleibt. Das ist ein zusätzlicher Grund, warum er noch nie eine Sub mit hierhergenommen hat. Dies ist sein Familiensitz, und er würde nicht das Risiko eingehen, ihn durch irgendwelche unvorsichtigen Handlungen in Gefahr zu bringen. Niemand, der ihm nicht nahesteht, durfte dieses Anwesen bis jetzt betreten."

„Aber was ist mir dir, warum bist du hier?"

Liz' Gesicht nahm einen traurigen Zug an. Sie ging langsam weiter und schob mit den Füßen einen Stein vorwärts.

„Liz, es tut mir leid, ich wollte nicht zu aufdringlich sein. Das alles hier ist noch so unwirklich für mich. Ich war einfach nur neugierig."

Liz hätte sich wahrlich gut in einer Fußballmannschaft gemacht, denn sie hatte den Stein ein ganzes Stück von sich fort gekickt.

„Ich bin nicht freiwillig hier gelandet. Das heißt, es gibt einen Grund, warum ich hierherkam, und so schrecklich der auch gewesen ist, bin ich doch sehr froh darüber. Du musst wissen, meine Familie legt großen Wert auf ihr Image. Sie haben in der Politik viel zu sagen, und so wurde ich zur Zielscheibe einer geheimen Organisation, die meine Eltern durch mich erpresste. Zum Glück war Henry ihnen schon seit Längerem auf der Spur, und es gelang ihm, mich zu befreien. Weißt du eigentlich, dass alle Master hier eine Kampfausbildung haben?“

Evelin schüttelte ungläubig den Kopf.

„Das hätte ich auch nicht vermutet, wenn ich es nicht mit eigenen Augen gesehen hätte. Sie brachten mich zu meiner Familie zurück, aber die wollte nichts mehr von mir wissen. Eine geschändete Tochter passte nicht in ihre überaus perfekte Familie. Also strandete ich hier bei Adrian und bin ihm sehr dankbar dafür, dass ich hier wohnen darf.“

Evelin legte ihr tröstend eine Hand auf die Schulter. „Du klingst aber nicht gerade glücklich, wenn du über diesen Umstand sprichst. Kannst du nicht woanders hingehen? Ein neues Leben anfangen?“ Evelin hatte auf einmal einen Geistesblitz. „Hat dein Unbehagen eventuell etwas mit Henry zu tun?“

Liz richtete sich ertappt auf und ihre Wangen nahmen einen Hauch von Rosa an.

„Ich habe gesehen, wie du ihn beim Frühstück beobachtet hast.“

Liz lächelte traurig. „Ist das so offensichtlich? Seitdem er mich damals gerettet hat, schwärme ich für ihn. Er hat, seit ich hier bin, keine andere Sub mehr angerührt. Wir haben zwar Sessions zusammen, aber ich merke, dass ihn etwas zurückhält. Er will die Strippenzieher hinter all den Entführungen finden. Du musst wissen, dass wir nicht die Einzigen sind, denen so etwas passiert ist. Die Loge, wie sie sich nennt, entführt junge Frauen und hält sie wie Leibeigene. Bis es ihnen nicht gelungen ist, die Mistkerle zu fassen, wird er sich mir nie ganz öffnen, fürchte ich."

Sie wischte sich ein paar Tränen aus dem Gesicht und pustete ihren wirren Pony aus der Stirn. „Aber warum verderbe ich uns mit solchen Geschichten die Laune? Lass uns lieber weitergehen. Du wirst staunen, dort vorn ist nämlich Adrians Heiligtum."

Evelin wollte gerade etwas sagen, da schnappte Liz ihre Hand und zog sie hinter sich her. Sie rannten den Wiesenhang hinunter und quietschten vergnügt wie kleine Mädchen.

Evelin würde später über das Gesagte nachdenken, denn es schien Parallelen zwischen Liz und ihr zu geben, die sie jetzt noch nicht verstand.

Evelin überlegte fieberhaft. Was konnte es in Adrians Heiligtum wohl geben? Eine riesige Folterkammer, uralte Schätze oder vielleicht eine langweilige Pudelmützen-Sammlung? Ihre Gedanken fuhren Achterbahn.

Sie bogen um eine Hausecke und standen urplötzlich vor einem riesigen Treibhaus. Es reichte bis zur Dachrinne des Anwesens und war groß genug, dass ein kleines Wohngebäude reingepasst hätte.

Staunend, mit offenem Mund, schaute Evelin hinauf.

„Damit hast du wohl nicht gerechnet, oder?" Man hörte Liz die Freude über ihre Überraschung an.

Sie umrundeten das Gebäude und kamen zu einer weißen Tür.

„Nun mach schon auf, Evi." Liz war ganz hibbelig.

Evelin streckte die Hand aus, öffnete die Glastür und ein warmer, aber angenehmer Wind wehte ihr entgegen. Es roch auf einen Schlag nach einer Fülle von Blumen. Sie ging langsam in das Treibhaus hinein und fühlte sich wie im Paradies. Überall sah sie bunte, wunderschöne Blumen wachsen. Die einen waren groß oder hatten einzigartige Formen und andere wiederum besaßen klitzekleine Blüten. Behutsam berührte sie ein sternförmiges Blatt, welches in sämtlichen Farben des Sonnenaufgangs leuchtete.

„Das ist wunderschön", flüsterte sie.

Evelin drehte sich um und sah gerade noch, wie Liz aus der Tür huschte und sie leise hinter sich schloss. Evelin runzelte verwundert die Stirn.

Weiter vorn konnte sie nun eine sanfte Musik vernehmen. Wie magnetisch von den Klängen angezogen, folgte sie einem Pfad aus weißen Kieselsteinen. Dabei blieb sie immer wieder staunend stehen, um die Blumenpracht genauer zu betrachten. Zwischen dem Weg und den Pflanzen waren kleine Leuchten eingebaut, die ein dämmriges Licht verströmten. Sie ging weiter und musste ein paar Palmenblätter zu Seite schieben, um den runden Platz in der Mitte des Treibhauses zu erreichen.

Dort stand ein hübscher, alter Gartentisch mit vier Eisenstühlen. Daneben befanden sich eine dunkelrote Chaiselongue und ein großer schwarzer Flügel. Von diesem kamen die wunderbaren Klänge, und kein anderer als Adrian entlockte ihm diese zauberhafte Melodie. Er saß dort völlig entspannt, die Augen geschlossen und schien in Gedanken weit weg zu sein. Leise ging Evelin zu der Chaiselongue hinüber und setzte sich. Adrian spielte eine ruhige und gefühlvolle Musik, die sie seltsamerweise tief berührte. Es war, als würden die Klänge einen Teil von seinem Innersten freigeben. Sie beobachtete, wie seine Finger schnell und flink über die Tasten wanderten. Evelin hatte schon immer Respekt vor Leuten verspürt, die so wundervoll mit einem Instrument umgehen konnten, und musste zugeben, dass es Adrian in ihren Augen noch ein Stück attraktiver machte.

„Hat es dir gefallen?"

Vor Schreck zuckte sie zusammen. Sie war so in ihre Gedanken versunken gewesen, dass ihr nicht aufgefallen war, wie er zu spielen aufgehört hatte.

Adrian hatte die Hände auf dem Flügeldeckel liegen und schaute sie gespannt an. „Normalerweise erlaube ich niemandem, mir beim Musizieren Gesellschaft zu leisten, aber da du das nicht wissen konntest, werde ich dir noch einmal verzeihen." Er grinste schelmisch.

Evelin nahm sich fest vor, sich später Liz vorzuknöpfen. Bestimmt war das alles ihre Idee gewesen. Sie hatte sicherlich gewusst, dass Adrian im Treibhaus war, und sie extra hierher geführt. Evelin konnte ein Schmunzeln nicht unterdrücken. Sie durfte Liz nicht unterschätzen.

Kapitel 9

„Wie heißt das Stück, das du gerade gespielt hast?"

Adrian erhob sich, wobei er zärtlich über den Flügel strich. „Es hat keinen Namen."

„Heißt das, du hast es selber komponiert?" Evelin schaute ihn ungläubig an.

Adrian beobachtete sie und zog eine Augenbraue in die Höhe. „Warum so überrascht? Hast du mir nicht zugetraut, musikalisch zu sein?"

„Es gibt noch so einiges, was ich nicht über dich weiß." Demonstrativ verschränkte sie ihre Arme vor der Brust.

Adrian ging zu einer Blumengruppe in hellem Türkis, nahm eine Gartenschere in die Hand und fing an, abgestorbene Äste zu entfernen. „Dann darfst du jetzt gerne die Chance nutzen und mir deine quälenden Fragen stellen."

Evelin war überrascht. Sie überlegte, ob es vielleicht eine Falle seinerseits sein könnte, damit er ihr eine zusätzliche Bestrafung abverlangen konnte. Allerdings siegte ihre Neugierde, zumal er in Seelenruhe seine Blumen pflegte. Jemand, der so behutsam mit Pflanzen umging, konnte keine bösen Hintergedanken haben, oder doch?

„Also gut, fangen wir mit etwas Leichtem an."

„Wird das eventuell ein Interview?"

„Vielleicht."

Adrian sah sie belustigt an und sie musste ebenfalls schmunzeln.

„Also gut, Frau Marten, dann beginnen Sie bitte mit Ihren Fragen“, sagte er schmunzelnd und machte dabei mit der Gartenschere in der Hand eine Verbeugung.

Evelin konnte ein Grinsen nicht unterdrücken. „Herr Lorain, wie ich hörte, sind Sie ein reicher, gut aussehender Junggeselle. Wie kann man dabei mit beiden Beinen auf dem Teppich bleiben? Oder schlagen Sie schon das eine oder andere Mal über die Stränge?“

„Frau Marten, ich danke Ihnen erst einmal für das Lob. Dass ich reich bin, wusste ich ja, aber so gut aussehend? Ich fühle mich geehrt.“

Evelin schnaubte über seinen Hochmut, und Adrian grinste. Er hatte eindeutig ein wenig zu viel Spaß an diesem Spiel.

„Herr Lorain, würden Sie bitte auf meine Fragen antworten?“

„Natürlich, entschuldigen Sie bitte, wenn ich Sie aus dem Konzept gebracht haben sollte. Um auf Ihre Frage zurückzukommen, ich schlage niemals über die Stränge, und wenn es jemals dazu kommen sollte, gibt es ein paar Personen, die mich sicherlich schnell wieder auf den Teppich bringen würden, wie Sie so schön sagten.“

Evelin war sich sicher, zu wissen, wen er damit meinte. „Also gut, Herr Lorain, wie alt sind Sie und was machen Sie beruflich?“

„So direkt, Frau Marten? “, sagte er und zwinkerte ihr amüsiert zu. „Ich bin 26 Jahre alt, und wie Sie bestimmt schon gehört haben, soll ich ein recht wohlhabender Lebemann sein. Dies trifft es aber nicht ganz.“

„Ach nein? Dann klären Sie mich doch bitte auf.“

„Es stimmt, ich habe von meinen Eltern ein großes Vermögen geerbt, dennoch gehe ich sorgsam
damit um. Ich habe erfolgreiche Firmen gegründet.
Ein paar kümmern sich um gewinnbringende Investitionen, andere hingegen sind im Bereich der Wohltätigkeit zu finden. So habe ich in ärmeren Ländern
Vereine für den Anbau eigener Nahrungsmittel organisiert, und auch welche zum Schutz von vom
Aussterben bedrohten Tierarten, wie zum Beispiel
dem Schneeleoparden. Ein wunderschönes Tier, das
leider immer noch gejagt wird.“

„Das ist wirklich beeindruckend.“ Die nächste
Frage war ihr unangenehm, aber sie konnte ihre
Neugierde nicht zügeln. „Was ist mit Ihren Eltern
passiert?“

Adrian hielt mit dem Pflegen der Blumen inne. Er
schien sich einen Moment sammeln zu müssen, danach drehte er sich zu ihr um. In seinen Augen wirbelte ein Orkan aus widersprüchlichen Gefühlen.
„Sie wurden ermordet, als ich 14 Jahre alt war.“

Evelin erstarrte. Auch er hatte schlimme Verluste
erleiden müssen. Sie hörte ein Summen in ihrem
Kopf und sah wieder die Unfallbilder von dem
Zugunglück vor sich, bei dem ihre Eltern ums Leben gekommen waren.

„Das tut mir sehr leid.“ Ihr Herz zog sich
schmerzhaft zusammen. Evelin dachte an ihre
Schwester Madeleine, die ihre letzte Angehörige gewesen war, und Tränen stiegen ihr in die Augen.

„Das ist nett von Ihnen, aber auch wenn es hin
und wieder noch schmerzt, so habe ich mich dennoch damit abgefunden.“

Adrian legte die Schere beiseite. „Sie wurden bei
einer Autofahrt getötet. Es hieß, es wäre ein Auto-

unfall gewesen, aber ich habe Beweise, dass es kein Zufall gewesen ist. Nur den Grund, warum sie sie ermordet haben, weiß ich bis heute nicht. War es das Geld, Schmuck oder Neid? Ich werde es vielleicht nie erfahren." Adrian drehte sich um und ging auf Evelin zu. „Aber lass uns nicht weiter über solche Sachen sprechen. Einen Angehörigen zu verlieren, wünsche ich keinem."

Kurz überlegte Evelin, sich ihm anzuvertrauen, denn er würde ihren Verlust verstehen können. Aber sie zögerte zu lange. Der intime Moment war verflogen.

„Komm, ich möchte dir etwas zeigen." Er hielt ihr seine Hand hin, die Evelin ohne zu zögern nahm.

Adrian führte sie einen versteckten Weg entlang. Am Boden waren kleine Scheinwerfer angebracht, die den Pfad beleuchteten.

„Darf ich dich fragen, welche Bedeutung deine Halskette für dich hat? Ich habe beobachtet, dass du sie oft in den Händen hältst."

Evelin war überrascht von seiner Aufmerksamkeit. Sie schaute auf ihren Herzanhänger und nahm ihn in die Hand. „Die Kette haben mir meine Eltern und meine Schwester geschenkt. Auf der Rückseite steht eine Gravur. In Liebe Mama, Papa und Madeleine."

Ein angenehmes Schweigen breitete sich zwischen ihnen aus, in der jeder seinen eigenen Gedanken nachhing. „Wie ich gehört habe, liebst du Blumen ebenfalls."

Evelin verdrängte die schmerzhaften Erinnerungen und wunderte sich, woher er das wusste. Hatte er etwa Nachforschungen über sie angestellt?

„Du weißt jedoch noch nicht, welche meine Lieblingsblumen sind. Ich züchte gerade eine sehr empfindliche junge Dame.“

Sie bogen um eine Kurve und vor ihnen erstreckten sich viele bunte Rosensträucher.

„Rosen, wie wunderschön.“ Evelin trat näher an sie heran. Eine Rose hatte sehr große Blütenblätter und leuchtete in einem zarten Orange. Die Rosenart daneben war buschiger und hatte viele kleine gelbe Blüten. Es war eine Vielfalt, wie Evelin sie noch nie gesehen hatte. Zwischen den Rosen wuchsen Lavendelblüten.

„Lavendel!“ Sie beugte sich herunter und zog den beruhigenden Duft tief ein.

„Jeder, der Rosen züchtet, sollte auf die kleinen feinen Lavendelblüten nicht verzichten. Komm, ich möchte dir jemanden vorstellen.“

Evelin folgte ihm neugierig und stand kurz darauf vor einer Rose, wie sie noch keine gesehen hatte. Es war nur ein langer, dünner Stiel, und doch trug er eine große Rose in der Farbe eines schillernden Regenbogens.

Evelin brachte kein Ton heraus. Wie konnte so etwas existieren?

„Ich sehe, sie hat dich schon in ihren Bann geschlagen. Du bist übrigens die erste Person außer mir, die sie zu Gesicht bekommt. Ich habe lange Zeit darauf hingearbeitet, sie zum Blühen zu bringen.“

„Sie ist einfach wunderschön.“

Ehrfürchtig bestaunte sie die Rose, die wie eine frische Sommerbrise duftete.

„Soweit ich weiß, besitzt nur ein einziges Haus auf der Welt eine Rosenzucht, wie ich sie hier habe.“

Adrian war eindeutig sehr stolz auf seine Sammlung. „Es ist das Britische Königshaus. In den letzten Jahrhunderten sind dort viele neue Rosenarten entstanden. Aber diese hier ist die Erste ihrer Art."

Evelin hätte nicht gedacht, dass Adrian so verträumt gucken konnte. Auf einmal fiel es ihr nicht mehr schwer, ihn sich als kleinen Jungen vorzustellen. Ein Junge voller Träume und Erwartungen an die Welt. Bis eines Tages seine Eltern ermordet wurden.

„Ich möchte dir noch etwas zeigen." Er führte sie zu den Rosen, die in einer Buschformation wuchsen. Zarte weiße und dunkelrote Rosen sprangen ihr ins Auge und sie konnte schon von Weitem ihren einhüllenden Duft vernehmen.

„Dies ist eine meiner Lieblingsblumen, *die göttliche Rose*. Sie ist nach der griechischen Göttin Venus oder auch Aphrodite benannt. Es wird erzählt, dass Aphrodites Ehemann aus Rache seinen Nebenbuhler Adonis tötete. Auf dem Weg zu ihrem sterbenden Geliebten trat sie in die Dornen der Rosen, und ihr Blut färbte die bisher nur weißen Blüten rot. Dadurch erschuf Aphrodite auch die roten Rosen. So erhielten die beiden Farben der Rose ihre Bedeutung. Die Weiße steht für die Reinheit der Liebe, während Rot zur Farbe der Begierde und Leidenschaft wurde."

Evelin hatte verzückt seinen Worten gelauscht. Die Antike und die griechischen Gottheiten hatten sie schon als junges Mädchen beeindruckt.

Adrian ging zu dem Rosenstrauch und schnitt zwei Rosen ab, eine weiße und eine rote. „Ich möchte, dass du diese beiden Rosen aufbewahrst. Vielleicht werden wir sie noch brauchen."

Adrian kam näher und stellte sich vor sie hin. Die Blumen hielt er wie eine schützende Barriere vor sich. Ob diese sie vor ihm schützen sollten oder umgekehrt, konnte sie nicht sagen. Der Blick seiner sturmgrauen Augen nahm sie gefangen. Sie bildete sich ein, den aufklarenden Himmel nach einer schweren Gewitternacht darin zu sehen. Im nächsten Moment wanderte ihr Blick zu seinen Lippen, die geradezu zum Küssen einluden.

Evelin fühlte sich wohl in seiner Gegenwart, sie konnte es nicht mehr vor sich selbst leugnen. Ihre Emotionen waren ein wirres Durcheinander. Sie hatte das Gefühl, ihm Vertrauen zu können, doch zu tief saß die Angst, wieder verletzt zu werden, und die Furcht floss wie Säure durch ihren Körper.

Sie besaß nicht mehr die nötige Kraft, sich ein weiteres Mal gegen einen Master zu wehren. Würde Adrian ein böses Spiel mit ihr treiben, wäre sie ein für alle Mal verloren. Er könnte alles mit ihr machen, und sie würde es, so erschöpft, wie sie war, einfach über sich ergehen lassen. Andererseits war tief in ihr drin immer noch Hoffnung – die Hoffnung auf ein Überwinden der gläsernen Wand, die sie mit der Zeit um ihr Innerstes errichtet hatte. Sollte Adrian ihre Schutzmauer sprengen, könnte sie sie niemals mehr aufbauen. Dafür würde ihr einfach die Kraft fehlen.

Evelin wusste, dass es nur eine Möglichkeit gab, die Antwort zu finden, ob Adrian es gut mit ihr meinte oder nicht. Sie befeuchtete ihre Lippen, wobei Adrian wie gebannt auf ihre Zungenspitze starrte. Sie waren sich nun so nah, dass allein die Rosen zwischen ihnen Platz fanden.

„Wie lange …“ Evelin räusperte sich heiser, ihr Mund war wie ausgedörrt. „Wie lange werde ich bei dir bleiben, sollte ich mich dafür entscheiden, nicht fortzugehen?“

Adrian hob den Arm mit der weißen Rose und ließ ihre Blütenblätter federleicht über ihre Lippen gleiten. „Das liegt ganz allein bei dir. Du wirst unter meiner Führung erblühen wie diese Rose. Ich werde deine Begierde wecken und dich in nie gekannte Ekstase stürzen. Du wirst nicht mehr wissen, wo dir der Kopf steht. Ich werde all deine Sinne ansprechen. Du wirst Lustschmerz verspüren und deine Tränen werden meine Belohnung sein. Ich werde dir viel abverlangen, doch du kannst dich darauf verlassen, dass ich deine Grenzen akzeptieren und Tabus nicht überschreiten werde. Wir beide werden ein einzigartiges Abenteuer erleben, und ich bin mir sicher, du wirst es keine Sekunde bereuen.“

Er strich mit der Rose langsam über ihre Lippen. Sein Blick war pures Verlangen.

Evelins Körper stand in Flammen. Es kam ihr vor, als würde sie lichterloh brennen. Seine Worte hatten etwas in ihr entfacht, ein Begehren in ihrem Inneren, das sie nicht löschen konnte und auch nicht wollte. Sie spürte, wie ihre Nippel schmerzhaft steif gegen das Kleid drückten, und zwischen ihren Beinen fühlte sie Feuchtigkeit. Sie bebte nicht vor Angst, wie in der Vergangenheit, sondern vor Verlangen. Ihr Körper und ihre Seele verzehrten sich nach diesem Mann, der wie ein Sturm in ihre Welt getreten war und ihr Leben gerettet hatte. Würde er der Puzzlespieler sein, der sie wieder zu einem Ganzen zusammensetzte und sie vervollständigte?

Adrian hatte alle Mühe, sich zu beherrschen. Evelin sah so unschuldig aus, und doch spürte er in ihr ein geheimes heißes Verlangen, das er nur zu gern entfachen würde. Konnte er nach ihrer Frage hoffen, dass sie sich für ihn entschied?

Noch nie zuvor war er so aufgeregt gewesen. Nicht einmal nach der Geburt seiner neuen Rose. Einen Menschen konnte auch sie nicht ersetzen.

Evelin atmete tief ein und schaute ihn mit ihren wundervollen grünen Augen an. „Ich werde bei dir bleiben."

Adrian traute sich nicht, sich zu bewegen, er hatte Angst, sich verhört zu haben und die Hoffnung zu zerstören, die ihre Worte in ihm auslösten. „Bist du dir wirklich sicher? Du hast noch bis morgen Abend Zeit, dich zu entscheiden."

Evelin hob ihre Hand und fuhr ihm sanft durch das Haar. „Ich habe schon so viel Zeit verloren, ich möchte dir vertrauen, Adrian, und gebe mich mit allem, was mich ausmacht, in deine Obhut."

Ein Stein von der Größe eines Jumbojets fiel von seinem Herzen.

„Aber eine Bedingung habe ich noch. Wann immer ich es will, möchte ich das Grundstück verlassen können."

Adrian schaute erst besorgt, doch dann nickte er. „In Ordnung."

Evelin entspannte sich.

„Aber dann werden dich meine Wächter begleiten."

Sie wollte schon protestieren, als er ihr zuvorkam. „Nein, Evelin, das ist nicht verhandelbar. Es wird dir gestattet sein, das Anwesen zu verlassen, wenn du es wünschst, aber meine Wächter werden dich immer begleiten. Es gibt zu viel Böses da draußen. Ich möchte nicht, dass dir etwas passiert. Und das ist mein letztes Wort."

***

Evelin pustete ärgerlich die Wangen auf, musste aber einsehen, dass an dem Deal nichts zu ändern war. Vielleicht konnte sie die Paviane, die sich Wächter nannten, ja an der Nase herumführen und sich ohne sie ein paar schöne Stunden in der Stadt machen.

Adrian nahm ihre Hand in seine und fing an, ihre Fingerspitzen mit Küssen zu versehen. Schlagartig war jede Wut in ihr verraucht.

Sie schauten sich an und im nächsten Moment hatte Adrian sie schon in seine Arme gezogen und seinen Mund auf ihren gepresst. Der Kuss war heiß und voller Begierde, seine Zunge erkundete gierig ihren Mund, wanderte über ihre Zähne und umschlang ihre Zunge. Evelin konnte nicht mehr atmen, und doch wünschte sie, der Kuss würde niemals enden. Begierig schmiegte sie sich an seinen harten Körper. Ihre Brüste drückten sich schmerzhaft an ihn und ihre Nippel rieben unsanft an ihrem Kleid.

Sie klammerten sich aneinander wie zwei Ertrinkende. Evelin wollte mehr von ihm schmecken und seine warme Haut an ihrer spüren. Ungeduldig zupfte sie an seinem Hemd und versuchte, seine Hose zu öffnen. Adrian bekam ihre Hände zu fassen und hielt sie auf ihrem Rücken fest. Sein Kuss wurde noch intensiver und sie konnte nichts dagegen machen. Er rieb kreisend seine Hüften an ihr.

Sie konnte deutlich seine Erektion spüren und wurde beinahe wahnsinnig vor Verlangen. Keuchend gab er ihren Mund frei und beide schnappten nach Luft. Er hielt ihre Hände immer noch gefangen und strich mit der Zungenspitze über ihre Lippen. Evelin stieß ein sehnsuchtsvolles Wimmern aus.

„Ma chérie, so einfach werden wir es uns nicht machen. Schließlich möchte ich deinen gesamten Körper kosten. Und eine solche Süßigkeit sollte man immer mit allen Sinnen genießen. Ich möchte dich wie ein besonders seltenes Bonbon enthüllen, werde dich schmecken und zum Schluss wirst du auf meiner Zunge sehnsuchtsvoll zergehen."

Adrian ließ ihre Hände los und wartete, bis sie wieder einigermaßen allein stehen konnte. Er hob beide Rosen vom Boden auf und schnupperte an ihnen, wobei sein dunkler Blick die ganze Zeit auf Evelin lag.

„Ich werde zum Flügel zurückkehren und du wirst in fünf Minuten nachkommen, verstanden?"

Evelin konnte nicht mehr sprechen. Ihr Körper war wie elektrisiert und sie brachte nur ein Nicken zustande.

„So ist es brav." Adrian lächelte sie wissend an.

Mit einem letzten strengen Blick kehrte er ihr den Rücken zu und ließ sie in einem Wirrwarr der Gefühle zurück. Evelin hob die Hand an ihre Lippen, die sich geschwollen anfühlten, und wünschte sich den intensiven Kuss zurück.

Wie sollte sie nur wissen, ob die fünf Minuten um waren? Evelin konnte die Zeit nicht mehr einschätzen, ihre Gedanken rasten, und sie überlegte, was er mit ihr vorhaben könnte. Das Warten wurde immer unerträglicher, und doch war es genauso erregend

wie zuvor. Sie kaute nervös auf einer ihrer Haarsträhnen herum.

Auf einmal erklang leise Flügelmusik. Sie nahm es
als Zeichen und machte sich auf den Weg.

Kapitel 10

Der Pfad kam ihr nun dunkler und geheimnisvoller vor, als wüsste die Umgebung von ihren Absichten.

Adrian saß wieder am Flügel, spielte diesmal jedoch ein tiefes, sinnliches Stück und ließ Evelin dabei keine Sekunde aus den Augen. Sie hörte, wie ihr das Blut in den Ohren rauschte. Die Situation war so unglaublich romantisch und gleichzeitig so verdammt erregend.

Adrian hörte auf zu spielen. Betont langsam stand er auf und kam um den Flügel herum auf sie zu. Er sah so atemberaubend gut aus und seine Aufmerksamkeit galt alleine ihr. Er war nun wieder ganz der strenge Master. Am liebsten hätte sie sich mit der Hand Luft zugefächelt, aber unter seinem Blick war sie so angespannt wie eine Bogensehne, darauf wartend, dass er den Pfeil abschoss.

Adrian blieb vor ihr stehen und fing an, sie wie ein Raubtier zu umkreisen. Dabei hatte er die Hände auf dem Rücken verschränkt und betrachtete sie wie eine überaus schmackhafte Beute.

„Du bleibst so stehen!" Das war ein Befehl, denn seine Stimme hatte etwas Autoritäres angenommen und verursachte bei ihr eine Gänsehaut.

Evelin kaute vor Aufregung auf ihrer Lippe herum. Im nächsten Moment stand Adrian eine Handbreit vor ihr und sein Blick verbrannte sie fast.

„Zieh dein Kleid aus ... langsam."

Wüsste sie es nicht besser, würde sie denken, er hätte das letzte Wort geschnurrt. Sie schluckte einmal kurz, griff nach einem ihrer Ärmel und zog ihn sich über die Schulter. Das Gleiche tat sie mit dem anderen. Adrian ließ sie nicht eine Sekunde aus den Augen.

Evelin fühlte sich berauscht von der Situation, und eine Hitze, die sich zwischen ihren Beinen sammelte, wanderte über ihren Körper. Langsam streifte sie das Kleid über ihre Brüste. Evelin konnte sehen, wie sich Adrians Atem beschleunigte, es war unheimlich erregend, ihn dabei zu beobachten. Sie zog das Kleid über ihre Hüften und ließ es zu Boden fallen. Sein Blick blieb ununterbrochen mit ihrem verschmolzen. Dann kniete er sich vor sie hin und hob einen ihrer Füße an. Seine Hand an ihrer Wade verursachte ein warmes Kribbeln in ihrer Mitte. Adrian half ihr aus dem Kleid und den Schuhen heraus. Sie beobachtete ihn unter halb geöffneten Lidern. Er erwiderte ihren Blick, und sein Mund auf Höhe ihrer Vulva und sein Atem auf ihrem Venushügel ließen ihre Klit lustvoll pochen.

Adrians Finger berührten ihren Fuß und wanderten unerträglich langsam an ihrer Wade nach oben, übers Knie bis zu ihrer Hüfte. Er erhob sich, ohne die Berührung zu lösen. Seine Finger glitten über die Außenseite ihrer Brust und verharrten auf ihrem Schlüsselbein.

Auf Evelins Haut tanzte ein wahres Feuerwerk, jedes Härchen auf ihrem Körper war aufgerichtet.

Ohne ein Wort zu sagen, fing er wieder mit seiner Umrundung an, bis seine Schritte hinter ihr verstummten.

Evelin zitterte vor Begierde und spürte, wie sie zwischen den Schenkeln noch feuchter wurde. Nicht zu wissen, was als Nächstes kommen würde, verursachte ein wildes Kribbeln in ihrem Bauch. Plötzlich fühlte sie eine zarte Berührung an ihrem Rücken. Vor Überraschung keuchte sie laut auf. Der Gegenstand, der sie berührte, strich leicht an ihrem Körper hinab, über ihre beiden Pobacken, nur um dann wieder zu verschwinden.

Adrian kam um sie herum, die rote Rose an seine Lippen gepresst, und strahlte pure, rohe Dominanz aus. Mit der Rose berührte er ihre Lippen, streichelte an ihrem Hals entlang, immer tiefer. An ihren bebenden Brüsten hielt er an und strich federleicht über ihre aufgerichteten Nippel.

Evelin biss sich auf die Unterlippe und stöhnte lustvoll auf.

„Du bist wunderschön," flüsterte er. Dabei ließ er die Rosenblüte tiefer wandern und hielt an ihrem Bauchnabel inne.

Evelin keuchte vor Anstrengung. Es verlangte ihr alles ab, sich bei dieser süßen Folter nicht zu rühren.

Adrian grinste wissend, und schon glitt die Rose auf ihren Venushügel und zog dort ihre Kreise. „Sag mir, Evelin, wenn ich jetzt zwischen deine Schenkel greifen würde, würde ich da eine nasse Pussy vorfinden?"

Evelin schoss das Blut in die Wangen. So direkt und offen kannte sie ihn nicht, aber einer Seite in ihr gefiel es ungemein.

„Antworte mir jetzt, sofort!" Seine Stimme hatte einen warnenden Ton angenommen, doch seine Mimik gab nichts preis.

„J··· ja."

Adrian kam ihrem Gesicht gefährlich nahe, sodass sich ihre Nasenspitzen berührten. „Ja, was? Drück dich klarer aus oder ich werde nachhelfen müssen.“

Evelin bemühte sich, einen klaren Gedanken zu fassen, und suchte nach den richtigen Worten.

„In einer Session hast du mich mit *Master* anzureden, verstanden?“

„Ihr … Ihr habt recht. Ich bin schon seit Eurem Kuss unheimlich feucht. Es macht mich ungeheuer an, was Ihr mit mir anstellt … Master.“

Adrian nickte zufrieden und drehte sich um, ohne sie noch eines Blickes zu würdigen.

Evelin stieß erleichtert und frustriert zugleich den Atem aus. Mittlerweile war sie schweißgebadet, und in dem warmen Luftzug, der durch das Gewächshaus wehte, fing sie an zu zittern. Dieses Spiel übertraf ihre kühnsten Vorstellungen. Sie konnte sich nicht erinnern, jemals so feucht gewesen zu sein, ohne dass sie mit Gleitgel hatte nachhelfen müssen. Adrians Folter war süß und dunkel wie Zartbitterschokolade.

Evelin konnte nicht sehen, was Adrian am Flügel tat, denn er versperrte ihr mit seinem Körper die Sicht. Sein knackiger Arsch in der Jeans grinste sie förmlich an. Evelin hörte, wie er verschiedene Dinge auf dem Flügel positionierte, und ihr war bewusst, dass er all dies tat, um ihre Neugierde und Anspannung zu steigern, was ihm mit jeder einzelnen Sekunde gelang. Wenn Evelin noch länger auf eine Reaktion von ihm warten musste, würde sie vor Aufregung platzen.

Als hätte Adrian ihren Gedanken vernommen, drehte er sich zu ihr um. Lässig lehnte er mit seinem, nun gänzlich aufgeknöpften, schwarzen Hemd am Flügel. Sie konnte seine starken Muskeln darunter gut erkennen. Die Jeans saß tief auf seinen Hüften, seine Haare hatte er sich zurückgebunden, wobei ihm ein paar einzelne Strähnen ins Gesicht fielen und ihm einen verwegenen Charakterzug verliehen.

Evelins Kehle wurde ganz trocken. Wenn er so weitermachte, würde sie noch auf der Stelle zu einer Pfütze zerfließen. Adrian sah aus wie ein griechischer Gott, der gerade aus einem seiner Gemälde entsprungen war.

Er streckte die Hand nach ihr aus. „Komm zu mir, Evelin.“

Seine leisen Worte hinterließen einen wohligen Schauer auf ihrem Körper, der als Echo nachklang. Wenn das hier vorbei war, musste sie unbedingt wissen, wo er so sprechen gelernt hatte. Vielleicht war er ja bei einer Raubkatze in der Lehre gewesen. Ein Schmunzeln huschte über ihre Lippen.

„Belustige ich dich möglicherweise?“

Sein Ton hatte sich ein wenig verschärft, aber Evelin konnte sich nicht zurückhalten. Sie kicherte und schob es auf die Aufregung. „Master Adrian, Ihr schnurrt manchmal wie eine Katze.“

Eine seiner Augenbrauen hob sich, sein Blick schien kurz belustigt, um dann wieder ruckartig zu einer Maske zu erstarren.

„Das hat mir bisher noch keiner gesagt. Aber wenn dem so wäre, hätte ich es von dem majestätischsten aller Raubtiere gelernt.“

„Lasst mich raten. Ihr meint bestimmt den Tiger?“

Entschlossen ging er einen Schritt auf sie zu, fasste nach ihren Schultern und dirigierte sie zwischen sich und den Flügel. Evelin erstarrte, sie hatte keine Möglichkeit mehr, ihm zu entkommen.

Dort wo Adrian ihre Haut berührte, brannte sie lodernd heiß.

Er beugte sich zu ihr vor, sein Atem kitzelte an ihrem Ohr. „Wie gut du mich schon einschätzen kannst. Mal sehen, ob wir das so weiterführen können oder ob ich dich doch noch ein wenig überraschen kann. Jetzt dreh dich um."

Evelin spürte den Flügel in ihrem Rücken, wie er sich kühl und hart gegen ihr erhitztes Fleisch presste.

„Aber natürlich, Master", sagte sie liebenswürdig und sah, wie sich seine andere Augenbraue hob.

Evelin fürchtete, wenn er so weitermachte, würden seine Augenbrauen bald ein Eigenleben entwickeln oder unter dem Haaransatz festwachsen.

Sie drehte sich zum Flügel um. Was sie dort erblickte, ließ ihr den Atem stocken. Eine Reihe von Sexspielzeugen nahm ihren Blick gefangen. Ein paar davon kannte sie nur zu gut. Es waren ein Flogger mit langen ledernen Bändern sowie sehr fies aussehende Nippelklemmen. Sogar ein Analplug und verschiedene Vibratoren lagen dort in Reih und Glied.

Auf einmal kam seine Hand in ihr Blickfeld und legte die rote Rose zu den Utensilien dazu.

Evelins Augen wurden riesengroß, es graute ihr bei der Vorstellung, dass er all das an ihrem Körper benutzen würde.

Adrian grinste. „Ich hatte eigentlich geplant, dich erst in ein paar Tagen hierhin zu entführen. Wie gut, dass ich schon vorsorglich eine Kiste mit nettem Inhalt hierhergebracht habe."

Evelin spürte ihren Herzschlag in den Ohren trommeln.

„Leg dich mit dem Bauch auf den Flügel und streck deine Arme aus.“

Sie zögerte kurz, dann folgte sie seinem Befehl. Ihr Herz klopfte in einem wilden Tango gegen ihren Brustkorb. Wie sie erst jetzt erkennen konnte, lagen dort zwei lederne Handmanschetten.

Adrian ging um den Flügel herum. „Vertraust du mir?“

Sie war sich sicher, sollte sie nur kurz zögern, würde Adrian sofort alles abbrechen. Damit wäre sie aber nicht einverstanden. Sie hatte sich schon so enorm vorgewagt, nun wollte sie auch wissen, wie weit sie sich auf das Spiel aus Dominanz und Unterwerfung einlassen könnte. „Ja, ich vertraue Euch.“

Er schaute ihr noch einen Moment lang tief in die Augen, dann nahm er eine der Fesseln und legte sie um ihr rechtes Handgelenk. Sie schmiegte sich weich, aber unbeugsam, an ihre Haut. Das Gleiche tat er mit dem linken Handgelenk, blieb jedoch in ständigem Blickkontakt mit ihr. Zum Schluss überprüfte er noch einmal, dass sie auch nicht zu fest saßen und ihre Haut einschnürten. Offensichtlich zufrieden ließ er ihre Hände sinken.

Nun konnte sie erkennen, dass an den Manschetten Bänder befestigt waren, die auf der anderen Seite des Flügels nach unten hin verschwanden. Sie waren so stramm gezogen, dass sie nur eine geringe Bewegungsfreiheit zuließen.

Was für ein seltsamer Flügel das doch war. Den gab es bestimmt nicht für jedermann zu kaufen.

„Evelin, kennst du die Bedeutung der Ampelfarben während einer Session?"

Sie musste sich innerlich sammeln. Ihre Stimme zitterte leicht. „Grün bedeutet: Alles ist in Ordnung, bei Gelb merke ich, dass ich auf meine Grenzen zusteuere und deshalb noch Redebedarf besteht, und Rot heißt, ich kann es nicht mehr ertragen, was zum sofortigen Abbruch der Session führt."

Ihr Magen fing an zu rebellieren. Sie versuchte, sich selbst zu beruhigen. Er würde ihr nichts antun, was sie nicht bewältigen konnte. Adrian war nicht wie Marcel. Doch konnte sie sich da wirklich absolut sicher sein?

„Evelin, bleib mit deinen Gedanken bei mir." Adrian drückte ihre Hände mit den seinen. „Ich sorge dafür, dass sich dein Denken ganz allein um mich drehen wird."

Er wartete ab, bis sie ein zustimmendes Nicken zustande brachte, dann umrundete er den Flügel und war aus ihrem Blickfeld verschwunden. Eine kurze Zeit hatte sie Angst, er würde sie alleine lassen. Den Oberkörper auf dem Flügel liegend und ihre nackte Scham den Blicken preisgegeben. Doch schon im nächsten Augenblick spürte sie seinen Körper an ihrem Hintern. Seine Wärme gab ihr den Halt, den sie in dieser verletzlichen Position brauchte.

Seine Finger fingen an, zärtlich über ihren Rücken zu streicheln, als würde er auf ihrer Haut seine Melodie weiterführen wollen, dabei strich er auch federleicht über ihr Pflaster. Evelin schüttelte es vor Wonne. Seine Hand wanderte über ihre Arme und ihren Nacken, bis hinunter zu ihren Pobacken.

Evelin seufzte wohlig auf. Im nächsten Moment spürte sie, wie er sich noch stärker an ihren Hintern presste, und versuchte, sich an der Erektion in seiner Hose zu reiben. Sie wusste vom Vortag, wie groß sein Schwanz war, und wünschte sich nichts sehnlicher, als dass er endlich in sie stieß.

Da klatschte seine Hand laut auf ihre rechte Pobacke.

Evelin schrie auf. Das Brennen sickerte in ihre Haut und wurde eins mit ihrem sehnsüchtigen Begehren.

„Was du gerne möchtest, ist mir gerade egal. Du hast deinen hübschen kleinen Arsch ruhig zu halten, verstanden?"

Evelin wollte etwas erwidern, da schlug seine Hand gleich zweimal in Folge auf ihren Po. Sie keuchte auf.

„Ja, Master, ich habe verstanden."

„Sehr gut", flüsterte er und strich ihr zärtlich über die brennenden Stellen auf ihrem Hintern.

Gänsehaut überzog ihren Körper.

Adrians Hände wanderten an ihren Seiten nach oben. Es kitzelte, und Evelin musste sich auf die Lippen beißen, um nicht loszulachen. Seine Finger schoben sich unter ihre Brüste, die er zwischen seine Hände nahm. Er knetete sie abwechselnd und rieb dabei seine Hüften an ihrem Po.

Evelin stöhnte, spürte, wie nass sie zwischen den Schenkeln war. Sie zischte, als Adrian anfing, ihre Nippel mit Zeigefinger und Daumen zu zwirbeln. Das Stechen wurde zu einem gleichmäßigen Pochen und sickerte langsam in ihre Venen.

Sein Mund zog glühende Spuren über ihre Haut. Dass sie nicht sehen konnte, wo er sie als Nächstes berühren würde, erregte sie vom Haaransatz bis in die Fußspitzen.

Er ließ Evelin keine Zeit zum Durchatmen und knetete nun ihre Pobacken. Plötzlich wurde der Kontakt zwischen ihren Körpern unterbrochen und Evelin spürte eine kalte Leere. Sie wünschte sich Adrian sehnlichst wieder herbei. Evelin nahm eine Bewegung wahr und im nächsten Moment baumelte eine schwarze Satinmaske vor ihren Augen.

„Ich möchte, dass du dich ganz allein auf die Berührungen konzentrierst." Sein Ton duldete keinen Widerspruch.

Sie leckte sich über die trockenen Lippen und nickte.

Adrian streifte ihr die Maske über und ihr Blickfeld wurde augenblicklich schwarz.

„Welche Farbe?"

Evelin musste kurz überlegen. „Grün, Master."

Sie spürte, wie ihr Herz gegen ihren Brustkorb schlug, gleich einem Schmetterling, der heftig mit seinen Flügeln flatterte. Sie nahm nun wieder überdeutlich den Duft der Blumen wahr und fühlte merklich den harten Flügel, auf welchem sie lag.

Ein Zittern durchlief ihren Körper und ließ sie vor Vorfreude und Aufregung beben.

„Dann wollen wir doch mal sehen, wie feucht du wirklich bist." Seine Stimme kam von hinten.

Evelin rauschte das Blut heiß durch die Venen, denn sie wusste ganz genau, was er zwischen ihren Schenkeln vorfinden würde. Im nächsten Moment spürte sie seine Hand, die quälend langsam ihr Bein nach oben wanderte. Federleicht strich sie über ihre Spalte und verteilte mit den Fingern ihre Feuchtigkeit.

Evelin stieß zischend die Luft aus.

„Ma chérie, deine süße Pussy ist ja klatschnass", säuselte Adrian.

Er glitt über die Nässe auf ihrem Geschlecht und fing an, mit dem Daumen langsam ihre Perle zu umkreisen.

Evelin keuchte vor Verlangen. Das Ziehen in ihrer Klit wurde immer stärker. Es braute sich ein Sturm in ihr zusammen, und sie sehnte ihn mit jeder Zelle ihres Körpers herbei. Sie spürte, wie nah sie ihrem Orgasmus war. Lange konnte sie ihm nicht mehr widerstehen.

***

Adrian wusste genau, wie weit er gehen musste. Als er spürte, dass ihr Orgasmus kurz bevorstand, ließ er von ihrem Kitzler ab. Gemächlich strich er mit den Fingern über ihre geschwollenen Schamlippen. Evelin stieß einen frustrierten Fluch aus.

„Aber meine Liebe. Wer wird denn da fluchen wollen?" Adrian grinste, er war ganz in seinem Element.

Bevor Evelin Zeit für eine Antwort fand, schob er ihr einen kleinen, runden Vibrator in ihre Vagina und bediente mit der anderen Hand dessen Fernbedienung. Er schaltete die mittlere Stufe ein, und seine aufschreiende Sklavin wäre ihm ohne die Fesseln sicherlich in hohem Bogen vom Flügel gesprungen. Er genoss ihr süßes Leiden in vollen Zügen, stellte den Vibrator wieder auf die unterste Stufe, denn noch wollte er sie nicht kommen lassen, dafür hatte er zu viele schöne Dinge mit ihr geplant.

Er legte die Fernsteuerung zur Seite, nahm den schwarzen Flogger mit den feinen Lederbändern in die Hand und ließ die Bänder durch seine Hand gleiten. Er liebte das Gefühl von anschmiegsamem Leder. Vor allem aber liebte er es, seine Gespielin damit auf den Gipfel der Lust zu treiben.

Seine Erektion presste sich schmerzhaft gegen seine Hose, doch auch das gehörte zum Spiel aus Schmerz und Begierde dazu. Durch Evelins vergangene Misshandlungen musste er sich erst an ihre Grenzen herantasten, um ihnen beiden wahren Genuss schenken zu können. Die sadistische Ader in ihm lechzte nach Evelins Schmerz und ihrer Hingabe.

Mit schnellen Schlägen ließ er den Flogger durch die Luft sausen, um Evelin eine Vorahnung darauf zu geben, was sie als Nächstes erwartete. Ohne zu wissen, wann und wo er zuschlagen würde.

***

Evelins Gedanken flossen träge vor sich hin. Der Vibrator bewegte sich in einem ruhigen Rhythmus immer gerade so, dass es sie in einen Sinnenrausch versetzte, nur um kurze Zeit später wieder aufzuhören. Sie wusste nicht, wie lange sie diese Tortur noch aushalten konnte. Andererseits wünschte sie sich, die sinnliche Folter würde ewig weitergehen, denn sie steigerte ihre Lust ins Unermessliche.

Ein Schweißtropfen löste sich an ihrer Halsbeuge und glitt zwischen ihre Brüste.

„Evelin, wie ist deine Farbe?“

Sie zögerte keine Sekunde. „Sie ist grün, Master.“

Im nächsten Moment kitzelten sie die Schnüre des Floggers, sie waren kühl und schmiegten sich weich an ihre Haut.

Unvermittelt trafen die Lederbänder auf ihren Hintern. Das zischende Geräusch vermischte sich mit einem beißenden Schmerz, der direkt in ihr erhitztes Fleisch sickerte. Evelin zuckte zusammen und atmete tief durch.

Adrian ließ ihr Zeit den Schmerz zu verarbeiten. Seine Hand rieb über die getroffene Stelle und massierte dort ihre Haut. Dann kamen die Schläge in schneller Reihenfolge. Adrian ließ ihr keine Zeit zum Verschnaufen. Der Flogger traf abwechselnd beide Pobacken.

Sie spürte, wie sich der Schmerz zu einem Ganzen wandelte, das Brennen zu einem anschwellenden Inferno wurde, welches über ihre gesamte Kehrseite wallte. Der Vibrator erwachte mit einem Mal aus seinem ruhigen Takt und fing an, sich rasend schnell in ihr zu bewegen.

Plötzlich trafen die Lederbänder ihre empfindlichen Oberschenkel. Der Schmerz war intensiver und glitt tief in ihre Seele.

Evelins Körper bebte und sie zerrte an ihren Fesseln. Der Schweiß rann ihr in Strömen über die Haut. Abrupt stoppte Adrian die Schläge.

Evelin schnaufte so schwerfällig wie ein kletternder Koalabär. Ihr Körper vibrierte, sie konnte keinen klaren Gedanken mehr fassen und spürte die Tränen, die ihre Maske durchtränkten.

Im nächsten Moment traf das Schlaginstrument sie blitzschnell auf ihren empfindsamen Oberschenkeln. Evelin schrie laut auf und sprang auf die Zehenspitzen. Ihre Muskeln verkrampften sich, und sie spürte, wie sie innerlich explodierte. Der Orgasmus erfasste sie wie ein gewaltiger Strudel und trug sie immer tiefer in sein Reich hinunter, bis sie kraftlos auf dem Flügel zusammensackte.

Ihre Gedanken waren nebelverhangen, drangen nicht mehr zu ihr durch, und sie hatte das Gefühl zu schweben. Sie konnte den langen Riss, der sich einmal quer durch ihre innere Mauer gezogen hatte, förmlich spüren. Evelin genoss diese Empfindungen in vollen Zügen und spürte kaum, wie Adrian den Vibrator entfernte.

***

Adrian musste sich zusammenreißen, Evelin nicht gleich an Ort und Stelle durchzuficken. Das Peitschen hatte sie beide mehr als angeheizt, und jeder ihrer Schreie und jedes Keuchen war wie ein Blitz in seinen Schwanz gefahren.

Das, was er als Nächstes tun musste, würde ausschlaggebend für ihre weitere gemeinsame Zukunft sein. Es gab keinen anderen Weg. Sie mussten sich beide erst durch das dichte Dornengestrüpp ihrer widersprüchlichen Empfindungen kämpfen.

„Evelin, eine Sache müssen wir noch erledigen. Du erinnerst dich an die rote Rose der Venus? Sie steht für den Schmerz und die Begierde. Venus wurde von den Blüten gestreichelt, aber auch von ihnen gestochen."

***

Während er das sagte, wanderte etwas sanft über ihren Rücken. Evelin merkte durch den Schleier ihrer Gedanken, dass sich etwas an Adrian verändert hatte.

War seine Stimme eine Nuance dunkler geworden?

Sie konnte das warnende Gefühl in ihrer Magengrube nicht abschütteln. Sie befeuchtete ihre Lippen. „Was meint Ihr damit?"

Sie spürte, wie ihr etwas vor das Gesicht gehalten wurde, und der schwere Duft einer Rose stieg ihr in die bebenden Nasenflügel. Dann war der Geruch verschwunden, und sie fühlte, wie etwas federleicht über ihren Rücken strich.

„Ich meine damit, dass auch du die Schattenseite der Rose kennenlernen solltest. Ihre Dornen sind extrem spitz, musst du wissen."

Evelins Körper erstarrte vor Angst und ihr wurde mit einem Mal speiübel. Sie spürte, wie ihre Haut eiskalt wurde, und fing an, panisch an ihren Handfesseln zu zerren. „Bitte … nein, das möchte ich nicht!"

Sie verfluchte ihre zitternde Stimme. Das Chaos in ihrem Kopf drehte sich wie ein Karussell. Nun ließ nicht mehr die Lust, sondern ein tiefes Schluchzen ihren Körper erbeben.

Die Furcht war mit einem Mal wieder da, und ihre innere Mauer, die sie zu ihrem Schutz um sich herum errichtet hatte, lachte ihr schadenfroh ins Gesicht. Sie konnte die bitteren Tränen nicht mehr zurückhalten.

„Bitte, Adrian … mach mich los!" Ihr Schluchzen steigerte sich. Für sie war die Session mit sofortiger Wirkung vorbei. Evelin erkannte Adrian nicht mehr wieder. Seine Stimme war nun kalt und abweisend.

Bis zum Schluss hoffte ein kleiner Teil in ihr, dass sie sich verhört hatte und das Ganze nur ein Missverständnis wäre.

Adrian griff fest in Evelins Haare und zog ihren Kopf zurück. Er führte seinen Mund an ihr Ohr und flüsterte: „Meine süße kleine Sklavin, du wirst den Schmerz für mich willkommen heißen."

Sein Atem an ihrem Ohr ließ sie erstarren. Heiße Tränen liefen Evelin übers Gesicht. Ihre Gedanken überschlugen sich, sie hatte ihr Vertrauen anscheinend zum zweiten Mal in den falschen Mann gesetzt. Leuchtete sie für diese Monster vielleicht wie ein Signalfeuer, dass diese Ungeheuer sie jedes Mal erneut fanden?

Mit einem Schlag war die Erinnerung an das Brennen, die Kälte, die anhaltenden Schmerzen und immer wieder Marcels widerwärtiges Lachen da. Evelin glaubte, sich jeden Moment übergeben zu müssen.

Plötzlich spürte sie eine Berührung auf ihrem Rücken.

„Dann wollen wir mal beginnen, deinen Körper zu verzieren und den Durst der Rose zu stillen."

Etwas Spitzes stach ihr in den Rücken.

Evelin schrie, bäumte sich auf, zog und zerrte, aber es half nichts. Sie konnte dem nicht entkommen.

Evelin spürte ein weiteres Piksen. Der Schmerz war kurz und intensiv. Wie oft sie gestochen wurde, konnte sie nicht einschätzen, auch ihre Arme blieben nicht verschont.

Verzweifelt schrie sie sich heiser. „Adrian, rot! Bitte! Rot, rot, rot!"

Erschöpft brach sie auf dem Flügel zusammen. Ihre Beine schlotterten. Sie musste die Zähne fest zusammenbeißen, um sich nicht zu übergeben.

Kapitel 11

Plötzlich wurde ihr die Maske abgenommen und blinzelnd versuchte Evelin, sich zu orientieren. Adrian stand ihr gegenüber und schaute sie besorgt an.

„Du verdammter Mistkerl, du Schwein, mach mich sofort los. Ich bin fertig mit dir!" Sie fluchte und schimpfte. Woher sie die Kraft dafür nahm, wusste sie selber nicht.

„Evelin, schau auf deine Arme."

Evelin graute es davor, ihre blutende Haut anzusehen.

„Evelin, erst dann werde ich dich losbinden." Seine Stimme klang eindringlich, hatte aber die Kälte von zuvor verloren.

Evelin schnaubte wütend und schaute ängstlich auf ihre Arme hinunter, rechnete mit dem Schlimmsten, mit blutverschmierter Haut und tiefen Einstichstellen.

Sie blinzelte einmal, dann noch einmal.

Die Haut an ihren Armen war unverletzt.

Verwirrt sah sie Adrian an. „Was …?"

Er legte einen abgerundeten Zahnstocher vor ihr auf den Flügel.

Evelin konnte es immer noch nicht begreifen und nur langsam sickerte Klarheit in ihr Bewusstsein. „Du hast mich gar nicht mit den Dornen gestochen? Es gibt kein Blut?"

Adrian schüttelte den Kopf. „Nein, Evelin. Ich habe deine Sinne ausgetrickst, um dir etwas vorzuspielen. Ich musste mir sich sein, dass du in der Lage bist, deine Grenzen zu erkennen.“

Er löste ihre Handfesseln und massierte ihre Handgelenke. Evelin war zu verblüfft, um sich zu wehren. Ihr Verstand versuchte immer noch, zu begreifen, was da gerade passiert war.

Adrian kam zu ihr herum und hob sie auf seine Arme. Sie ließ es ohne Gegenwehr geschehen, ihre Beine hätten sie sowieso nicht mehr getragen. Irgendwie schien ihr Gehirn noch nicht richtig zu funktionieren. Es war, als wäre es von all den Eindrücken, denen sie bis eben ausgesetzt war, überlastet.

Adrian setzte sich mit ihr auf dem Schoß auf die Chaiselongue. Er zauberte ein Taschentuch hervor und fing vorsichtig an, ihre Tränen fortzuwischen. Danach deckte er sie beide mit einer weichen Decke zu. Er schien auf einmal wieder der fürsorgliche Mann zu sein, den sie dachte zu kennen.

„Ich verstehe nicht so ganz, was da gerade passiert ist.“ Evelin zerknüllte das Papiertaschentuch in ihren Händen.

Adrian hielt ihr ein Glas an die Lippen. „Trink erst mal, aber langsam. Du wirst durstig sein.“

Evelin nahm einen Schluck von dem frischen Saft, der kühlend ihre raue Kehle hinunterrann. Sie glaubte, nie etwas Köstlicheres getrunken zu haben.

„Es ist auch kein Wunder, dass du verwirrt bist. Was glaubst du, warum ich das zweite Szenario mit dir durchgespielt habe?“

Evelin schaute zum Flügel hinüber. Sie zitterte immer noch leicht, und Adrian zog sie fest in die Arme und wärmte sie mit seinem Körper.

„Du wolltest testen, ob ich das Safewort zum Abbruch benutze."

Er nahm ihr das Glas aus der Hand, stellte es zur Seite und nickte zustimmend. Adrian zog Evelin noch näher an sich heran und streichelte zärtlich ihre Wange. Ihr sengender Blick lag auf ihm.

„Ich kam nicht umhin zu testen, ob du in der Lage bist, eine Session abzubrechen. Ich musste mir ganz sicher sein, dass du dein Safewort benutzen würdest. Für unseren weiteren Weg war dies unverzichtbar. Es tut mir leid, dass es so geschehen musste, aber eine andere Möglichkeit gab es nicht."

„Aber warum hast du mich nicht einfach gefragt? Ich hätte dir gesagt …" Evelin stockte, riss kleine Stücke vom Taschentuch ab und knüllte sie zu kleinen Kugeln zusammen.

„Dass du mir vertraust? Ja, das hast du gesagt, aber in deinem Innern konntest du es nicht hundertprozentig wissen, und diese Unsicherheit hätte dich immer ein Stück an mir zweifeln lassen."

Evelin musste einsehen, dass er recht hatte. Tief in ihr drinnen hatte sie wirklich leise Zweifel gehabt.

Sie seufzte und wollte die finsteren Gedanken so schnell wie möglich wieder vertreiben. Sie schwiegen einvernehmlich. Es gab so vieles, über das Evelin in Ruhe nachdenken musste, doch dass sie seine Nähe brauchte, sich nach seiner Wärme sehnte, wusste sie genau.

Sie biss sich verlegen auf die Unterlippe. „Das, was wir am Anfang gemacht haben, war wundervoll."

Evelin spürte, wie ihre Wangen heiß wurden, und Adrian grinste sowohl erleichtert als auch spitzbübisch. Er fasste sachte mit den Fingerspitzen nach ihrem Kinn und drehte ihr Gesicht zu sich.

„Es hat mich sehr gefreut zu sehen, wie leidenschaftlich du bist. Es war unglaublich heiß, deine gerötete und erhitzte Haut zu berühren."

Evelin wurde ganz rot im Gesicht und rückte sich hibbelig auf seinem Schoß zurecht. Adrian zischte und zuckte zusammen. Sofort hielt Evelin in der Bewegung inne. Überdeutlich konnte sie sein hartes Glied durch den Stoff seiner Hose fühlen, und umgehend spürte sie ein verlangendes Ziehen zwischen den Schenkeln.

Als hätte jemand einen Schalter umgelegt, knisterte die erotische Anspannung zwischen ihnen auf. Adrians Blick war intensiv und durchdrang jede ihrer Hautschichten. Er hob seine Hand und legte seinen Daumen auf ihre Lippen. Langsam malte er deren Kontur nach und öffnete sanft ihren Mund.

Evelin fühlte sich wie elektrisiert. Adrians Hände waren magisch. Mit halb geschlossenen Lidern und pochendem Herzen genoss sie seine Zärtlichkeiten.

Auf einmal ließ er seine Hand sinken und lehnte sich zurück. „Wir sollten für heute Schluss machen. Du bist erschöpft, ich habe dir sehr viel abverlangt."

Evelin hörte an seiner Stimme, dass er eigentlich etwas ganz anderes meinte.

„Nein." Sie fasste nach seinem Arm. „Bitte, Adrian, ich brauche dich."

Er schaute sie schweigend an, dann streichelte er ihr durch das lockige Haar und hauchte leichte Küsse auf ihr Gesicht.

„In Ordnung", flüsterte er ihr ins Ohr, legte sie rücklings auf das weiche Sofa und beugte sich über sie. Sein Gesicht schwebte direkt über ihrem. „Aber du bleibst liegen, du hast schon genug Energie verbraucht."

Sie kicherte wie ein kleines Mädchen vor seinem ersten Mal. Es war alles so surreal. Aber dass sie ihn in sich spüren wollte, es sogar dringend brauchte, war ihr mehr als bewusst.

„Evelin." Adrian schnurrte warnend ihren Namen.

Sie kicherte weiter. „Du hast wieder geschnurrt."

„Ich hätte große Lust, dich hier übers Knie zu legen und dir deinen heißen Hintern zu versohlen."

„Das wäre aber sehr widersprüchlich." Evelin strich ihm zärtlich eine Haarsträhne hinters Ohr. Ein paar Haare hatten sich aus seinem Zopf gelöst und fielen ihm verwegen ins Gesicht.

Adrian hielt die Luft an. Er sah aus, als wollte er sich sofort auf sie stürzen und sie auffressen.

„Bitte, Adrian, fick mich."

Ihre Stimme war seidenweich und ihrem bittenden Blick konnte er nicht widerstehen. Er küsste sie auf den Mund. Es war ein leidenschaftlicher, aber sanfter Kuss. Adrians Lippen wanderten weiter, ihr Kinn und ihren Hals hinab. Seine Zunge zog Kreise über ihr Schlüsselbein und bedeckte ihre Brüste mit heißen Küssen. Er saugte an ihren Nippeln und biss leicht in sie hinein.

Evelin stöhnte unter ihm, ließ ihre Schenkel auseinanderfallen, um ihm besseren Zugang zu ihrem Körper zu gewähren.

Ihr Blick saugte sich an seinem Gesicht fest, denn es sah einfach zu sexy aus, wie er ihren Körper verwöhnte. Immer tiefer glitt er mit der Zungenspitze, und Evelins Herz schlug schneller. Sein Gesicht wanderte zwischen ihre weichen Schenkel. Mit einem Finger streichelte er über die äußeren Schamlippen und fuhr kreisend durch ihre cremige Nässe.

Evelin stöhnte und keuchte, sie wollte ihn endlich in sich spüren und von dieser süßen, lustvollen Qual erlöst werden.

Mit zwei Fingern drang er in ihre enge Vulva ein. Evelin rekelte sich wollüstig und hob ihm ihre Hüfte entgegen.

„Adrian …“

Er unterbrach den Körperkontakt und richtete sich auf. Evelin hätte vor Frust schreien und weinen können. Wie lange wollte er sie noch bis zum Äußersten quälen?

Sein Blick lag lodernd auf ihr, dabei zog er sich das Hemd über die Schultern und ließ es zu Boden fallen. Langsam öffnete er den Knopf seiner Jeans.

Evelin musste mühsam schlucken und sich das Sabbern verkneifen. Ein Grinsen stahl sich in Adrians Gesicht, er wusste ganz genau, dass sich ihre Augen an seinem Schritt festsaugten. Für ihren Geschmack zog er sich die Hose viel zu langsam aus. Die Jeans wanderte seine Hüfte hinunter und sein erigierter Penis kam zum Vorschein.

Ihre Kehle war mit einem Mal wie ausgedörrt. Evelin streckte die Arme nach ihm aus. Er kniete sich zwischen ihre Schenkel, und Evelin seufzte glücklich, als sie endlich seine warme Haut auf ihrer spürte. Die Hitze und das Ziehen in ihrem Innern wurden immer intensiver.

„Normalerweise habe ich keinen Vanillasex, aber bei dir werde ich eine Ausnahme machen.“ Er grinste sie frech an.

Evelin lächelte zurück, dann schaltete sich ihr Denken komplett aus. Sie nahm nur noch seine Berührungen wahr und seine heiße Erektion, an der sie sich verlangend rieb.

„Bitte, Adrian!“

***

Adrian nahm sein steifes Glied und führte es an die Öffnung ihrer Pussy. Langsam ließ er seine Eichel ein Stück in sie gleiten.

Evelin machte ein Hohlkreuz und keuchte erregt. Zu sehen, wie ihr Körper vor Lust bebte, und der Anblick ihrer steinharten Nippel ließen ihn fast in ihr explodieren.

Er glitt tiefer in sie hinein, dann wieder ganz aus ihr heraus. Ihre inneren Muskeln pressten seinen Schwanz hart zusammen. Der Schweiß stand ihm auf der Stirn, und er musste sich beherrschen, nicht sofort hemmungslos in sie zu stoßen. Adrian wusste auch jetzt genau, wie er ihrer beider Vergnügen herauszögern konnte.

Evelin wimmerte und drückte ihm die Fersen in den Rücken. Sie wollte ihn noch tiefer in sich spüren.

Adrian stützte sich mit einer Hand an der Lehne der Chaiselongue ab, mit der anderen hielt er seinen Schwanz. Er wartete, bis sie ihn mit begehrlichen, glänzenden Augen ansah, dann drang er mit einem einzigen Stoß ganz in sie ein.

Evelin schrie vor Lust auf, ihre Hände gruben sich in seine Oberarme.

Sie leckte sich anzüglich über die Lippen und fing an, ihre Hüften zu bewegen.

„Du geiles Ding“, stieß er zwischen zusammengebissenen Zähnen hervor. Evelin grinste ihn frech an und verstärkte ihre Bewegungen.

Adrian zog sie mit einem Ruck näher zu sich heran und fing an, tief in sie zu stoßen.

Evelin stieß einen überraschten Schrei aus, der sich sofort in ein erregtes Keuchen verwandelte.

Erst langsam, dann immer schneller, prallte seine Hüfte gegen ihre Spalte. Er liebte es, wie Evelin stöhnte, und fickte sie hart. Er nahm seine Hand dazu und rieb grob über ihren Kitzler.

Evelin drückte ihre Fingernägel in seine Haut und schrie seinen Namen.

Keuchend stieß er weiter tief in sie hinein und spürte, wie ihr Orgasmus sie überrollte. Evelin seufzte laut auf, ihre Vagina massierte seinen Schwanz und ihre Muskeln zuckten unkontrolliert. Adrian knurrte, seine Bewegungen wurden immer heftiger, bis er sich schubweise in sie ergoss.

Erschöpft ließ er sich auf Evelin sinken. Sie waren beide nassgeschwitzt und ihre Herzen schlugen im gleichen Takt. Langsam glitt sein erschlaffender Penis aus ihr heraus.

Adrian nahm ihr gerötetes Gesicht in die Hände und streichelte sanft mit dem Daumen über ihre Wange. „Was machst du bloß mit mir, meine kleine Amazone?"

Er küsste ihre Stirn und sie schloss lächelnd die Augen.

Adrian deckte sie behutsam zu, setzte sich vor sie auf den Boden und beobachtete sie. Sie sah sogar beim Schlafen zum Anbeißen aus.

Adrian wusste nicht, wie das geschehen konnte, aber diese Frau hatte sein Herz erobert wie noch keine vor ihr. Er war fest entschlossen, um Evelin zu kämpfen, egal, wie schwer es werden würde.

Kapitel 12

Der Geruch nach verbrannten Plätzchen hatte sich in Evelins Nase festgesetzt. Schwarze kleine Häufchen von etwas Undefinierbarem lagen verkohlt auf ihrem Blech. Resigniert seufzte Evelin und drehte sich zu Liz um, die mit kraus gezogener Nase Evelins gescheiterten Backversuch betrachtete.

Ihre Kekse hingegen ließen einem schon beim Anschauen das Wasser im Mund zusammenlaufen. Liz hatte sich redlich Mühe gegeben, Evelin das Backen beizubringen. Die bittere Wahrheit war jedoch, dass diese keinerlei Talent dafür besaß. Liz war die geborene Köchin, die quasi mit den Zutaten verschmolz, ihnen scheinbar mühelos ihren Willen zuflüsterte. So entstanden die köstlichsten Kreationen.

„Mach dir nichts draus, Evi. Es ist noch kein Bäcker vom Himmel gefallen.“

Liz strich sich mit dem nackten Arm über die verschwitzte Stirn. Der Sommer hatte in Berlin Einzug gehalten, verwandelte die Luft in flirrende Hitze, und Evelin war dankbar für ihr kurzes, luftiges Sommerkleid.

Sie war nun seit einer Woche in der Villa von Adrian Lorain. Er hatte ihr ein Ultimatum gestellt und sie hatte eingewilligt, bei ihm zu bleiben. Evelin würde so lange hier wohnen bis ihre Vergangenheit sie nicht mehr mit Albträumen aus dem Schlaf riss.

„Liz, deine Kekse werden Henry sicherlich gut schmecken.“

Liz Grinsen wurde noch ein wenig breiter. „Oh ja, und die Rosinen, die er so gar nicht ausstehen kann, sind gut in ihrem Inneren versteckt. Wenn das kein Grund für ihn ist, mich zu bestrafen, weiß ich auch nicht.“

Die beiden Frauen sahen sich verschwörerisch an. Seit der Session mit Adrian war es Evelin nicht mehr möglich gewesen, mit ihm allein zu sein. Seine Geschäfte schienen ihm gerade viel abzuverlangen. Evelin wollte es sich nicht eingestehen, aber sie vermisste den Sex mit ihm und die innige Verbindung, die sie mit ihm eingegangen war. Er hatte sie bis an ihre Grenzen gebracht, doch seitdem herrschte Funkstille. Und das war nicht nur bei ihnen beiden so. Auch Liz klagte über einen sehr abwesenden Henry.

Liz streckte Evelin den kleinen Finger entgegen und Evelin hakte ihren bei ihr ein.

„Auf ahnungslose Master und heiße Ärsche!“

Beide fingen an zu kichern. Plötzlich ging die Küchentür auf und Adrian kam herein.

„Was wird denn hier getuschelt? Ich hoffe, euch ist die Hitze nicht zu Kopf gestiegen.“

Ertappt drehten sich die beiden Frauen zu ihm um. Adrian müsste schon blind sein, wenn er ihre schuldbewussten Blicke nicht deuten konnte.

Liz räusperte sich. „Ach, Adrian, Evelin ist ein hoffnungsloser Fall. Schau dir nur ihre verkohlten Plätzchen an.“

Liz gab Evi einen Schubs mit dem Ellbogen, nahm ihr Blech mit den essbaren Plätzchen und verließ hastig die Küche. Adrian schaute ihr argwöhnisch hinterher. Evelin konnte nur hoffen, dass Adrian keine Ahnung von ihrem kleinen Attentat auf Henry hatte.

Schnell nahm sie einen der ungenießbaren Klumpen in die Hand und hielt ihn Adrian vor die Nase. „Liz hat recht, sie sollte mich niemals wieder in ihre Küche lassen. Lebensmittel haben mich zu ihrem Feind auserkoren."

„Ich bin mir sicher, Liz wird auch allein in der Küche klarkommen. Solange wir uns um die Blumen kümmern, soll es mir recht sein. Aber komm nicht auf die Idee, Liz in die Gartenarbeit mit einzubeziehen. Sie hat einmal meine kostbaren Rosen geköpft, weil sie in einem ihrer Rezeptbücher ein angeblich exquisites Gericht dazu gefunden hatte."

Evelin kicherte. Das konnte sie sich bei Liz nur allzu gut vorstellen. Hatte Liz sich auf ein neues Rezept gestürzt, sah sie nicht mehr nach links und rechts.

Adrian nahm Evelin den Stein aus der Hand und legte ihn auf die Küchenzeile zurück. „Viel mehr interessiert es mich, wie ein erwachsener Mensch sich so sehr mit Mehl einstauben kann."

Evelin schaute an sich herab. Adrian hatte recht. Sie war von oben bis unten mit weißem Puder überzogen.

Adrian kam näher.

Evelin ging einen Schritt rückwärts und spürte die Arbeitsplatte in ihrem Rücken. Da war er wieder: Master Adrian mit seiner allumfassenden Aura. Sein Blick strahlte Strenge und Verlangen nach ihrem Ungehorsam aus.

Evelins Herz schlug Purzelbäume. Sie war urplötzlich unsicher, wusste nicht, wo sie hinschauen sollte. Hitze erfasste ihren Körper, und sie fragte sich, ob es am Wetter lag oder an dem Begehren, welches wie ein verschlafenes Tier langsam in ihr erwachte. Adrian stand so nahe bei ihr, dass sie seine Körperwärme durch die Kleidungsschichten spüren konnte. Ob sie sich nur mit Mehl einpudern musste, um den Master in ihm herauszukitzeln?

Adrian strich ihr mit dem Finger über die Nase und Evelin hielt den Atem an.

„Du erinnerst mich an eines der Geißlein aus dem Märchen. Weiß wie Mehl und liebreizend. Leider wurde es aber vom bösen Wolf gefressen."

Sein Mund kam ihrem immer näher. Wie oft hatte sie in den letzten Nächten von diesen Lippen geträumt? Sie spürte, wie Adrians Finger kreisende Liebkosungen auf ihrer Hüfte vollführten und seine Lippen leicht über ihre Ohrmuschel strichen.

„Gewiss wird dir entfallen sein, dass der böse Wolf am Ende getötet wurde. Er hatte also nicht lange Freude an den Geißlein gehabt."

„Mhmm, dafür, dass er für kurze Zeit den Geschmack des Glücks verspüren durfte, war es ihm wert, zu sterben."

Evelin konnte nichts mehr erwidern. Seltsamerweise war sie von seinen Worten gerührt. Ihre Gefühle fuhren Achterbahn – ohne Rücksicht auf ihren Verstand, der sie warnte, sich nicht vom Wolf verführen zu lassen. Sollte sie Pech haben, würde er am Ende ihr Herz verspeisen, das sie ihm mit Freude auf einem silbernen Tablett servieren würde.

Wenn sie daran dachte, dass die schöne Zeit, die sie hier verbringen durfte, irgendwann vorbei sein würde, zog sich ihr Herz schmerzhaft zusammen. Dann würde sie wieder allein sein und Adrian sich eine neue Gespielin suchen. Evelin fühlte ein Stechen in der Brust bei diesem Gedanken, und schnell versuchte sie, sich abzulenken.

In Adrians Nähe hatte sie das Gefühl zu schmelzen. Es kribbelte auf ihrer Haut, und ihre Sinne knisterten. Doch ihr Verstand stampfte auf wie ein zorniges Kind. Erst ließ er sie eine Woche zappeln, und dann meinte er, sie würde ihm freudig in die Arme springen?

Adrians Lippen berührten leicht die ihren. In dem Moment flüchtete sie aus seiner Umarmung und ging ein paar Schritte zum Fenster. Sie spürte, wie ihr Kopf hochrot glühte. Beinahe hätte sie dem Verlangen, ihn zu küssen, nachgegeben. Adrian Lorain war die pure Versuchung für sie.

Schnell klopfte sie sich das Mehl vom Kleid. Sie konnte ihm nicht in die Augen sehen und hatte Angst, sich in ihnen zu verlieren. Zitternd wischte sie sich ein paar Haarsträhnen aus dem verschwitzten Gesicht.

***

Evelin durcheinander zu nennen, wäre eine Untertreibung gewesen. Adrian spürte intuitiv, dass sie einen Augenblick für sich brauchte. Ihr ganzer Körper verriet ihm ihre Anspannung und den inneren Kampf, den sie momentan bestritt. Er wusste, dass sie ihn begehrte, aber sie hatten sich in den wenigen Tagen, in denen sie sich nicht gesehen hatten, wieder etwas voneinander entfernt. Adrian knirschte mit den Zähnen. Er hatte Evelin nicht so lange sich selbst überlassen wollen, doch seine Geschäfte und die Nachforschungen über die Loge hatten ihn viel Zeit gekostet.

Mit Henry hatte er durch ihre eigene Detektei ein paar neue Spuren gefunden. Im Endeffekt wussten sie nun, wer Evelin entführt und ihr die ganze Tortur angetan hatte.

Marcel Lammers war ein reiches, verwöhntes Söhnchen. Sein Strafregister war so blank wie ein leeres Stück Papier. Da musste jemand nachgeholfen haben, denn bei seiner Vergangenheit musste er polizeilich aufgefallen sein. Blieb also nur die Annahme, dass jemand Einflussreiches seine Finger im Spiel hatte. Dieser Jemand hatte sicherlich auch etwas mit Marcels Verschwinden zu tun. Angeblich war er verreist, doch alle Anhaltspunkte sagten etwas anderes.

Adrian ballte die Fäuste. Es wurde immer verzwickter. Die Loge schien aus einem ganzen Netz von perversen Gewalttätern mit viel Macht und Einfluss zu bestehen.

Müde fuhr Adrian sich mit der Hand durch die Haare.

„Ist alles in Ordnung?"

Adrian ließ den Arm sinken und blickte in funkelnde Augen. Evelin stand vor ihm und sah ihn besorgt an.

Er nahm eine ihrer Hände, drückte sie an seine Lippen, schloss die Augen und atmete ihren Duft tief ein. Er durfte nicht zulassen, dass diese Psychopathen weitermachten, und würde alles in seiner Macht Stehende tun, um sie aufzuhalten, auch wenn es ein Kampf gegen Windmühlen zu sein schien.

Dass er die Verbrecher zur Rechenschaft ziehen würde, hatte Adrian am Grab seiner Eltern geschworen. Heute hatte er noch einen Grund mehr dafür, nicht aufzugeben, und dieser stand mit gerunzelter Stirn und blitzenden Augen vor ihm.

***

Adrian sah so furchtbar müde aus. Konnte das wirklich nur an seinen Geschäften liegen?

Evelins Wut war auf einen Schlag verraucht. Sie spürte, dass Adrian erschöpft war, hob ihre Hand und strich durch sein zerzaustes Haar. Am liebsten hätte sie ihn an den Haaren an sich gezogen und ihm einen gierigen Kuss auf die Lippen gepresst.

Wie konnte es sein, dass sie solch ein Verlangen nach diesem Mann verspürte? Allein der Duft seines Shampoos und die Weichheit seines Haares ließen sie förmlich dahinschmelzen.

Vielleicht war sie einfach kaputt und irgendetwas stimmte nicht mit ihr? Sie fühlte seine Anwesenheit, sobald er den Raum betrat, spürte seinen fokussierenden Blick auf sich, und all das besänftigte ihre verletzte Seele und schmeichelte ihrer Weiblichkeit.

Doch sie kannte den Mann erst seit wenigen Tagen, hatte unglaublich guten Sex mit ihm gehabt und wusste rein gar nichts über ihn. Was sagte das über sie aus? Evelin bemühte sich, ihrer Stimme Kraft zu verleihen, aber es kam nur ein Flüstern aus ihrem Mund.

„Kann ich etwas für dich tun?“

Adrian schaute auf und zog sie ruckartig an sich. Ihre Körper krachten gegeneinander und die plötzliche Nähe brachte Evelins Verlangen zum Überkochen. Sie vergrub ihre Hände in seiner dunklen Mähne und presste ihren heißen Mund auf den seinen. Adrian wurde zum Wolf, der das Rotkäppchen mit Haut und Haaren verschlang.

Plötzlich sprang ein roter Schatten neben ihnen auf die Küchenzeile. Außer Atem beendeten sie ihren wilden Kuss und sahen sich schwer atmend tief in die Augen.

„Miauuuu!"

Sie drehten sich zu dem Unruhestifter um. Die rote Katze aus Evelins Zimmer saß aufrecht da und beobachtete sie mit ihren leuchtenden Katzenaugen.

„Mrs. Murphy, hast du schon wieder Hunger?"

Adrian streichelte dem fülligen Stubentiger über den Kopf. Sein Gesicht war dabei so entspannt, wie Evelin es noch nie gesehen hatte, und sie spürte einen Stich in ihrem Herzen. Sie konnte doch nicht wirklich eifersüchtig auf eine Katze sein? Evelin wünschte sich er würde in ihrer Gegenwart ebenso entspannt sein.

Aber er war ein Master und sie nur seine Gespielin. Inwieweit durfte sie ihm ihr Herz schenken, wenn er ihrer doch mit Sicherheit bald überdrüssig werden würde? Ihrer Erfahrung nach vergnügten sich dominante Männer für einen bestimmten Zeitraum mit ein und derselben Frau. Danach wurden die Frauen fallen gelassen und durch eine andere Sub ersetzt.

Evelins heißer Körper bekam auf einmal eine kalte Dusche.

Es tat weh, das zu denken, aber sie war schließlich nur vorübergehend in diesem Haus. Irgendwann würde sich Adrian eine neue Sub suchen.

Evelin rieb über die schmerzende Stelle in ihrem Herzen und beobachtete traurig, wie Adrian Mrs. Murphy das Katzenfutter gab. Diese stürzte sich darauf, als hätte sie die letzten Tage hungern müssen, wobei ihr das bei ihrer Fülle nicht unbedingt schlecht getan hätte.

„Evelin, ich würde dich heute gerne ausführen."

Evelin blinzelte. Sie hatte gedankenverloren auf ihrer Haarsträhne herumgekaut, die sie nun schnell losließ, als sie Adrian anschaute. „Du meinst, raus aus dem Haus? In die Stadt?"

„Ja, soweit ich weiß, bedeutet es das, wenn man ausgeht. Oder möchtest du lieber hierbleiben?"

Evelin musste nicht zweimal überlegen. „Natürlich möchte ich ausgehen."

Sie mochte es nicht, dass er ihr die Worte im Mund herumdrehte, und verschränkte wütend die Arme vor der Brust.

Adrians Blick wurde eine Spur dunkler. „Du wirst in einer Stunde im Eingangsbereich sein. Du wirst frisch geduscht sein und das anziehen, was oben in deinem Zimmer für dich bereitliegt."

Er kam mit jedem Wort näher. Evelin musste zu ihm aufschauen, um ihm ins Gesicht sehen zu können, jedoch fiel es ihr schwer, seinen Blick zu erwidern.

Adrian ließ seinen Daumen über ihre immer noch geschwollenen Lippen wandern. Evelins Herz schlug schneller, sie wünschte, er würde sie wieder so gierig küssen wie zuvor.

Er ließ sie los, drehte sich um und machte Anstalten, den Raum zu verlassen.

Evelin atmete frustriert aus. „Warte, wo fahren wir überhaupt hin?"

Adrian schaute nicht zu ihr zurück. „Du wirst dich wohl oder übel überraschen lassen müssen."

Damit zog er die Tür hinter sich zu und ließ Evelin in dem Chaos ihrer Gefühle in der Küche zurück.

***

Evelin zog noch einmal verstohlen an ihrem kurzen Rock. Sie hatte sich schon lange nicht mehr so unwohl und gleichzeitig so verflucht sexy gefühlt.

Nachdem Evelin vorhin auf ihr Zimmer gegangen war, entdeckte sie die Kleidung, die er für sie ausgesucht hatte. Alles war in dunklen Blautönen gehalten, von der mit Spitze besetzten Unterwäsche, bis hin zu den Strapsen und den hochhackigen Schuhen. Darüber trug sie einen eng anliegenden Rock, der gerade mal knapp unter den Strapsbändern aufhörte, und eine Bluse, die metallisch schimmerte.

Evelin betrachtete sich mehrere Minuten im Spiegel. Es hatte sie eine enorme Überwindung gekostet, sich anzusehen, da ihre Narben an den Armen und Beinen deutlich zu sehen waren. Kurz war sie versucht, sich etwas anderes anzuziehen, hielt dann aber inne. Adrian hatte die Sachen bestimmt nicht ohne Grund gewählt und er würde die ganze Zeit bei ihr sein. Der Gedanke gab ihr genug Kraft, ihre Handtasche zu nehmen und durch die Tür ihres Zimmers hinauszugehen.

***

Adrian erwartete Evelin am Fuße der Treppe. Er musste sich zusammenreißen, nicht breit zu grinsen. Evelin schritt erhobenen Hauptes die Stufen herunter. Im Kontrast dazu blickte sie ihn unsicher an. Ihr Gang war stolz, aber ihre Befangenheit konnte sie nicht vor ihm verbergen. Das Outfit schmeichelte ihrer Figur, und doch zwirbelte sie nervös eine Haarsträhne um ihren Finger.

Adrian spürte, wie sein Schwanz freudig erregt zuckte. Am liebsten hätte er sie gleich auf der Treppe gefickt, aber dafür war später noch ausreichend Zeit. Er ging auf Evelin zu und bot ihr seinen Arm an. Sie schmunzelte und hakte sich bei ihm unter.

„Ich hoffe, unser kleiner Ausflug wird sich lohnen." Ihre Stimme war eine Tonlage zu hoch und sie räusperte sich.

„Ma chérie, sei unbesorgt, du wirst bestimmt auf deine Kosten kommen."

Evelins Züge entglitten ihr kurz und offenbarten damit ihre Aufregung. Adrian legte seine Hand beschwichtigend auf die ihre.

„Ich werde nichts tun, was dich überfordern wird", sagte er und zwinkerte ihr verschmitzt zu.

***

Evelin sah ihn einen Augenblick lang schweigend an. Ihr Herz klopfte unregelmäßig. So unerklärlich es ihr selbst auch war, sie vertraute diesem Mann.

Bevor sie jedoch weiter darüber nachdenken konnte, nahm ihr Blick einen silbernen Porsche wahr, der vor dem Eingang parkte. Sie hatte sich nie viel für Autos interessiert, doch dieses elegante Gefährt verursachte ein angenehmes Ziehen in der Magengegend.

„Ein silberner Porsche 911 Carrera 4S. Eines der Glanzstücke meiner Sammlung."

„Ist der nicht limitiert?" Evelin hätte sich gerne selbst auf die Schulter geklopft. Mit ihrem Wissen über Autos hatte Adrian bestimmt nicht gerechnet. Ein ehemaliger Klassenkamerad hatte ihr mit seinem Autowahnsinn ständig in den Ohren gelegen, doch nun war sie froh über diese Informationen, die sie irgendwo im hintersten Winkel ihres Gehirns gespeichert hatte. Sie musste jedoch zugeben, dass der Wagen gar nicht so übel aussah, vor allem schien er noch nagelneu zu sein.

Adrian schaute sie überrascht an, während er mit ihr um das anmutige Gefährt herumging und ihr die Tür aufhielt.

„Du verblüffst mich immer wieder aufs Neue, ma chérie", sagte er und strich fast zärtlich über den Türrahmen. Sein Lächeln war warm und verursachte kleine Hitzewellen in ihrem Inneren. „Du hast vollkommen recht. Von diesem Wagen gibt es nur 356 Exemplare weltweit."

„Und du hast eine ganze Sammlung von Autos? Hast du sie unter deiner Matratze versteckt? Ich sehe hier nämlich keine einzige Garage."

Adrian beugte sich zu ihr herunter, allein die Autotür verhinderte den Körperkontakt. Evelins Puls raste, wie immer, wenn Adrian ihr so nahekam.

Sein Grinsen wurde eine Spur breiter.

„Solltest du dich in nächster Zeit brav verhalten und tun, was ich dir sage, werde ich sie dir vielleicht zeigen. Es sei denn, du wagst vorher schon einen Blick unter meine Matratze." Seine Augen funkelten belustigt.

Evelin pustete sich mit hochrotem Kopf eine Haarsträhne aus dem Gesicht und drehte sich um, ohne ihn noch eines Blickes zu würdigen. Unbeholfen ließ sie sich auf den Beifahrersitz plumpsen. Ihr

Gesicht wurde eine Spur heißer. Sie fühlte sich wie ein Elefant im Porzellanladen.

Nach Adrians Gesichtsausdruck, der dem eines Teufels ähnelte, war genau dies seine Absicht gewesen. Er schloss die Tür und lachte amüsiert. Ärgerlich verschränkte Evelin die Arme vor der Brust, und doch folgten ihre Augen jeder seiner Bewegungen.

Vor dem Wagen hielt er an und sprach ein paar Worte mit Mike. Sie hatte ihn gar nicht kommen hören.

Im Schein der untergehenden Sonne wirkte Adrians Silhouette noch größer und dunkler. Seine Haare schimmerten in facettenreichen Schwarztönen und Evelin hielt den Atem an. Wenn sie nicht wüsste, dass es keine mystischen Wesen gäbe, würde sie Adrian als verführerischen Vampir einstufen, der Frauen zum Frühstück verspeiste.

Plötzlich drehte er seinen Kopf zu ihr um und sie zuckte zusammen. Als hätte er ihre Gedanken gelesen! Sie war froh über den kühlen Ledersitz, der sich an ihre heiße Haut schmiegte.

Adrian nickte dem anderen Mann noch einmal zu und stieg dann zu ihr in den Wagen. Plötzlich kam ihr der Innenraum eine ganze Nuance kleiner vor. Allein seine Anwesenheit ließ alles um sie herum schrumpfen und die plötzliche Nähe zu ihm ließ ihr Blut pulsieren. Sie nahm sein köstliches Parfüm wahr, das sich mit dem Geruch nach Leder und protzigem Auto mischte.

Eine unfassbar verführerische Mischung.

Er steckte den Schlüssel ins Schloss, drehte ihn und der Wagen sprang mit einem lauten Schnurren an, wie ein Raubtier, das zum Sprung ansetzte. Der ganze Wagen vibrierte und Evelin wurde von einem aufgeregten Kribbeln erfasst.

„Bereit?" Adrian schaute sie intensiv an. Seine Blicke glitten genüsslich über ihren Körper und blieben auf ihrem Schoß liegen. Der Rock war so weit hochgerutscht, dass man nun den Ansatz der Strapse sehen konnte. Evelin wurde rot und spürte ein verlangendes Pochen zwischen ihren Schenkeln.

Adrian beugte sich zu ihr rüber, sein Atem kitzelte an ihrer Wange. „Gut festhalten."

Bevor Evelin reagieren konnte, ließ Adrian den Wagen lospreschen. Evelin quietschte erschrocken auf. Sie wurde in den Sitz gedrückt und fasste instinktiv nach dem Griff neben sich.

Adrian lachte fies. Evelin warf ihm einen bösen Blick zu, musste aber kurz darauf selbst schmunzeln. Manchmal benahm er sich wie ein kleiner Junge, und diese Seite an ihm war unglaublich erfrischend.

Wie mit Lichtgeschwindigkeit fuhren sie vom Anwesen.

Evelins Herz pochte laut vor Aufregung, doch seltsamerweise war es keine Angst, die sie aufgrund der Geschwindigkeit empfand. Unter gesenkten Lidern schielte sie zu Adrian hinüber.

Sein Blick war konzentriert und entspannt auf die Straße vor ihm gerichtet. Seine Bewegungen waren sicher und routiniert. Die Landschaft zog blitzschnell an ihnen vorbei. Evelin konnte schemenhaft ein paar Gebäude erkennen, jedoch blieb die allumfassende Farbe Grün.

Das Anwesen musste weit draußen, abseits der überfüllten Hauptstadt liegen. Langsam entspannte sie sich und lockerte ihre verkrampfte Hand, als Adrian in eine Kurve fuhr. Ihr Magen glich einer Achterbahnfahrt. Es war ein überaus berauschendes Gefühl, sich so schnell fortzubewegen, und dass sie dabei in einem so teuren und edlen Porsche saß, machte es noch reizvoller. Nie hätte sie gedacht, jemals so etwas über sich behaupten zu können. Aber dieses hohe Tempo hatte tatsächlich seinen ganz eigenen Reiz.

„Ich bin früher teilweise Rennen gefahren. Du musst dir keine Sorgen machen, ich weiß, was ich tue."

Evelin schaute nachdenklich aus dem Fenster. Gab es denn irgendetwas, was dieser Mann nicht konnte? Er schien einfach zu perfekt. Da musste es doch eine dunkle Seite in ihm geben. Ob er vielleicht in Wirklichkeit ein böser Jedi-Ritter war?

Adrian schaltete das Radio an, und zu „Not Easy" von *Alex Da Kid* fuhren sie schweigend durch eine unwirkliche Welt.

Kapitel 13

Evelin konnte nicht glauben, wo Adrian sie hingeführt hatte. Mit bebendem Körper ließ sie sich von ihm aus dem Auto helfen. Vor ihr ragte hoch und anmutig das Museum auf. Mit diesem Gebäude verband sie so viele Erinnerungen, dass sie erstarrte.

Eine warme Hand schloss sich um ihre, die eiskalt war, und führte sie langsam die Treppe hinauf. An der Tür wurden sie hoheitsvoll empfangen und der Angestellte begleitete sie an der Reihe der gehenden Besucher vorbei. Das Museum wurde gerade geschlossen.

Sie spürte die neugierigen Blicke der Besucher auf sich und fühlte sich durch das Publikum elektrisiert.

Adrians warme Hand wanderte von der Taille abwärts auf ihren Hintern. Evelin zog zischend die Luft ein und wollte seine Hand wegschieben.

„Das wirst du nicht tun. Ansonsten werfe ich dich vor den anderen Besuchern über meine Schulter und gebe so noch viel mehr von dir Preis."

Evelin lief hochrot an. Ihr Atem stockte. Das konnte er doch nicht ernst meinen! Wütend ballte sie die Hände zu Fäusten und senkte ihren Blick. Dabei schielte sie unauffällig zu den Leuten hinüber, an denen sie vorbeigingen. Manche Männer stierten sie ganz ungeniert an. Der Blick der Frauen lag meistens schmachtend auf Adrian.

Ihn neben sich zu haben, beflügelte ihr Selbstvertrauen. So kannte sie sich nicht. Es war berauschend, bei diesem Mann zu sein und allen offen zu zeigen, dass sie ganz ihm gehörte.

Als sie von dem Angestellten in einen menschenleeren Gang geführt wurden, atmete Evelin zitternd aus. Sie hörte noch, wie Adrian sich bei dem Mann bedankte und ihn dann wegschickte.

Evelin schreckte, wie von der Tarantel gestochen, zur Seite und stierte Adrian wütend an. „Was sollte das denn?“

"Ich weiß nicht, was du meinst, ma chérie." Adrian begann, den langen Gang entlangzuschlendern, und Evelin blieb wie angewurzelt stehen.

„Ich meine damit, mir vor all den Leuten die Hand auf den Hintern zu legen, und das in der Öffentlichkeit.“

Adrian drehte sich um und schaute sie mit einem warnenden Blick an. „Du gehörst mir, Evelin.“ Er ging auf sie zu. „Du bist wunderschön, sexy und siehst zum Anbeißen aus. Warum sollte ich nicht zeigen, wie sehr ich dich begehre?“

Er blieb vor ihr stehen. Der Duft nach Leder und Moschus stieg ihr in die Nase und brachte sie aus dem Konzept.

„Es hat dich angemacht, von den Männern mit ihren Blicken ausgezogen zu werden. Sag mir, wie feucht bist du schon?“

Evelins Gesicht wurde noch eine Spur röter.

Seine Lippen berührten federleicht ihre Ohrmuschel und schickten, gepaart mit seinen Worten, ein warmes Kribbeln direkt in ihre Vulva. Evelin spürte, wie ihre Sinne drohten, im verlockenden Nebel der Begierde zu versinken.

„Ich will eine Antwort, Evelin“, flüsterte er verführerisch.

Wieso war sie nur so einfach zu durchschauen?

Es ärgerte sie, dass scheinbar jeder in ihr lesen konnte wie in einem offenen Buch. Mühsam kämpfte sie sich aus der Umnebelung heraus und befeuchtete mit der Zungenspitze ihre Lippen.

„Warum fragst du, wenn du es eh schon weißt?“ Evelins Stimme klang selbst in ihren Ohren eine Spur zu zickig.

Furchtsam blickte sie in seine sturmgrauen Augen. Braute sich darin gerade ein Gewitter zusammen?

Am liebsten hätte er Evelin für ihre freche Antwort an Ort und Stelle übers Knie gelegt. Sie war die pure Versuchung, und er wusste, diese Widerspenstigkeit war nur der Anfang. Sie konnte ihn sicherlich noch viel mehr reizen, wenn sie wollte.

Er würde ihr Fehlverhalten gut in Erinnerung behalten und zu einem späteren Zeitpunkt die Bestrafung durchführen. Insgeheim freute er sich schon auf viele weitere Verfehlungen von ihr.

Sie verstellte sich nicht und blieb ganz sie selbst. Das Zusammensein mit ihr war erfrischend anders als das mit seinen ehemaligen Subs. Ihre Nippel drängten bereits hart gegen ihre Bluse, und an der Art, wie sie die Beine zusammenpresste, konnte er sich nur zu gut vorstellen, wie feucht sie sein musste.

Sein Schwanz drückte voller Vorfreude gegen den Stoff seiner Hose. Am liebsten hätte er sie schon in seinem Wagen gevögelt. Ihre nackten Schenkel auf dem Leder des Sitzes und ihre leicht rosige Haut hätten bestimmt unwiderstehlich ausgesehen. Doch an diesem Abend mussten sie ihre Begierde erst einmal zügeln, er hatte sie schließlich nicht umsonst wieder hierhin zurückgeführt.

Adrian hoffte, sie würde etwas mehr Licht in ihre Vergangenheit bringen. Ihn interessierte ihre Geschichte brennend, aber auch für die Nachforschungen über die Loge war ihr Wissen sehr wertvoll.

***

„Komm, ich möchte dir meine Lieblingsabteilung zeigen.“

Sie ergriff seine angenehm warme Hand und ließ sich von Adrian führen.

Sie kamen an abstrakten Steinfiguren und modernen Gemälden vorbei. Danach passierten sie Funde aus dem späten Mittelalter. Evelin sah sich alles genau an, sie liebte die Gegenstände, die eine ganz eigene, alte Geschichte zu erzählen hatten. Sie war mit ihrer Familie früher das ein oder andere Mal hier gewesen, die Erinnerung daran schmerzte. Damals wollte sie mal Archäologin werden, aber das hatte sich nach dem Unfall ihrer Eltern drastisch verändert.

Irgendwann hielt sie das Schweigen nicht mehr aus. „Warum kommen wir so spät hierher? Das Museum hat doch schon geschlossen.“

„Ich bin ein Liebhaber der alten Malerei und habe in den neuen Flügel investiert, daher habe ich ein paar Sonderrechte. Ich bin lieber allein mit den Schätzen hier, in absoluter Stille kann ich mich besser auf die Gemälde konzentrieren. Immer wenn ich über etwas nachdenken muss, komme ich hierher.“

Sie schaute ihn neugierig an. Er zeigte ihr gerade wieder eine Seite, die sie an ihm nicht vermutet hätte: Adrian Lorain brauchte Stille, um nachzudenken?

Sein Blick war verträumt auf die Bilder an den Wänden gerichtet. Adrian schien ein ganz anderer Mensch zu sein, seit sie das Museum betreten hatten. Als wäre beim Durchschreiten der Tür eine Last von seinen Schultern gefallen.

Evelin fragte sich, welche Geheimnisse der Mann an ihrer Seite noch haben mochte.

Als Nächstes kamen sie in einen Raum, dessen Wände mehrere Meter hoch waren, gekrönt von einem Glasdach, durch das man ein paar winzige Sterne funkeln sah. Der Boden war mit edel aussehenden Fliesen belegt, und das einzige Licht in diesem Zimmer stammte von kleinen Scheinwerfern, die alle Gemälde an den Wänden bestrahlten.

Evelin verschlug es die Sprache. Die riesigen Gemälde, die schon von Weitem alt aussahen, sprangen ihr sofort ins Auge.

Adrian und sie blieben vor dem ersten Bild stehen.

„Darf ich dir vorstellen: die Welt der Mythen und Legenden. Eine Zeit der kriegerischen Amazonen und des Aberglaubens, eingefangen in jahrhundertealten Gemälden.“

Evelin ging einen Schritt zurück, um das Bild im Ganzen betrachten zu können. Es war dreimal so groß wie sie und zeigte eine Ansammlung von kriegerisch aussehenden Frauen auf stolzen Rössern. Um sie herum krochen und flogen allerlei Wesen, von denen sie mal gelesen oder aber noch nie etwas gehört hatte. Alle Ungeheuer schienen sich mit blanker Mordlust in den Gesichtern im nächsten

Moment auf die Frauen stürzen zu wollen. Doch selbst mit der Gefahr vor Augen strahlten die Amazonen eine rohe und anmutige Kraft aus.

Evelin ging, wie von einem unsichtbaren Faden gezogen, zum nächsten Gemälde. Dieses Bild war wesentlich kleiner. Es stellte eine verträumte Szene an einem Flussufer dar. Eine Frau badete nackt, während ein ansehnlicher Krieger sie vom Ufer aus beobachtete. Beim weiteren Hinsehen wurde einem bewusst, dass sich überall kleine Fantasiewesen in der Landschaft befanden, die die Szene verfolgten.

„Sie sind wunderschön, nicht wahr?", hörte sie plötzlich Adrians Stimme neben sich.

Evelin räusperte sich. „Sie sind zauberhaft, diese Anmut und die ganzen Details nur mit dem Pinsel gemalt. Wie lange die Künstler wohl an den Bildern gearbeitet haben?"

„Bei den meisten Gemälden sind die Künstler leider unbekannt. Man kann bei ihnen nicht mehr nachvollziehen, wer sie geschaffen hat, da es auch keine Unterschrift gibt. Eine Sammlung wie diese hier gibt es kein zweites Mal auf der Welt."

Sie gingen in einvernehmlichem Schweigen weiter. Nun war Evelin froh über den menschenleeren Flur, die Stille hatte in Verbindung mit den uralten Kunstwerken etwas Beruhigendes. Sie sog alle Eindrücke tief in sich auf.

Evelin hatte die alte Malerei schon immer geliebt.

Zu jedem Bild wusste Adrian eine Geschichte zu erzählen und Evelin hing gebannt an seinen Lippen. Viel zu früh waren sie am Ende der Ausstellung angekommen. Evelin hätte noch stundenlang bleiben können.

„Dieses Gemälde ist mein Liebstes. Es nennt sich

‚Der Mut einer Amazone‘", sagte Adrian und riss sie damit aus ihren Gedanken.

Als Evelin das Gemälde sah, begannen ihre Beine zu zittern. Sie bestaunte ehrfürchtig die junge Frau auf dem Kunstwerk, die mitten in einem Gewittersturm verletzt und blutend zwischen ihren Gegnern stand. Ihr Blick war wild und entschlossen.

Evelins Herz pochte ihr in den Ohren. „Dieses Bild erinnert mich …"

Adrian betrachtete versunken das Gemälde. „Dieser Maler war der sechste Sohn eines Adeligen. Es existiert die Überlieferung, dass er seine Seele dem Teufel verkauft hätte, um das Antlitz seiner Liebsten für alle Zeit auf dieser Leinwand festzuhalten. Er hat in seinem kurzen Leben genau zwei Bilder angefertigt, danach starb er durch die Intrigen seiner anderen Brüder. Man munkelte, er und die Amazone wären ein Liebespaar gewesen. Über den Tod des Geliebten soll die Amazonenkriegerin so außer sich gewesen sein, dass sie seine ganze Familie niedermetzelte. Der Teufel, so sagt man, soll zuvor mit beiden einen Pakt geschlossen haben, damit sie für immer vereint bleiben. Nach der Auslöschung der Adelslinie kam er persönlich aus der Unterwelt emporgestiegen, um die Amazone in sein Reich zu verschleppen. Die Menschen redeten über diese Bilder als ‚die verfluchten Zwillinge‘".

Evelin blickte das Bild entgeistert an. Ihr Körper vibrierte und das Blut rauschte ihr in den Venen. „Das andere Bild, der Zwilling …"

Adrian trat dicht vor das Gemälde, sein Blick lag verträumt auf der Amazone. „Sein Zwilling, auch genannt ‚Verführung im Mondlicht‘, befindet sich auf meinem Anwesen."

Jetzt drehte er sich zu ihr um. Seine Augen sahen sie prüfend an.

Evelin versuchte, ihre Sprache wiederzufinden. „Es ist das Bild in meinem Zimmer, nicht wahr?", fragte sie und atmete hörbar aus.

Adrian schaute ihr weiter ins Gesicht. „Ja. Ich habe es damals nach jahrelanger Suche aufgespürt. Kein anderer Mensch weiß bis heute, wo sich das Bild befindet."

Evelin riss die Augen auf. „Du hast es keinem gesagt?"

„Nein, du bist die Erste, die das erfährt."

„Aber warum hast du es nicht dem Museum gegeben?"

Einen Moment lang sprach keiner. Evelins Gedanken kreisten in ihrem Kopf.

„Es heißt, wenn beide Bilder jemals zusammengeführt werden, gäbe es ein schreckliches Unglück und der Teufel würde ein weiteres Mal in die Menschenwelt gelangen. Ich werde es dem Museum übergeben, wenn ich denke, dass es Zeit dafür ist. Ich kann mich noch nicht von meinem Gemälde trennen, und wer weiß, vielleicht stimmt die Überlieferung ja?"

„Ich hätte nicht gedacht, dass du so abergläubisch bist", erwiderte sie und musste sich ein Grinsen verkneifen.

Jetzt lag sein Blick wieder auf ihr. Er grinste frech. „Jeder hat seine Last zu tragen."

Evelin spürte, wie ihr Herz laut pochte, und genoss es, diesen Mann jedes Mal ein Stück besser kennenzulernen. Dass er ihr ein so bedeutendes Geheimnis verraten hatte, machte sie stolz, verunsicherte sie aber auch.

„Ich besitze ebenfalls etwas von sehr großem Wert für mich." Evelin strich mit den Fingerspitzen über den Herzanhänger ihrer Kette. Das Metall fühlte sich kühl auf ihrer Haut an. „Diese Kette haben meine Schwester und ich von unseren Eltern geschenkt bekommen. Sie sind beide identisch, bis auf die kleine Gravur auf der Rückseite." Sie drehte den Anhänger so, dass Adrian die Schrift erkennen konnte. „In Liebe Mama, Papa und Madeleine", las Evelin vor. „Seit dem Zugunglück meiner Eltern trage ich sie fast durchgehend. Ich bin sehr erleichtert gewesen, als Marcel sie mir nicht weggenommen hat."

Sie schloss die Augen und holte tief Luft. Jetzt war es an ihr, mutig zu sein, denn schon als sie das Museum aus dem Auto heraus gesehen hatte, war ihr bewusst geworden, dass sie hier noch etwas Wichtiges zu erledigen hatte. Doch allein bei dem Gedanken daran wurde ihr ganz flau im Magen.

Evelin ballte die Hände zu Fäusten, drehte sich um und ging zum Treppenhaus. Sie hatte einen Entschluss gefasst, und so schwer es ihr auch fiel, sie musste den nächsten Schritt nach vorn wagen und sich ihrer Angst stellen. Ansonsten würde ein Teil dieser Furcht für immer in ihrem Herzen feststecken. Vielleicht waren es die tapferen Amazonen auf den Gemälden oder Adrians tröstende Anwesenheit, die ihr die Kraft gaben und sie dazu bewegten, sich dem Schatten ihrer Vergangenheit zu stellen.

Als sie die Stufen bis zum Dach hochstieg, konnte sie Adrian hinter sich spüren. Sie war froh darüber, klopfte ihr Herz doch wild in ihrer Kehle. Er sprach nicht und hielt sie nicht auf. Worüber sie ihm mehr als dankbar war.

Oben angekommen erwartete sie ein sternenübersäter Himmel. Sie blieb stehen und holte tief Luft. Trotz der immer noch hohen Temperaturen fror sie am ganzen Körper. Sie rieb sich über die Arme und ging zitternd weiter.

„Evelin."

Er sagte nur ihren Namen, und doch lag darin so viel Gefühl, dass es ihr den Atem raubte. Sie blieb stehen, schlang die Arme um sich und schaute zur Kante des Daches hinüber, zu der Stelle, an der sie vor ein paar Tagen versucht hatte, ihr Leben zu beenden.

So viel Gutes war ihr seitdem widerfahren, dass sie es immer noch kaum glauben konnte. Sie hatte gedacht, Prinzen gäbe es nur im Märchen, ebenso wie Happy Ends. Doch mittlerweile war sie sich da nicht mehr so sicher.

Sie spürte, wie Adrian von hinten an sie herantrat. Er legte seine Arme um sie, hüllte sie in seine Wärme und Evelin lehnte sich erleichtert an ihn. Bei ihm fühlte sie sich geborgen und beschützt.

Langsam rollten Tränen über ihre Wangen, Tränen über ihre verlorene Zeit, in der sie ihre Schwester von sich gestoßen und sich in der Gefangenschaft von Marcel befunden hatte. Ihre Seele schmerzte, wenn sie an den Tod ihrer Schwester und das Leben dachte, das ihr bis jetzt so übel mitgespielt hatte. Schnell wischte sie sich die nassen Spuren aus dem Gesicht.

„Es tut mir leid. Ich wollte nicht mehr weinen." Sie spürte, wie ihre Nase zuschwoll, da die Tränen einfach nicht aufhören wollten, zu fließen.

Adrian drehte sie zu sich um und wischte mit seiner Hand eine Träne von ihrer Wange. „Es ist ganz normal zu weinen, wenn man traurig ist. Deshalb ist man nicht gleich schwach. Es gehört auch Stärke dazu, sich seine eigenen Schwächen einzugestehen. Wenn der Körper Tränen vergießen will, sollte man es ihm nicht verwehren.“

Evelin fühlte, wie ein Teil ihrer inneren Mauer einstürzte. Das Echo vibrierte in ihrer Seele, und sie fing hemmungslos an, zu weinen. Ihr Körper wurde von tiefen Schluchzern durchgeschüttelt.

Es war ein befreiendes Gefühl und die ganze Zeit hielt Adrian sie fest in seinen Armen. Er gab ihr Kraft, Zuversicht und das Gefühl, dass von nun an doch noch alles gut werden könnte. Auch wenn der Verlust ihrer Schwester sie bis ins Mark erzittern ließ, bei Adrian hoffte sie, sich wieder erden zu können.

Nur langsam versiegte der Wasserfall ihrer Tränen und sie drehte sich peinlich berührt von ihm weg. „Ich sehe bestimmt schrecklich aus.“

Sie hatte einen heftigen Schluckauf bekommen und Adrian reichte ihr ein Taschentuch. Dankbar nahm sie es entgegen, putzte sich damit geräuschvoll die Nase, und Adrian legte seinen Kopf auf ihren Scheitel.

„Als meine Eltern noch lebten, sind wir oft in dieses Museum gegangen. Fast jedes Wochenende habe ich so lange gebettelt, bis sie sich meiner erbarmt haben. Ich war acht Jahre alt und vollkommen in dieses Gebäude vernarrt. Damals gab es auch nicht so viele Ausstellungen wie heute, aber es reichte, um meine Fantasie zu beflügeln und mir die fantastischsten Geschichten auszudenken.“

Adrian Stimme hatte etwas Sehnsüchtiges an sich.

Evelin hob den Kopf, um ihm in die Augen zu sehen. Sein Blick war entrückt und schien in längst vergangene Zeiten zu sehen. „Mit dem plötzlichen Tod meiner Eltern ist alles zusammengebrochen. Jede Sicherheit und Zukunftsträumerei war mit einem Schlag ausgelöscht. Ich kam durch meinen gerichtlichen Vormund in ein Internat in der Schweiz. Dort fand ich schnell Kontakt zu den falschen Leuten und rutschte in eine gewalttätige, Drogen nehmende Gruppe ab."

Evelin erstarrte. „Das muss schrecklich gewesen sein", erwiderte sie bestürzt und spürte sein Nicken an ihrem Kopf.

„Mit dem Tod meiner Eltern gab es auf einmal keinen Sinn mehr in meinem Leben. Sie waren alles, was ich je geliebt hatte. Dass man den Mörder nicht gefunden hatte, machte mich unglaublich wütend. Seitdem wurde ich von allen gefürchtet. Ein falsches Wort oder ein schräger Blick und ich verfiel in rasende Wut. Niemand konnte mit mir umgehen, der Hass auf die Mörder, mich selbst, ja sogar auf meine Eltern, dass sie sich einfach hatten umbringen lassen, fraß mich auf."

Adrian stieß zischend die Luft aus. Evelin konnte seine verkrampften Muskeln spüren.

„Wie sind sie gestorben?", flüsterte sie.

„Sie waren unterwegs zu einer Auktion. Auf der Straße geriet ihr Auto unter Beschuss, sie hatten keine Chance. Der Gerichtsmediziner sagte, sie wären sofort tot gewesen."

In Evelin zog sich alles zusammen und erschwerte ihr das Atmen. Zu deutlich standen ihr die Bilder des Zugunglücks, bei dem ihre Eltern ums Leben gekommen waren, vor Augen. Es stellte sich hinterher menschliches Versagen als Ursache heraus, doch nicht zu wissen, wer die Eltern erschossen hatte, war einfach unvorstellbar.

Sie griff nach seinen Händen und drückte sie sanft. „Gab es keine Augenzeugen oder Beweise? Irgendwelche Hinweise, wer das getan haben konnte?"

Hinter ihr versteifte sich Adrian. Als sie schon glaubte, er würde nicht mehr antworten, sprach er weiter: „Die Loge."

Evelin wäre vor Schreck nach vorn gestolpert, wenn Adrian sie nicht festgehalten hätte. Eine eiskalte Gänsehaut überzog ihren Körper, und in ihrem Innern erstarrte alles zu Eis.

„Diese verdammte Organisation hatte Geschäfte mit meinen Eltern machen wollen. Die Loge wollte bestimmte Gemälde von meinen Eltern erwerben, doch diese hatten von dem zweifelhaften Ruf dieser Leute gehört und wollten nichts mit ihnen zu tun haben. Wie ich später herausfand, sind vor dem Mord einige Drohbriefe bei uns eingegangen. Man wollte meine Eltern einschüchtern und drohte mit der Entführung ihres einzigen Sohnes. Doch meine Eltern waren nicht auf den Kopf gefallen, sie hatten gute Kontakte zur Polizei und schalteten sie ein."

Er ballte seine Hände so fest zusammen, dass sich die Fingerknöchel weiß verfärbten.

„Meine Eltern konnten nicht wissen, dass die Loge ihre Finger überall im Spiel hatte. Ihre Wurzeln reichen bis tief in die verschiedenen sozialen Schichten unserer Gesellschaft. Sie bekamen Wind davon, dass meine Eltern die Behörden informiert hatten, machten also kurzen Prozess und beauftragten einen Killer, der meine Eltern umbringen sollte. Der befreundete Polizist war Teil der Loge, und als Freund meiner Eltern fiel es ihm nicht schwer, in ihre Nähe zu gelangen. Später wurde gesagt, er habe aus Schuldgefühlen sein Leben beendet. Natürlich gibt es, wie immer, wenn die Loge ihre Finger im Spiel hat, keinerlei Beweise. Doch ich habe im Geheimen Nachforschungen angestellt und bin ihnen immer dichter auf den Fersen. Eines Tages werde ich sie kriegen und ihnen dann heimzahlen, was sie so vielen Menschen und Familien angetan haben.“

Evelin drehte sich zu ihm um und legte ihre zitternden Hände an seine Wangen. Sie wusste, Worte, um ihre Gefühle angemessen auszudrücken, gab es nicht. Sie schauten sich an und jeder von ihnen spürte die Verbundenheit zwischen ihnen, zwei geschundene Seelen, die mehr erleiden mussten, als ihre Schultern zu tragen bereit waren.

Evelin drückte ihre Lippen zu einem kurzen und innigen Kuss auf seinen Mund. Langsam löste sie sich von ihm und sein feuriger Blick ließ ihren Körper kribbeln.

„Wie kam es, dass du dann doch noch auf die richtige Bahn geraten bist?“

Adrian schaute hoch in den Sternenhimmel. „Eines Tages kam bei einem unserer Gangkämpfe ein Junge zu Schaden. Daraufhin mischten sich drei fremde Jungs ein. Sie vermöbelten meine Gruppe aufs Schlimmste, und auch vor mir machten sie keinen Halt. Noch heute klingeln mir die Ohren, wenn ich an den Schlag auf meinen Kopf denke.“

„Und was geschah dann? Lass mich raten, es waren Falco, Henry und Patrick, die euch so aufgemischt haben?“

Adrian schaute sie breit grinsend an. „Ganz genau. Meine Gang bestand aus egoistischen Wichtigtuern. Als es hart auf hart kam, suchten sie schnellstmöglich das Weite. Ich war der Letzte, der sich ihnen entgegenstellte. Im Nachhinein betrachtet, hatte ich die Prügel verdient. Ich sah, wie die drei dem verletzten Jungen halfen und wie sie miteinander umgingen, in dem Moment fing ich an zu begreifen, auf welchen Weg ich geraten war. Der Zusammenhalt der drei war bemerkenswert und etwas in mir drinnen wollte zu ihnen gehören. Ich brach am nächsten Tag mit meiner Gang, von der ich übel verspottet wurde, und begann, für die Schule zu lernen. Die drei erfuhren von meinem Wandel, und als ich mich bei ihnen für die Ohrfeigen bedankte, boten sie mir ihre Freundschaft an. Das war der glücklichste Tag seit Langem gewesen. Wir wurden unzertrennlich und man nannte uns schlicht ‚Die Vier‘. Wir hielten uns fit, unterstützten uns, wo wir konnten, und setzten uns gegen die Unruhestifter durch. Meine alte Gang begann nun, fiese Gerüchte über mich zu verbreiten. Es waren harte Zeiten, aber durch den Zusammenhalt der Gruppe konnte ich gegen alle üblen Verleumdungen bestehen.“

Evelin musste mehrmals schlucken. Ihr Hals war wie ausgedörrt. „Das wusste ich nicht. Ich meine, du hast so viel Schlimmes durchgemacht und …“

„Patrick ist Staatsanwalt, er hat schnell reagiert und so ist meine schäbige Vergangenheit unter Verschluss. Keiner wird je davon erfahren.“

„Wie ist es nach der Schule mit euch weitergegangen?“

Adrian sah sie versonnen an. „Ich habe meine Vergangenheit verarbeitet. Sie ist jetzt ein Teil von mir. Hätte ich die schlimme Zeit nicht durchgemacht, hätte ich Henry, Patrick und Falco wohl nie kennengelernt."

Evelin war gerührt von seinen Worten. Dieser Mann hatte Schreckliches erlebt, und doch stand er heute selbstsicher und voller Stärke vor ihr. Ob es ihr auch möglich wäre, einmal so über ihre Vergangenheit zu sprechen?

„Das tut mir furchtbar leid."

„Das muss es nicht. Du kannst ja nichts dafür. Außerdem hast du deine ganz eigene Last, die du mit dir herumschleppst."

Sie schaute ihm noch einen Moment in die Augen, dann seufzte sie tief. Er war vollkommen offen zu ihr gewesen. Vielleicht sollte sie den nächsten Schritt wagen? Sie drehte ihm den Rücken zu und lehnte sich wieder in seine weiche Umarmung. Bei dem, was sie nun aussprechen musste, konnte sie ihm nicht in die Augen sehen. Sie ließ zischend die Luft entweichen und holte dann erneut kräftig Luft.

Kapitel 14

„**E**r hieß Marcel. Marcel Lammers." Sie stockte und Adrian streichelte sanft über ihre Arme.

„Ich lernte ihn in einer Buchhandlung kennen, in der ich immer meine Zeit verbrachte, während ich auf den Bus wartete. Er hatte mich wohl schon länger beobachtet, doch ich nahm ihn erst wahr, als sich unsere Hände berührten, während ich ein Buch aus dem Regal nehmen wollte."

Evelin presste die Lippen fest aufeinander. Ihr rauschte das Blut in den Ohren und ihr Magen zog sich schmerzhaft zusammen.

„Wir kamen schnell ins Gespräch. Anscheinend hatten wir den gleichen Büchergeschmack." Sie lachte freudlos. „Das Buch, das wir beide haben wollten, war eine BDSM-Geschichte. Es war mir in dem Moment unheimlich peinlich, dabei erwischt zu werden, wie ich mir einen erotischen Roman anschaute. Ich hatte bis dahin nur dumme naive Träumereien von Dominanz und Unterwerfung gehabt. Doch Marcel sprach ganz offen über BDSM, hatte schon Erfahrung in dem Bereich, und neugierig, wie ich war, fing ich an, ihn auszufragen. Er war gut aussehend, hatte ein entwaffnendes Lächeln und rehbraune Augen. Sein Wesen war einnehmend, und schnell hatte er mich in seinen Bann gezogen. Danach trafen wir uns immer regelmäßiger. Mal im Café, zum Spazierengehen und schlussendlich bei ihm zu Hause. Ich war so schrecklich aufgeregt."

Sie schnaubte verdrossen. „Ich hatte sein fieses Spiel nicht durchschauen können. Ich war jung und absolut verknallt in ihn. Es war wie ein Traum, dass dieser gut aussehende Kerl sich in mich verliebt hatte.“

Evelin schwieg einen Augenblick, und Adrian ließ ihr Zeit, die Worte zu sammeln, die als Nächstes ausgesprochen werden mussten.

„Nachdem wir ungefähr vier Monate zusammen waren, hat er mich wieder zu sich bestellt.“ Nun fing sie am ganzen Körper an zu zittern. Ihre Hände wurden schwitzig und ihre Stimme wurde beim Sprechen leiser.

„Er brachte mich in seinen Keller. Es war nichts Außergewöhnliches und so schöpfte ich keinen Verdacht. In einem mit einer Eisentür gesicherten Raum kettete er mich an ein Bett. Er sprach die ganze Zeit keinen Ton. Als er ein letztes Mal nachgeprüft hatte, ob die Ketten auch wirklich fest saßen, ließ er seine Maske fallen. Es war wie ein Schlag ins Gesicht. Den überheblichen Blick, den er mir zuwarf, hatte ich noch nie an ihm gesehen. Er fing auf einmal an, schallend zu lachen. Ich bat ihn, damit aufzuhören, sagte mein Safewort und wollte losgemacht werden. Ich hatte plötzlich fürchterliche Angst. Marcel griff blitzschnell an meine Kehle und drückte zu. Ich bekam vor Überraschung keinen Ton raus und spürte, wie er mir immer mehr die Luft abschnürte. Mittlerweile lag er halb auf mir und ich konnte seine harte Erektion an meinem Bein spüren. Als ich dachte, ich müsste jeden Moment das Bewusstsein verlieren, ließ er mich endlich los. Röchelnd zog ich die kostbare Luft in meine Lungen. Ich sah Marcel an und erkannte ihn nicht wieder. Es war, als wäre er zu einer anderen Person geworden. Er drückte einen gierigen Kuss auf meinen Mund, stand auf und ließ mich, ohne eine Erklärung, allein in meinem Gefängnis zurück.

Ich war starr vor Angst und wollte nicht glauben, was da gerade geschehen war. Sobald ich wieder etwas Stimme hatte, rief ich nach ihm. Die Ketten banden mich jedoch gnadenlos an das Bett. Meine Gedanken rasten. Wie viel Zeit vergangen ist, bis er erneut zu mir kam, wusste ich nicht. Plötzlich wurde die schwere Tür aufgeschlossen, und Marcel stand lässig, nur mit seiner Jeans bekleidet, im Türrahmen. Seltsam, welche Details man im Nachhinein in Erinnerung behält."

Adrian rührte sich nicht. Allein seine Hände strichen sanft über ihre Arme und gaben ihr so genug Kraft, weiterzureden. Doch je mehr sie darüber sprach, umso einfacher fiel es ihr. Die Worte purzelten aus ihrem Mund, und sie fühlte sich wie ein Beobachter der ganzen Szene, der sachlich die Geschichte erzählte. Nur ihre bebende Stimme und ihr angespannter Körper verrieten ihren innerlichen Kampf.

„Marcel erzählte mir bis in kleinste Detail, wie er mich als Opfer auserkoren, mich wochenlang beobachtet und einen Plan ausgearbeitet hatte, mich für sich zu gewinnen. Ich sagte ihm, dass er mich gefälligst losmachen und gehen lassen sollte. Meine Schwester würde nach mir suchen, wenn ich nicht zurückkäme. Doch er hatte alles genau geplant. Da ich mich nach dem Tod unserer Eltern sehr von meiner Schwester und meinen Freunden distanziert hatte, fiel es ihm nicht schwer, gewisse Gerüchte zu verbreiten, laut denen ich abgehauen bin. Ich wollte

ihm in diesem Augenblick nicht glauben, dass eine
so kleine Aussage reichen würde, nicht nach mir zu
suchen. Doch wie sich herausstellte, brach die Polizei aufgrund dieser Möglichkeiten die Fahndung
nach mir ganz schnell wieder ab. Marcel hatte einen
riesigen Spaß daran, mich Schritt für Schritt über die
Nachforschungen meiner Schwester auf dem Laufenden zu halten. Ich durfte mich in den drei Zimmern im Keller frei bewegen. Es gab neben dem
Raum mit dem Bett noch eine Küche mit Essbereich und ein schmales WC. Allein ein kleines Fenster im Badezimmer half mir, nicht verrückt zu werden. Ich verbrachte Wochen in den Kellerräumen
und in der ganzen Zeit hatte er mich kein einziges
Mal mehr angefasst. Ich konnte es nicht verstehen,
hatte Angst vor den Gründen und war doch dankbar dafür. Wie ich später erfahren habe, hatte er in
dieser Zeit Sex mit anderen Frauen, die ihm bereitwillig ihre Dienste anboten.

Ich war sein geheimer Schatz, was ihn unheimlich
erregte. Manchmal gab es große Veranstaltungen in
seinem Haus. Marcel machte sich einen Spaß daraus, mir zu erzählen, wann diese Treffen stattfinden
würden und was er alles mit den Frauen anstellen
würde. Obwohl ich es besser wusste, trommelte ich
an diesen Tagen immer wieder gegen die eiserne
Tür meines Gefängnisses. Doch die schalldichten
Wände verschluckten jeden meiner Hilferufe. Natürlich kam niemand, um mich zu befreien.

Eines Tages, es mussten Wochen vergangen sein,
fand wieder ein Treffen statt, als ich hörte, wie meine Gefängnistür geöffnet wurde. Doch meine
Hoffnung auf Rettung platzte so schnell wie eine
Seifenblase. Marcel öffnete die Tür und stand mit

einer halb nackten Frau im Türrahmen. Er hatte eine schwarze Maske auf dem Gesicht, aber ich erkannte ihn sofort. Er war angetrunken, denn er lallte und bewegte sich sehr wackelig. Die Frau schien gar nicht wirklich mitzubekommen, was mit ihr geschah. Sie machte ein teilnahmsloses Gesicht und ließ sich wie ein dressierter Hund von ihm dirigieren. Marcel prahlte, er wolle mir zeigen, wie viel Macht er über Frauen besaß, und ließ die junge Frau, die nicht viel älter als ich sein konnte, vor sich knien. Dann holte er eine Gerte hinter seinem Rücken hervor, grinste mich noch einmal sadistisch an, bevor er anfing, damit auf die Frau einzuprügeln. Die Frau schrie vor Schmerzen, zappelte und versuchte, sich trotz ihres willenlosen Zustands zu schützen, indem sie die Arme vor ihr Gesicht legte und sich auf dem Boden zusammenrollte.

Marcels Ausdruck, die Gier, der Wahnsinn in seinen Augen gaben mir die Kraft, etwas zu unternehmen. Ich schlich mich langsam an ihm vorbei, ergriff die Wasserflasche neben meinem Bett und schlug sie ihm von hinten über den Kopf. Das Geräusch, das es machte, und das Gefühl, als er bewusstlos auf die zitternde Frau sank, werde ich nie mehr vergessen. Ein paar Sekunden lang stand ich wie angewurzelt da. Die Frau schluchzte nur noch lauter.

‚Was hast du getan?‘, kreischte sie, zog sich in eine Ecke des Zimmers zurück und fing an, sich vor und zurück zu wiegen.

Der Hals der Flasche fiel aus meiner Hand. Marcel bewegte sich nicht, hatte ich ihn umgebracht? Ich verschwendete keinen weiteren Augenblick, rannte zu der Frau und versuchte, sie zum Aufstehen zu bewegen. ‚Wir müssen fliehen‘, sagte ich zu ihr, aber sie schrie nur, wehrte mich ab und ich musste sie schweren Herzens zurücklassen.

Durch die Besuche vor meiner Gefangenschaft kannte ich das Gebäude in- und auswendig und kam flink aus dem Keller heraus. Ich hörte die Stimmen von klagenden Frauen und grölenden Männern jetzt lauter. Mein Bauchgefühl sagte mir, ich sollte nicht in deren Arme laufen, und so schlich ich leise durch die Flure. Ich hatte schon die Klinke zur Hintertür ergriffen und wollte erleichtert aufatmen, als ich eine schneidende, eiskalte Stimme hinter mir vernahm.

‚Wer wird sich denn so klammheimlich davonstehlen wollen, Kindchen?‘

Ehe ich mich rühren konnte, hatte mich der große Mann an den Haaren gepackt und mich von der Tür fortgerissen. Ich schrie vor Schmerzen, doch der Mann hatte kein Erbarmen. Ohne Rücksicht zog er mich an den Haaren durch den Flur. Ich konnte wegen der vielen Tränen nichts erkennen, hörte nur, wie im nächsten Moment eine Tür aufgestoßen wurde und das laute Stimmengewirr abrupt endete. Ein paar Frauen wimmerten, seufzten oder keuchten noch. Der Mann mit der schneidenden Stimme zog mich weiter und schubste mich dann in die Arme eines kleinen Muskelprotzes mit stechenden Augen. Bei meinem Anblick ließ er seine wulstige Zunge genüsslich über die Lippen gleiten. Er drehte mich so, dass ich mit dem Rücken an ihn lehnte. Ekel erfasste mich, aber er hielt mich schmerzhaft fest an sich gedrückt, sodass ich seine Erektion an meinem Hintern spüren konnte, und schnüffelte laut an meinem Hals.“ Evelin wurde bei der Erinnerung übel. „Der Mann, der mich erwischt hatte, besaß silbernes Haar, war im fortgeschrittenen Alter und sprach, als wäre er eine Art Anführer. Die Szene, die sich mir dann bot, war grauenhaft. Überall waren Frauen, gefesselt, geknebelt oder in Käfige gesperrt. Sie schauten alle ängstlich oder resigniert zu mir herüber. Es waren etwa ein Dutzend Männer im Raum, alle hatte schwarze Masken über den Augen. Sie standen um die Frauen herum, manche hatten Sektgläser in den Händen, andere wiederum waren ganz nackt und hatten sich sicherlich gerade mit einer der Frauen vergnügt. Nicht wenige schauten ungeduldig zu uns herüber. Die Blicke der Männer, die mich musterten, verursachten mir Übelkeit. Sie hatten alle eines gemeinsam: Ihre Augen waren kalt wie Stein und ihre Aura hatte etwas Niederträchtiges und Gemeines an sich.

Mit einem lauten Krachen flog die gegenüberliegende Tür auf. Marcel stürzte schwankend herein, eine Hand hatte er an seinen Hinterkopf gelegt. Er schaute grimmig und fixierte mich unglaublich wütend mit seinem Blick. Bis ins Mark erschrocken versuchte ich, mich so klein wie möglich zu machen, denn Marcels Wut war nahezu greifbar.

‚Dieses verdammte Luder hat mir eine Flasche auf den Kopf geschlagen.‘ Er rieb sich über den schmerzenden Kopf und kam torkelnd näher.

‚Warum hast du eine eigene Sub in deinem Haus, Marcel? Du kennst unseren Kodex. Eine für alle. Wir teilen brüderlich und enthalten uns keine Subs vor.‘

Die Stimme ließ mir das Blut in den Adern gefrieren. Sie war pures Eis. Mein Puls vibrierte so schnell, dass ich Angst hatte, jeden Moment in Ohnmacht zu fallen.

‚Ich weiß bestens über unseren Kodex Bescheid.‘ Marcel ging nun zu dem Grauhaarigen und sprach leise weiter. Ich konnte ihn jedoch gut verstehen. ‚Ihr werdet mir meine Sklavin zurückgeben, ansonsten sehe ich mich gezwungen, Euer kleines, wohl gehütetes Geheimnis auszuplaudern.‘

Die Gesichtszüge des Älteren versteinerten. Sein Blick war mörderisch, doch Marcel ließ sich nicht beirren. Er grinste ihn frech an, schlug ihm freundschaftlich auf die Schulter und ging zu mir.

‚Lass meinen Besitz los, du Hornochse‘, sagte Marcel zu dem Troll, der mich festhielt.

Ich spürte, wie sich der Muskelprotz anspannte, und sah, wie der Grauhaarige unauffällig den Kopf schüttelte. ‚Lass sie gehen, Viktor‘, sagte er.

Marcel packte meinen Oberarm und riss mich aus dessen Umarmung. Er zog mich grob hinter sich her, und ich stolperte dabei mehrmals über meine Beine, die nur noch aus einer wackelnden Masse zu bestehen schienen. Als ich zurückblickte, bohrte sich der Blick des Grauhaarigen in meinen. Eine unausgesprochene Warnung lag in ihnen. Die Schmach, die Marcel ihm vor den anderen Mitgliedern der Loge bereitet hatte, würde gewiss nicht ungestraft bleiben. Ich versuchte zu schlucken, aber meine Kehle war wie ausgedörrt. Meine Gedanken kreisten und der Schock des Erlebten ließ meinen ganzen Körper zittern. Das erste Mal seit meiner Gefangenschaft war ich froh um die schützenden Räume im Keller. Gleichzeitig überkam mich Panik, in der Falle zu sitzen. Was wäre, wenn die Männer es sich anders überlegten und mich holen kämen?

Marcel schubste mich unsanft auf das Bett. Die Frau von eben war verschwunden. ‚Wo ist die Frau hin?‘, fragte ich ihn.

Marcel stierte mich fuchsteufelswild an. Dann stahl sich ein irres Lächeln auf seine Lippen. ‚Evelin, immer um die anderen besorgt, aber deine eigene Lage scheint dir völlig egal zu sein.‘

Wütend ging er in den Nebenraum, und ich konnte hören, wie er knurrend die Einrichtung zerlegte. Zitternd krümmte ich mich auf dem Bett zusammen. Nach gefühlten Stunden kehrte er atemlos zurück und setzte sich zu mir auf das Bett. ‚Du hast mich heute in eine ernste Lage gebracht. Ich hatte es fast geschafft, ganz oben anzukommen, jetzt kann ich wieder von vorn beginnen.‘

Er sah mich an und im nächsten Moment hatte er seinen Mund auf meinen gepresst. Ich konnte mich nicht wehren, war wie erstarrt. Sein Kuss war hart und zügellos. Ich spürte, wie er mir in die Lippe biss und versuchte, ihn fortzuschieben.

Er ließ abrupt von mir ab und fasste sich stöhnend an den Schädel. ‚Ein Glück für dich, dass mir wirklich etwas an dir liegt.‘ Er ließ seine Hand über meinen bebenden Hals bis zu meiner Brust wandern. Dann nahm er sie weg und erhob sich. ‚Keine Angst, dich wird keiner anfassen. Du gehörst ganz allein mir.‘

Damit ging er und verschloss die Tür hinter sich. Im Nachhinein muss ich froh über seinen Anspruch auf mich sein, denn er hatte Wort gehalten und niemand außer ihm hatte mich dort unten besucht. Seit dem Vorfall war er jedoch in meiner Gegenwart vorsichtiger geworden und hatte alle Gegenstände entfernt, mit denen ich ihn hätte verletzen können.

Die Veranstaltungen fanden nun nicht mehr in seinem Haus statt, wie er mir zähneknirschend eingestand.

Zukünftig kam er nur noch zu mir herunter, um mich mit Lebensmitteln zu versorgen oder mit seiner Peitsche zu schlagen. Ich hatte bald keine Kraft mehr, mich gegen ihn zu wehren. Er zwang meine Handgelenke in scharfe, in die Haut schneidende Metallfesseln, befestigte ein Seil daran und machte es an einem Haken in der Decke fest. Ich war ihm vollständig ausgeliefert. So fing es an, dass er seinen Sadismus an mir auslebte, und immer wenn die Peitsche zischte und heiß in mein Fleisch biss, wurde mein Hass auf ihn größer. Ich nahm mir vor, mich nicht brechen zu lassen, was ich auch mehr oder weniger schaffte.“

Evelin verstummte. Das Erzählte hatte sich wie ein Netz aus Dornen um ihr Herz geschlungen. Es zog sich immer enger zusammen und ließ ihr gerade heilendes Herz wieder bluten.

Adrian musste sich beherrschen, in seiner Wut nichts Unüberlegtes zu tun. Sie hatte genug Mut gefasst, um über ihr erlebtes Trauma zu sprechen. Fest drückte er Evelin an sich. Er wünschte, er könnte sie immer so halten, ihre Wärme spüren, den Duft ihrer Haare riechen und ihr süßes Säuseln hören, wenn er an ihrem Ohr knabberte.

Er hatte eigentlich nicht von der Ermordung seiner Eltern sprechen wollen, doch Evelins Entschluss, auf das Dach zurückzukehren, hatte ihn dazu bewogen, ihr davon zu erzählen.

Dann war der Augenblick der Intimität vorbei. Er spürte, wie sich ihr Körper anspannte und sich ihre

Hände von seinen lösten. Sie drehte sich zu ihm um. Ihre Miene war seltsam ausdruckslos und in ihren Augen konnte er nichts lesen. Sie senkte den Kopf und ließ ihren Pony ins Gesicht fallen.

„Ich möchte jetzt gerne gehen."

Adrian hatte diese Wandlung nicht kommen sehen. Von dem Erlebten zu erzählen, hatte Evelin emotional zurückgeworfen. Ihre Aura war kalt und abweisend. Wütend auf sich selbst schlang er schnell seine Hand um ihren Arm, als sie Anstalten machte, an ihm vorbeizugehen. Mit einem sanften Ruck zog er sie wieder in seine Arme. Sie fühlte sich in seiner Umarmung schlaff an, konnte seinen Blick nicht erwidern und hing erschöpft in seinen Armen.

Ohne ein weiteres Wort hob er sie hoch und trug sie vom Dach in das Museum hinunter.

Kapitel 15

Evelin klammerte sich wie eine Ertrinkende an ihn.

Sie hatte das Gefühl, keine Luft mehr zu bekommen.

Ihre Gedanken rasten und Bilder der Vergangenheit versuchten, sich ihrer mit scharfen Krallen zu bemächtigen.

Plötzlich fand sie sich in dem Porsche wieder. Sofort nahm sie den beruhigenden Duft nach Leder und Moschus wahr. Sie konnte sich nicht erinnern, vom Dach heruntergestiegen zu sein. Es war, als würde in ihrem Gehirn ein Loch klaffen.

Die Tür auf der anderen Seite des Autos ging auf und Adrian stieg ein. Er beugte sich mit ausdruckslosem Gesicht über sie und schnallte sie an.

„Das kann ich auch alleine." Evelin brauchte einen Moment, um ihre eigene Stimme wiederzuerkennen.

Adrian schaute sie ohne eine Miene zu verziehen an. In seinem Blick sah sie, wie sich ein Gewitter in ihm zusammenbraute.

Er fuhr los und sie rasten, noch schneller als auf dem Hinweg, über die leeren Straßen. Die ganze Fahrt über sprach keiner von ihnen ein Wort. Adrian hatte verbissen die Hände um das Lenkrad gekrallt, sodass es bei manchen Bewegungen knirschte. Evelin nahm jede Facette von ihm in sich auf, jedes noch so kleine Detail, das ihr half, in der Realität zu bleiben. Die dunklen Erinnerungen lechzten ein weiteres Mal nach ihrem Verstand. Sie fühlte, wie sie auf eine erneute Panikattacke zusteuerte.

Innerhalb von Sekunden, so schien es ihr jedenfalls, waren sie am Anwesen angekommen. Das Auto kam quietschend zum Stehen.

Adrian sprang aus dem Wagen und öffnete ihre Tür. Einen Augenblick lang sahen sie sich tief in die Augen, dann schnappte er nach ihr und warf sie sich draußen über die Schulter.

Evelin kreischte erschrocken auf. „Adrian, was ist passiert?"

Das war Mikes Stimme, und kurz darauf hörte sie das Knirschen von Schuhen auf den Kieselsteinen.

„Kleine Planänderung."

Adrians dunkler Tonfall duldete keine weitere Unterbrechung. Mit langen Schritten ging er durch die Haustür, die Treppe ins Obergeschoss hinauf. Evelin wurde die Position, kopfüber zu hängen, immer unbequemer, seine Schulter stach bei jedem Schritt in ihre Hüfte. Ihr Rock war durch die raue Behandlung hochgerutscht und sie spürte den kühlen Luftzug an ihrem nackten Hintern. Sie fing an zu zappeln und trommelte Adrian auf den Rücken.

„Lass mich sofort runter, du Mistkerl, Pavianarsch, Schneckenschleim, arrogantes Arschloch!"

Evelin musste das ganze Haus zusammengeschrien haben. Aus dem Augenwinkel sah sie Liz, mit aufgerissenen Augen und besorgter Miene, die aber von Master Henry an den Schultern zurückgehalten wurde. Aus einem ihr unbekannten Grund wurde sie daraufhin noch wütender. Sie trommelte fester gegen Adrians Rücken, doch sein Griff um ihre Oberschenkel blieb hart und unnachgiebig. Sie hörte, wie er eine Tür öffnete und wieder schloss.

Plötzlich war es dämmrig um sie herum und Adrian ließ sie fallen.

Evelin bekam vor Schreck keinen Ton heraus, aber sie landete auf einem weichen Bett. Bevor sie sich aufrichten konnte, hatte sich Adrian schon neben sie gesetzt und zog sie bäuchlings über seine Knie. Ihre wedelnden Hände fing er spielend leicht ein und hielt sie mit eisernem Griff auf ihrem Rücken fest.

Evelin war gefangen.

Sie lag auf seinen Knien und konnte sich keinen Millimeter rühren. Ihr Herz flatterte vor Angst und Aufregung. Sie erkannte sich nicht mehr wieder und war schockiert über sich und diese Wut auf sich selbst, die sich wie ein gieriger Lavastrom durch ihren Magen fraß.

In den nächsten Minuten sprach keiner von ihnen ein Wort. Evelin hörte nur ihren schnellen Atem, der als Echo vom Raum zurückgeworfen wurde. Sie versuchte, sich aus seinem Griff zu lösen, doch Adrians Hände hielten sie so fest wie ein Schraubstock.

Irgendwann gab sie ihre Gegenwehr auf und spürte, wie heiße Tränen ihre Wangen herunterliefen. Ihr Atem verlangsamte sich und ihr Körper wurde wieder weich und geschmeidig.

„Evelin, sag mir, wie du dich fühlst!“

Sie musste nicht lange überlegen. Die Worte rollten wie von selbst von ihren Lippen. „Ich fühle eine so große Trauer. Ich habe so viele geliebte Menschen verloren und nur ich bin noch am Leben. Womit soll ausgerechnet ich das verdient haben? Und ich bin so unglaublich wütend auf Marcel, weil er mich durch die Gefangenschaft so verändert hat. Dann habe ich einfach wieder schrecklich Angst, nie mehr aus diesem Teufelskreis herauszukommen. Ich bin total verkorkst, und wahrscheinlich hast du jetzt schon genug von mir, dem nervlichen Frack.“

Evelin wunderte sich, wo die ganzen Tränen herkamen und wie viel ein Mensch weinen konnte, wenn er doch dachte, die Tränen wären versiegt.

Im nächsten Moment wurde sie hochgehoben und fand sich auf Adrians Schoß und in seiner Umarmung wieder. Zärtlich strich er ihr das verstrubbelte Haar aus dem Gesicht und zwang sie, ihn anzusehen.

„Du bist nicht verkorkst, Evelin. Wenn, dann ist es Marcel und der Rest der verfluchten Loge, die nicht mehr als Abschaum sind. Frauen so etwas Schlimmes anzutun ist unverzeihlich. Wir beide sind jetzt hier, und ich danke Gott dafür, dich gefunden zu haben. Du wirst sehen, bald wirst du wieder stark sein und nicht mehr an dir zweifeln.“

Seine Worte gingen ihr runter wie Öl, sie bereinigten den Schmerz, der wie ein dunkler Schatten auf ihrer Seele gelastet hatte. Als hätte sie nur darauf gewartet, dass jemand so offen zu ihr sprach. Es war nicht einfach, all die schlimmen Dinge zu akzeptieren, die ihr widerfahren waren, aber Adrian an ihrer Seite zu wissen, gab ihr den nötigen Halt, sich dem Leben zu stellen.

Sie fühlte sich, als hätte Adrian ihr die Augen für die Wahrheit geöffnet. Sie schaute ihn an und spürte in diesem Augenblick, wie sehr sie es brauchte, ihm nah zu sein.

„Willst du mich nicht bestrafen für das Theater, das ich veranstaltet habe?“ Mit den Fingern zog sie kleine Kreise auf seinem Hemd nach.

Adrians Blick wurde eine Spur dunkler, was ihr einen erregenden Schauer über den Rücken rieseln ließ.

„Evelin, erzähl mir, wie ich dich bestrafen soll."

Sie fühlte ihr Herz heftig gegen ihren Brustkorb pochen. Es überkam sie eine intensive, rohe Lust auf den Mann, der sie festhielt. „Vielleicht solltest du mich über deine Knie legen und mir für mein Verhalten ordentlich den Hintern versohlen."

Adrian fasste sie im Nacken und zog ihr Gesicht nahe an seines heran. „Es ist, als hättest du meine Gedanken gelesen, ma chérie."

Im nächsten Moment drückte er sie mit dem Bauch auf seine Knie hinunter.

Evelin versuchte, sich in eine bequemere Lage zu schieben, doch seine Hände in ihrem Nacken und auf ihren Beinen hatten sie fest im Griff. „Du wirst dich nicht bewegen."

Sie schauderte und spürte, wie sich ihre Brustwarzen aufrichteten. Allein seine Worte schienen ihren Körper zu liebkosen. Ihr Verstand war von all den Eindrücken und Gefühlen der letzten Stunden überlastet. Der Schrecken der Vergangenheit leckte an ihrer inneren Schutzmauer und hatte seine scharfen Krallen in das Glas gekrallt, jeden Moment bereit, sie einzureißen und ihre letzte Zuflucht vor dem Bösen zu zerstören.

Evelin spürte, wie ihre Gedanken abdrifteten. Sie wünschte sich sehnlichst, dass Adrian sie wenigstens eine Zeit lang die Vergangenheit vergessen ließ.

„Evelin, wofür soll ich dich bestrafen?", erklang Adrians Stimme über ihr.

„Ich war sehr unartig, Master", sagte sie und zitterte nun nicht mehr vor Angst, sondern vor Begierde.

Mühsam leckte sie sich über die Lippen. Sie machte eine Pause, denn ihr Körper bebte, erfasst von den verschiedensten Emotionen. „Ich habe Euch geschlagen und beschimpft."

„Wie genau hast du mich genannt, ma chérie?" Seine Stimme glich dunkler Schokolade, die man genüsslich im Mund zergehen ließ.

Evelin brach der Schweiß aus, denn das würde er ihr diesmal nicht durchgehen lassen. „Mistkerl, Schneckenschleim und arrogantes Arschloch." Ihre Stimme wurde immer leiser.

„Und?"

Sie konnte sich bildlich vorstellen, wie sich seine Augenbraue nach oben wölbte.

„Pavianarsch", hauchte sie. Innerlich machte sie sich auf eine schlimme Bestrafung gefasst und versuchte, sich auf seinem Schoß so klein wie möglich zu machen.

Plötzlich spürte sie, wie er vibrierte.

Lachte er sie etwa aus?

***

Adrian konnte es nicht glauben. Seine kleine Amazone war immer für eine Überraschung gut.

Schimpfworte kannte er zur Genüge, aber *Pavianarsch* war dann doch schon sehr speziell.

Insgeheim war er über Evelins Gefühlsausbruch erleichtert gewesen. Auf dem Dach hatte er kurz befürchtet, sie wieder verloren zu haben. Natürlich war ihm ihre Wut tausendmal lieber als ihre Unnahbarkeit. Er war froh, dass sie ihm danach so offen von ihren Gefühlen erzählt hatte. Nun würde er

Evelin bestrafen, dass ihr Hören und Sehen verging und sie sich ihm mit Leib und Seele hingab.

„Ich denke, für den Anfang sollten zwanzig Schläge mit der Hand ausreichen."

Evelin holte zischend Luft. „Bitte, Master, ich werde Euch nie wieder so nennen." Sie zitterte und fing an, zu schluchzen.

Wäre er nicht dominant und wüsste nicht, wie sehr sie den Schmerz innerlich herbeisehnte, hätte er wohl Mitleid mit ihr gehabt. Doch er war seit langer Zeit ein Master und geübt darin, die Körpersprache einer Frau genauestens zu analysieren und zu verstehen. Evelin war momentan schrecklich durcheinander, ihr Verstand von all den widersprüchlichen Gefühlen in ihrem Inneren überlastet. Sie wollte in einen Zustand versetzt werden, in dem sie ganz loslassen konnte und an nichts mehr denken musste. Auch wenn es ihr selbst vielleicht nicht bewusst war.

Die Hand in ihrem Nacken ließ er, wo sie war. Mit der anderen fing er an, leicht über ihre Waden, hinauf zu ihren Oberschenkeln zu streicheln. Der Rock war bereits auf ihre Hüften gerutscht und ihr Hintern streckte sich ihm verführerisch entgegen. Seine Hand strich über ihre bebenden Pobacken. Dann griff er nach ihrem Höschen und zog es ihr langsam aus. Seine Finger wanderten zu ihrem nackten Po. Mit der nächsten Runde, die seine Hand einschlug, wurden seine Berührungen intensiver, fester. Er fing an, ihre Haut zu kneten, bis sie einen leichten Rosaton annahm. Evelin hatte sich nun gänzlich entspannt und seufzte leise vor sich hin.

Adrian spürte, wie sehr er sich auf ihre Schreie und Tränen freute. Sein Schwanz drückte unangenehm gegen die enge Hose.

Er unterbrach nun mehrmals den Hautkontakt, was Evelin erstarren ließ, denn jedes Mal wartete sie ängstlich und erregt auf den ersten Schlag.

Adrian grinste fies und ließ im nächsten Moment seine Hand auf ihre rechte Pohälfte klatschen.

Evelin schrie, denn der Schmerz kam augenblicklich. Adrians Hand kribbelte. Er durfte nicht nachsichtig mit ihr sein, egal, wie sehr sie sich auf seinem Schoß winden sollte. Er spürte, sie wollte an den Punkt gebracht werden, an dem sie ganz loslassen und ihren Verstand freigeben konnte. Etwas, das ihr durch den Schmerz und ihre Tränen möglich war. Adrian holte tief Luft. Er liebte es schon jetzt, Evelin zu bestrafen, und hoffte auf noch viele weitere Verfehlungen ihrerseits.

***

Evelin verschluckte sich beinahe vor Schreck.

Der Schmerz zog sich brennend über ihre Haut und ihre Muskeln und klang als verlangendes Prickeln in ihrem Inneren an. Die nächsten Schläge kamen nun in rascher Reihenfolge. Seine Hand traf die empfindliche Außenseite ihrer Oberschenkel.

Evelin schrie auf, Tränen schossen ihr in die Augen. Das Brennen drang tief in sie ein, und zappelnd versuchte sie, seiner Hand zu entkommen.

Sie hörte, wie Adrian die Schläge zählte, doch bald schon gab es nur noch den alles verzehrenden Schmerz, ihre Tränen und den Mann, den sie verfluchte und gleichzeitig anbetete.

Sie fühlte, wie sie befreiter atmen konnte und der Knoten in ihrem Magen anfing, sich zu lösen. Sie klammerte sich mit beiden Händen an seinem Hosenbein fest, schrie Adrians Namen und durchnässte den Stoff mit ihren Tränen. Irgendwann kam nur noch ein leises Wimmern über ihre Lippen.

Evelin fühlte sich, als würde sie schweben.

Auf einmal wurde ihr bewusst, dass keine Schläge mehr auf sie einprasselten und seine Hand über ihren heißen und sicherlich hochroten Hintern strich. Die Berührung war unangenehm und brannte auf ihrem geschundenen Hinterteil. Plötzlich hob Adrian sie hoch und legte sie auf das Bett.

Das Blut in ihrem Kopf fing an, sich wieder gleichmäßig in ihrem Körper zu verteilen. Sie fühlte sich erschöpft, als wäre sie aus Gummi, doch als ihr Hintern die Bettdecke berührte, richtete sie sich kerzengerade auf und stieß ein lautes Zischen aus. Das heftige Brennen zog direkt in ihre Klit und ließ sie verlangend pochen.

Adrian stand vor dem Bett und beobachtete sie, während er langsam sein Hemd auszog. Seine Muskeln spannten sich an und Evelin leckte sich gierig über die Lippen. Unter gesenkten Lidern sah sie, wie er seine Hose von den Hüften streifte und sein erigierter Penis aus der Jeans hervorsprang. Sie zu bestrafen, hatte ihm scheinbar mehr als gefallen, und natürlich trug er keine Unterwäsche.

Adrian blieb einen Moment lang stehen und ließ seinen flammenden Blick über ihren Körper wandern. Hatte sie eben noch angenommen, sich nie wieder rühren zu können, wurde sie nun eines Besseren belehrt. Sie spürte ein aufgeregtes Ziehen, das sich in ihrem Bauch bemerkbar machte, und rutschte unruhig auf dem Bett hin und her. Bei jeder Bewegung zischte sie vor Schmerzen.

Adrian grinste und ließ sich raubtierhaft zu ihr auf das Bett gleiten. Er beugte sich zu ihr herunter und stützte die Arme auf der Matratze ab.

Evelin konnte nicht aufhören, ihn anzustarren. Er sah so unverschämt gut aus.

Seufzend schloss sie ihre Augen, denn in diesem Moment spürte sie ihren Körper durch den brennenden Schmerz überdeutlich, und gleichzeitig war ihr Verstand so leicht, alle Gedanken waren unbedeutend. Sie war für alles bereit, was Adrian mit ihr anstellen würde. Und obwohl sie wusste, wie gefährlich das sein konnte, war sie nicht versucht, ihm entkommen zu wollen.

Im Gegenteil, sie wollte sich Adrian ganz hingeben, ihm ihre Seele offenbaren.

***

Endlich hatte er sich seiner Hose entledigen können. Dass Evelin ihn dabei nicht aus den Augen ließ, sandte Stromstöße durch seinen Körper.

Ihre geröteten Augen und der rote Hintern waren die pure Versuchung für seinen inneren Sadisten. Am nächsten Morgen schon würde das Rot verblasst und die Schmerzen nur eine Erinnerung sein. Hätte er eine Gerte oder einen Rohrstock benutzt, würden die Striemen ihren Körper noch die nachfolgenden Tage verzieren. Doch das sparte er sich für später auf.

Sie rekelte sich wie die Versuchung selbst vor ihm. Er musste sich zusammenreißen, um sich nicht einfach auf sie zu stürzen.

Er nahm den Moment wahr, in dem sie sich ihm ganz hingab. Ihr Körper und ihre Seele lagen offen vor ihm. Es war nun seine Aufgabe, entsprechend vorsichtig damit umzugehen. Er wusste nur zu gut, wie verletzlich Evelin sich gerade fühlen musste.

„Stell deine Beine auf und spreiz sie. Ich will einen freien Blick auf deine vor Nässe glänzende Pussy haben."

***

Evelin schluckte mühsam.

Sie wollte keine weitere Bestrafung, aber das, was er da verlangte, war fast zu intim für sie. Ein Teil von ihr schämte sich bei dem Gedanken, sich ihm auf diese Weise preiszugeben, doch der andere, viel stärkere Teil in ihr, konnte es kaum abwarten, Adrian alles von sich zu zeigen.

Sie hatte schon fantastischen Sex mit ihm gehabt, aber dies hier war anders. Sein lodernder Blick fixierte sie, und sie hielt seinem Blick nur mühsam stand, stellte ihre Beine auf und ließ die Oberschenkel sachte nach außen fallen.

Sein Blick schien sich in ihre Seele zu bohren, wo er gegen die gläserne Wand stieß, die an vielen Stellen gesprungen war und durch die sich überall feine Risse hindurchzogen. Ihre Schutzmauer war am Zerreißen, es fehlte nicht mehr viel und sie würde ein für alle Mal in sich zusammenbrechen. Der Gedanke ängstigte sie, doch jetzt hatte sie Adrian an ihrer Seite, der sie beschützte.

Adrians Blicke wanderten ihren Körper hinab und blieben auf ihren pulsierenden Schamlippen liegen. Er fasste nach ihren Oberschenkeln und zog Evelin mit einem Ruck zu sich heran. Sie quietschte vor Schreck und Schmerz, der durch die Reibung des Lakens an ihrem mitgenommenen Hinterteil entstand. Bevor sie noch etwas anderes denken konnte, spürte sie auch schon seinen heißen Atem an ihrer feuchten Mitte.

„Du bist so wunderschön."

Sie zuckte vor Wonne regelrecht zusammen, als er anfing, mit der Zunge über ihre Spalte zu lecken. Mit kleinen kreisenden Bewegungen liebkoste er ihre Perle und drang dann mit der Zunge tief in sie ein. Evelin schaltete ihre verschwommenen Gedanken aus. Sie gab sich ganz den wunderbaren Gefühlen hin, die Adrian in ihr auslöste, und krallte sich im Bettlaken fest. Es war fantastisch, wie er sie verwöhnte. Sie hörte ihr lautes Keuchen und spürte, wie sich ihr Orgasmus ankündigte.

Auf einmal beendete Adrian jedoch den Kontakt und Evelin wimmerte frustriert auf. Im nächsten Moment presste er seinen Mund auf den ihren und Evelin konnte ihre eigene Lust auf seiner Zunge schmecken.

Plötzlich ließ Adrian von ihr ab und drehte sie auf den Bauch.

„Auf die Knie!" Adrians Stimme klang gepresst und atemlos.

Sein Befehl versetzte Evelin augenblicklich in Ekstase und sie spürte ihr Herz bis in den Hals hinauf schlagen. Seine Hände zogen heiße Spuren über ihren Rücken und kneteten ihren immer noch erhitzten Hintern, was ihr kleine Schmerzensschreie entlockte.

Jetzt spürte sie seinen Schwanz an ihrer Pussy. Adrian strich mit der Penisspitze über ihre geschwollenen Schamlippen und glitt mehrmals durch ihre nasse Spalte, ohne jedoch in sie einzudringen. Evelin wimmerte vor Entzücken, und Schweiß lief ihr über den Körper. Diese Folter war so viel süßer als alles andere, und sie wusste nicht, wie lange sie das noch aushalten konnte.

In dem Moment klatschte er ihr auf den schmerzenden Hintern und drang tief in sie ein.

Evelin schrie auf und Endorphine rasten wild durch ihre Blutbahn.

***

Adrian spürte, wie sich ihre heiße Vagina um seinen Schaft zusammenzog. Er fasste ihre Hüften, stieß mal langsam, mal schnell in sie hinein und brachte sie beide damit fast um den Verstand.

Evelin gab nur noch seufzende Laute von sich, und auch er konnte sich nicht mehr länger beherrschen und drang immer schneller in ihre Pussy ein. Ihre Körper klatschten laut aneinander. Evelin schrie seinen Namen, und ihre inneren Muskeln pressten seinen Schwanz zusammen, als der Orgasmus sie beide überrollte. Helle Blitze tanzten vor seinen Augen, während er seinen Samen in sie ergoss. Erschöpft sanken sie zusammen auf die Matratze.

Nachdem sie beide wieder zu Atem gekommen waren, glitt er aus ihr heraus und legte sich neben sie. Er nahm sie in seine Arme und sie kuschelte sich an seine nackte Brust.

Sein Herz machte einen weiteren Sprung. Nach den Sessions mit seinen Subs hatte er sie immer im Arm gehalten und ihnen so Geborgenheit oder

Trost gespendet, aber noch kein einziges Mal hatte er mehr dabei gefühlt, als seine Pflicht als Master zu erfüllen. Doch hier und jetzt, mit Evelin im Arm, wollte er nichts sehnlicher, als dass die Zeit stillstand.

Trost gespendet, aber noch kein einziges Mal hatte er mehr dabei gefühlt, als seine Pflicht als Master zu erfüllen. Doch hier und jetzt, mit Evelin im Arm, wollte er nichts sehnlicher, als dass die Zeit stillstand.

Kapitel 16

Evelin hob ihre Hand und stoppte sie kurz vor der Tür. Sie wollte Adrian sehen, mit ihm reden und diese Sehnsucht nach ihm stillen, die sie seit dem Aufstehen nicht losließ. Als sie am Morgen glücklich und entspannt aufgewacht war, lag Adrian nicht mehr neben ihr. Seine Seite des Bettes war kalt und verlassen. Sie konnte sich daran erinnern, in der Nacht an ihn gekuschelt geschlafen zu haben. Dabei hatte er leise geschnarcht und ab und zu im Schlaf gesprochen. Oder war das nur ein Traum gewesen?

Eine Zeit lang war sie einfach liegen geblieben und hatte versucht, ihre Gedanken zu ordnen. Ihr Herz fühlte sich schwer wie ein Stein an. Endlich hatte sie das Gefühl, glücklich werden zu können – wenn da nicht die Ungewissheit wäre, was Adrian für sie empfand. Ob er auch diese Anziehungskraft zwischen ihnen spürte?

Sobald er als Master vor ihr stand, war sie unsicher und hatte keine Ahnung, was er dachte oder als Nächstes tun würde. Dann gab es wieder die Augenblicke, wo der gut aussehende und reiche Lebemann sich in ein Kind verwandelte. Alle Seiten an ihm übten seinen ganz eigenen Reiz auf sie aus.

Er hatte ihr von seiner nicht gerade einfachen Vergangenheit erzählt. Der Schmerz in seinen Augen, als er vom Mord an seinen Eltern sprach, wie er spöttisch oder wütend seine Augenbraue hob, sein warmes Lachen, in all das hatte sie sich Hals über

Kopf verliebt. Sie spürte es bis in jede Zelle ihres Körpers. Doch wie lange würde er es noch mit ihr aushalten?

Es hatte unheimlich gutgetan, ihm von ihrer Gefangenschaft zu erzählen, auch wenn sie ihm den schlimmsten Teil vorenthalten hatte. Sobald sie jedoch an die Panik danach dachte, zog sich ihr Magen schmerzhaft zusammen. Was konnte Adrian nur anderes in ihr sehen als ein nervliches Wrack?

„Willst du noch lange zur Salzsäule erstarrt hier stehen?" Die spöttische Frage kam von Falco. Er lehnte lässig an der Wand neben ihr, die Arme vor der Brust verschränkt, und schaute sie grinsend an.

Evelin war so in Gedanken gewesen, dass sie ihn nicht hatte kommen hören.

„Wenn du Adrian suchst, der ist vor einer Stunde weggefahren. Er hat mich gebeten, nach dir zu sehen. Ich habe dir etwas von Liz' selbst gebackenem Brot zur Seite gelegt. Nach gestern Abend dachten wir, du könntest deinen Schlaf brauchen, und haben dich daher nicht zum Essen geweckt."

Er schob sich näher zu ihr heran.

Evelin ließ ihre immer noch erhobene Hand sinken und beobachtete Falco aus zusammengekniffenen Augen. Seine Gegenwart schüchterte sie ein, und sie hatte auch nicht vergessen, was er beim ersten Treffen zu ihr gesagt hatte.

Im Gegensatz zu ihren Gefühlen für Adrian war das, was sie für Falco empfand, nur ein leichter Abklatsch. Sie konnte Falco gut leiden, doch ihr Körper reagierte, zu ihrer Beschämung, mit Erregung auf seine Gegenwart.

Falco grinste verschmitzt. „Entspann dich, Evi, ich werde dich schon nicht verschlingen, das überlasse ich Adrian."

Er drückte seinen Körper gegen ihren und sie konnte seine Muskeln unter dem Shirt spüren. Evelin konnte nicht mehr atmen.

Falco nahm eine ihrer Haarsträhnen in die Hand, führte sie an seinen Mund, atmete tief ein und ließ ihr Haar langsam wieder von seinen Fingern gleiten. „Sollte er jedoch eine Bestrafung für dich planen, bei der noch ein Master gefragt ist, werde ich dich nackt und zitternd vor mir knien sehen."

Evelin spürte, wie ihr das Blut in die Wangen schoss.

Falco trat einen Schritt zurück und grinste sie frech an. Dann drehte er sich um und ging. „Kommst du jetzt oder muss ich mir Liz' köstliches Brot ganz allein schmecken lassen?"

Evelin fasste sich ans Herz und versuchte, ruhiger zu atmen. Falco war in einem Moment wie ein kleiner Junge, mit dem sie am liebsten Pferde stehlen würde, und im nächsten ein Master, der seinen stahlharten Blick auf sie warf. Sie grinste und eine wohltuende Wärme bereitete sich in ihr aus.

Sie fühlte sich wie zu Hause.

„Wage es ja nicht, meinen Anteil aufzufuttern", rief sie und stürmte ihm hinterher.

Falco lachte und erreichte vor ihr das Esszimmer.

***

„Ich verstehe." Patrick lehnte sich auf seinem Stuhl zurück. „Das heißt, der Grauhaarige scheint der Anführer zu sein. Schade, dass Evelin seinen Namen nicht gehört hat. Es würde unsere Suche eingrenzen.“

„Es muss eine Möglichkeit geben, mehr über die Loge und ihre Mitglieder zu erfahren, und zwar aus erster Hand.“

Adrian ging in Patricks Büro auf und ab, dabei rieb er sich mit der Hand über das Kinn. Seine Stirn lag in tiefen Falten.

In diesem Moment klopfte es zaghaft an der Tür und eine hübsche Brünette kam mit einem Tablett, auf dem gefüllte Gläser standen, herein.

„Entschuldigen Sie bitte die Störung. Ich habe hier Ihre Erfrischungen“, sagte sie und stellte alles auf einem kleinen Tisch vor einer Sitzecke ab.

„Vielen Dank, Rebecca.“

Die Frau bekam rosige Wangen und schaute Patrick anhimmelnd an. „Immer gerne, Herr Belter.“

Rebecca hielt das leere Tablett in den Händen und drehte es fahrig hin und her, dabei lagen ihre Augen ununterbrochen weiter auf Patrick. Dieser betrachtete seine Papiere, für Rebecca hatte er keinen Blick übrig.

„Ist sonst noch etwas, Rebecca?“

Adrian beobachtete, wie der Frau ein wohliger Schauer über den Körper lief und sie sich mit einer Hand über den geflochtenen Zopf strich.

„Sie haben um 16 Uhr einen Termin mit Richter Scheuer. Ich habe Ihnen dafür einen Tisch im *Rennings* reserviert.“

Patrick legte die Papiere zur Seite. „Danke, Rebecca, das wäre dann alles. Sie können gehen.“

Die angesprochene zog an ihrem Zopf, ging mit hängenden Schultern aus dem Büro und schloss leise die Tür hinter sich.

„Du könntest wirklich versuchen, etwas netter zu ihr zu sein, Patrick. Würde ich dich nicht besser kennen, würde ich dein Verhalten als arrogant bezeichnen."

Patrick schob seine Brille höher und schaute von seinen Papieren auf. „Ich denke, wir haben gerade Wichtigeres zu tun, als dass ich mich mit Kleinmädchenschwärmereien auseinandersetze."

„Rebecca sah mir aber alles andere als mädchenhaft aus. Sie ist eine hübsche Frau, die auf dich und deine Dominanz steht, das sieht doch ein Blinder."

Patrick warf ihm einen ungeduldigen Blick zu. „Kommen wir zum Thema zurück."

Adrian ließ sich mit einem Seufzen in einen der Ledersessel sinken. Patrick leitete eine erfolgreiche Anwaltskanzlei und hatte sein Büro luxuriös, aber altmodisch eingerichtet. Manchmal kam ihm der Gedanke, Patrick mit Sherlock Holmes zu vergleichen. Wobei er, wenn er an Patrick mit Sherlocks Hut dachte, in lautes Gelächter ausbrechen könnte.

„Schön, dass ich dir anscheinend zur Unterhaltung diene. Unsere einzige Option, mehr zu erfahren, ist es, diesen Marcel ausfindig zu machen. Er kann uns die Informationen liefern, die wir so nötig brauchen. Wo treffen sich die Logenmitglieder? Wer genau sind sie? Wie heißt der Anführer und woher bekommen sie die Mädchen? Du weißt, wie wichtig die Antworten für unser weiteres Vorgehen sind. Vor allem, da wir nun wissen, dass Marcel mit dem Grauhaarigen mehr oder weniger vertraut gewesen ist."

„Haben wir eine neue Spur von Marcel?"

„Einer meiner Leute geht einem Gerücht nach, man habe ihn vor Kurzem in der Stadt gesehen."

Adrian sprang förmlich von seinem Stuhl auf. „Was? Er ist wieder hier? Warum? Er muss doch ahnen, dass wir ihn suchen. Die Loge weiß, dass wir ihnen auf der Spur sind und auf so einen Augenblick ihrer Schwäche nur gewartet haben."

Patrick durchstöberte die Papiere auf seinem Tisch. Er schien tief in Gedanken versunken zu sein. „Ich kann lediglich Vermutungen anstellen, aber nach dem, was Evelin erzählt hat, kann es sein, dass die Loge mit ihm gebrochen hat."

Adrian schaute ihn zweifelnd an. „Dann würden sie ihn nicht am Leben lassen. Sie müssten Angst haben, dass er was ausplaudert."

Patrick legte die Zettel zur Seite, faltete die Hände und blickte zu ihm auf. „Ganz genau. Von daher ist es nur eine Frage der Zeit, wer ihn als Erstes schnappt."

„Aber was will er noch hier? Er …" Adrian erstarrte in seiner Bewegung. „Evelin."

Der Verdacht, der ihm gerade durch den Kopf ging, kroch eiskalt in sein Herz.

„Ich denke, da haben wir den gleichen Gedanken. Er muss einen Narren an Evelin gefressen haben, und während der Gefangenschaft hat es sich bei ihm zur Obsession entwickelt. Es kann sein, dass er sie als sein Eigentum betrachtet. Wir müssen also davon ausgehen, dass er nicht aufgeben wird, bis er sie wieder hat."

Das Frühstück war ein wahrer Genuss gewesen.

Nun stand Evelin vor Liz' Tür, holte tief Luft und klopfte an.

„Herein."

Evelin drehte den wunderschön verzierten Türknauf, trat ein und hüpfte überrascht einen Schritt zurück.

Vor dem Bett stand ein weißes Gespenst. Im nächsten Augenblick gab es ein Murren von sich und Liz' Kopf erschien aus den Laken. Ihre roten Haare hingen ihr wild durcheinander ins Gesicht.

„Ah, Evelin. Gott sei Dank! Rette mich bitte vor diesem schrecklichen Bettbezug."

Evelin musste grinsen. „Wie schaffst du es nur, immer wieder in solche Situationen zu geraten?"

Sie ging zu ihrer Freundin hinüber und half ihr beim Beziehen des Bettes.

Angestrengt wischte sie sich über die Stirn und Liz ließ sich rückwärts auf das frisch bezogene Bett fallen.

„Warum gibt es dafür keine Erfindung? Es gibt doch für alles etwas. Was wäre mit einem Bett, das sich selbstständig neu bezieht?"

„Oder ein Roboter, der die Hausarbeit erledigt."

„Genau, das wäre was."

Die beiden grinsten sich an.

Evelin nahm eine Haarsträhne und zupfte an den Spitzen herum.

„Liz, wegen gestern Abend. Ich … ich weiß selbst nicht, was in mich gefahren war."

„Du brauchst nichts weiter zu sagen, Evi. Jeder von uns hat mit sich zu kämpfen. Bei dem einen zeigt es sich im Ausführen von Kampfsportarten, bei anderen in emotionalen Ausbrüchen. Glaub mir, wenn ich dir sage, das alles habe ich auch schon durch. Ich kann verstehen, wie du dich fühlst." Sie legte ihre Hand auf Evelins.

„Du hast also Kampfsport gemacht?“ Ungläubig schaute Evelin ihre zierliche Freundin an.

„Es ist gar nicht so schlimm, wie es sich anhört, und ja, ich bin klein, aber dafür flink wie eine Katze.“

Liz drehte sich dabei um sich selbst und machte unbeholfene Bewegungen. Sie sah aus wie ein Kung-Fu machender Roboter.

Evelin hielt sich den Bauch vor Lachen.

Liz stimmte mit ein, und zusammen kicherten sie. Sie tummelten sich auf dem Bett und bewarfen sich gegenseitig mit den frisch bezogenen Kissen.

Evelin jauchzte, denn sie war Liz haushoch überlegen. „Und du willst Kampfsport gemacht haben? War es nicht vielleicht eher Breakdance?“

Doch Evelin hatte gerade nicht aufgepasst und Liz’ Kissen traf sie mit voller Wucht im Gesicht. Mit einem Fluch ließ sie sich fallen.

Schnell sprang Liz auf die Beine. „Ich hab’s! Wir fahren in die Stadt und machen einen Einkaufsbummel.“

Evelin schaute sie zweifelnd an. „Ich weiß nicht, ob wir das dürfen. Adrian ist nicht da.“

„Ach, papperlapapp. Du hörst dich schon an wie sein Schoßhündchen. Eine Shoppingtour ist wie Balsam für die Seele.“

„Das hat bestimmt eine Frau gesagt.“

Liz salutierte vor ihr. „Ganz genau, und die steht auch noch persönlich vor dir.“

Evelin prustete vor Lachen los und wischte sich die Tränen aus den Augen. So ein Mädelsgespräch war unbedingt nötig gewesen. „Du hast recht, was bin ich denn für eine Frau? Entweder die mit dem Verlangen, lange und verschwenderisch einzukaufen zu gehen, oder die, die wie ein Hund schwanzwedelnd auf die Rückkehr ihres Herrn wartet.“

„Richtig, du hast es erfasst und um die Bezahlung brauchen wir uns keine Gedanken zu machen.“ Sie zog eine Kreditkarte aus ihrer Hosentasche. „Henry gab sie mir erst kürzlich und sagte ich soll mir etwas Schönes kaufen.“

Mit diesen Worten zog sie Evelin hoch und stürmte mit ihr in den begehbaren Kleiderschrank, in dem sie verschiedene Klamotten anprobierten. Nach viel Gekicher, gegenseitigem Aufziehen und Bewunderungen hatte sich Evelin für eine luftige Bluse mit einem langen Faltenrock entschieden. Liz kleidete sich in eine knallige gelbe Dreiviertelhose und in ein weites T-Shirt in Orange.

„Bist du der Hippiezeit entsprungen?“ Evelin musste schmunzeln.

„Wer weiß.“ Liz zwinkerte ihr kokett zu und steckte sich ihre pinkfarbene Sonnenbrille in die Haare. Zusammen verließen sie das Zimmer und gingen kichernd die Treppe hinunter.

Ein Pfeifen lenkte ihre Aufmerksamkeit auf Falco, Jan und David.

„Was haben wir denn da? Findet irgendwo gerade eine Party statt, zu der wir nicht eingeladen sind?“

Liz trat überhaupt nicht eingeschüchtert zwischen die Männer und rekelte sich lasziv zwischen ihnen. Evelin konnte sie nur mit offenem Mund anstarren.

„Meine lieben Master, wie kann eurem Langzeitgedächtnis entfallen sein, dass heute mein Stadttag ist? Ich hoffe doch, einer von euch erbarmt sich mitleidig unseren Herzen und fährt uns dorthin. Ihr wisst, ohne shoppen zu können, ist eine Frau nur eine halbe Frau." Dabei klimperte sie heftig mit den Wimpern.

Die Männer schienen sich ihrem Charme nicht entziehen zu können oder wollten es gar nicht. In ihren Gesichtern stand Belustigung und Liebe.

„In Ordnung, kleine Herzensbrecherin, ich fahre euch beide in die Stadt." Falco fuhr sich mit der Hand über den geschorenen Kopf und Liz schenkte Evelin schnell einen siegessicheren Blick.

„Aber unter der Bedingung, dass euch David begleitet."

Liz' Lächeln erlosch. „Du willst allen Ernstes, dass wir ihn durch die Läden mitnehmen, nur damit dann die Blicke sämtlicher Frauen uns folgen wie die Motten dem Licht?"

Falco sah sie belustigt an. „So vortrefflich hätte ich es nicht beschreiben können."

„Oh, na gut." Liz warf in spielerischer Entrüstung die Arme in die Höhe, dann ging sie zu Evelin und hakte sich bei ihr ein. „Nichts für ungut, David, aber du bist nun mal ein Frauenmagnet."

David hob den Daumen und grinste sie an. „Ich nehme das als Kompliment, meine Süße."

Liz warf ihm eine Kusshand zu, die er spielerisch auffing und sich überschwänglich an die Brust drückte.

Die beiden Frauen gingen lachend nach draußen.

„Was war das gerade? Hast du versucht, die drei zu umgarnen?"

Liz sah sie tadelnd an. „Nein, ich habe es nicht nur versucht, sondern auch getan. Glaub mir, wenn man weiß wie, ist das gar nicht so schwierig."

„Bist du dir sicher, dass sie dir nichts vorspielen?"

Liz grinste diabolisch. „Wenn ich es zu sehr übertreibe, lassen sie es mich auf ihre ganz spezielle Weise wissen.“

Evelin wurde heiß bei dem Gedanken, im Blick von drei dominanten Männern gleichzeitig zu sein, und die Härchen auf ihren Armen stellten sich bei der Vorstellung auf.

„Jetzt komm schnell, bevor wir noch mehr Zeit verplempern.“

Die Stunden vergingen wie im Flug, und Evelin konnte sich nicht erinnern, jemals so viel Spaß bei einem Einkaufsbummel gehabt zu haben. Sie wanderten von einem Laden in den nächsten.

Wie sie feststellte, hatte Liz nicht untertrieben. Tatsächlich war David ein Fleisch gewordener Frauenmagnet. Mit Argusaugen wurden sie beobachtet, wobei man ihr und Liz eher eifersüchtige und drohende Blicke zuwarf.

Irgendwann wurde es Liz zu viel. Mit einem genervten Schubs zwängte sie ein Kleid samt Kleiderbügel zurück in die Reihe. „Das reicht. Genau deshalb wollte ich ihn nicht dabeihaben. Er hat heute Morgen wieder sein mit Testosteron gefülltes Glas getrunken. Ich bekomme mittlerweile schon Ausschlag von den gierigen Blicken der anderen Weiber.“

Liz begann, sich über die Arme zu reiben.

Evelin schaute zurück und sah einen sich offenbar mehr als wohlfühlenden David in einer Meute des weiblichen Geschlechts. Er unterhielt sich mit ihnen, und jedes Mal, wenn er sein Zahnpastalächeln sehen ließ, fingen die Frauen an, wie kleine

Mädchen zu kichern, und manche standen kurz vor einer Ohnmacht.

„Wir müssen ihn abhängen."

Schnell widmete Evelin Liz wieder ihre Aufmerksamkeit. „Was hast du gesagt? Wie willst du einen wie ihn abhängen? Er sieht dir doch Minuten vorher schon an, was du vorhast."

„Das mag ja sein, aber vielleicht wird er bei der weiblichen Anhängerschaft unvorsichtig."

Evelin bekam schweißnasse Hände. Was würde passieren, wenn es ihnen nicht gelang? Und was wäre, wenn es ihnen doch gelang? Einen Mann wie David zu reizen, konnte schmerzhafte Strafen nach sich ziehen. Andererseits war er selbst schuld, wenn er sich so ablenken ließ.

„David wäre bestimmt sehr, sehr wütend. Sollten wir es schaffen, dann …", Liz ergriff Evelins Hände, beugte sich zu ihr und sprach leise weiter, „dann werden wir eine Woche lang nicht mehr richtig sitzen können."

Evelin überlief es heiß und kalt. Doch das Kribbeln in ihrem Inneren konnte sie nicht verleugnen. Dass Adrian sie übers Knie gelegt und bestraft hatte, war so unglaublich befriedigend gewesen. Auch wenn sie ihm zwischendurch die Pest an den Hals gewünscht hatte.

Ein Grinsen stahl sich auf Evelins Lippen. Sollte das so weitergehen, würde sie zu einer wahren Rebellin mutieren. Die Männer würden sich noch wünschen, sie und Liz hätten sich nie kennengelernt.

„Wir werden es tun. Ein Hoch auf heiße Hintern."

Liz lächelte von einem Ohr zum anderen. „Das könnte unser Motto werden."

Mit einem Blick auf David, der in diesem Moment von Frauen umringt dastand, steckten sie die Köpfe zusammen und schmiedeten einen Fluchtplan.

Liz ging zu David hinüber. Die anderen Frauen machten ihr nur ungern Platz.

Durch die Verbundenheit und das Vertrauen, das sie zu ihren Mastern und diese zu ihnen hatten, strahlten Liz und Evelin ein starkes Selbstbewusstsein aus. Dieses gegenseitige Vertrauen missbrauchten sie gerade und schlitterten damit geradewegs in eine kommende Bestrafung.

Evelin zitterte vor Aufregung.

Sie und Liz würden sich später per Handy bei David melden und ihm verraten, wo sie gemütlich zu Mittag aßen. Dort würde er sie dann abholen kommen.

Evelins Herz klopfte bei dem Gedanken. Vor Nervosität wickelte sie sich eine Haarsträhne so fest um den Finger, dass es ihr das Blut abschnürte. Wie gebannt beobachtete sie Liz, die nun mit David sprach. Er schaute zu Evelin, die sich schnell wieder zu den bunten Kleidern umdrehte. Sie tat so, als würde sie nach etwas Bestimmtem suchen. Feine Schweißperlen standen ihr auf der Stirn. Auf einmal legte sich eine Hand auf ihre Schulter und Evelin zuckte erschrocken zusammen.

„Ich bin's doch nur. Es hat geklappt. Er denkt, wir würden in die Umkleidekabinen gehen.“

Sie nahmen sich jeder drei Teile und schlenderten langsam zu den Umkleideräumen hinüber. Dort zog Liz Evelin blitzschnell in eine der Kabinen. Hinter dem Vorhang ließ Evelin zischend den angehaltenen Atem entweichen. Sie legten schnell die Sachen auf den Hocker und lugten vorsichtig durch den Schlitz zwischen Kabine und grauem Vorhang.

Evelin hörte ihr Blut in den Ohren rauschen. Sie war so angespannt wie eine Bogensehne, und doch musste sie sich die Hand auf den Mund pressen, um nicht hysterisch zu lachen.

„Gleich müssen wir uns beeilen. Bereit?"

Evelin konnte nur nicken und spürte, wie sie einen Schluckauf bekam.

„Eins, zwei, drei. Jetzt. Lauf zu der Wand gegenüber."

Mit flinken Schritten, schon fast gebückt, hasteten sie zur gegenüberliegenden Ausstellungswand. Gespannt warteten sie auf David, der sie mit Sicherheit gesehen hatte und gleich kommen würde, um ihnen eine Standpauke zu halten. Doch die Sekunden verstrichen und er kam nicht. Liz traute sich als Erstes und spähte um die Ecke herum. Schnell drehte sie sich zu Evelin um und hob den Daumen in die Höhe.

„Na also, Mister Frauenschwarm hat nichts gemerkt."

„Dann nichts wie raus hier."

Evelin konnte nichts mehr halten. Vor Aufregung stolperte sie über ihre eigenen Füße, aber Liz zog sie weiter.

Sobald sie aus dem Kaufhaus stürmten, brachen sie in schrilles Gelächter aus. Evelin beugte sich vor und hielt sich den Bauch vor Lachen. Ihr Schluckauf wurde deshalb immer schlimmer, trotzdem konnte sie nicht aufhören. Liz erging es nicht besser. Sie musste sich an einer Säule anlehnen und versuchte krampfhaft, Luft in ihre Lungen zu saugen. Die Leute um sie herum starrten sie an, als wären sie gerade aus einem UFO gestiegen und hätten verkündet, heute würde es Kühe regnen. Nach einer kurzen Zeit, als sie wieder aufrecht stehen konnten, machten sich die beiden schnellen Schrittes in die nächste Einkaufsstraße auf. Nicht auszudenken, wenn David sie hier doch noch entdecken würde.

Kapitel 17

Ganze drei Stunden und fünfundzwanzig Minuten später ließen sich Liz und Evelin erleichtert auf die Stühle in einem kleinen Café fallen. Die vielen verschiedenen Einkaufstaschen in ihren Händen stellten sie auf die freien Plätze neben sich. Erschöpft streckte Evelin ihre Beine aus, und Liz machte es ihr nach.

„Oh Mann, ich glaube, mir fallen gleich die Füße ab", jammerte Liz.

Evelin sah ihre Freundin grinsend an. „Da bist du selbst schuld. Ich habe das Gefühl, wir haben jeden verdammten Laden in dieser Stadt abgeklappert."

"Oh ja, und was für wunderschöne Dinge wir gefunden haben."

Liz zückte ihre schwarze Kreditkarte, die wie ein Diamant glänzte, und liebkoste sie wie ein Haustier.

„Ich hoffe, Henry wird sie dir nicht wieder wegnehmen, wenn er sieht, wie viel Geld wir heute ausgegeben haben."

Liz rümpfte die Nase. „Ganz bestimmt nicht. Schließlich hat er die letzten Tage noch gesagt, ich solle mir endlich mal etwas Schönes kaufen. Der Preis spiele keine Rolle. Ich bin sonst nie so verschwenderisch, aber jetzt habe ich ja jemanden, mit dem Einkaufen wieder Spaß macht." Sie zwinkerte Evelin verschmitzt zu.

Evelin lachte. „Das stimmt, mit dir Shoppen zu gehen war eine gute Idee."

Wenn sie an die ganzen extravaganten Hüte dachte, die sie anprobiert hatten, kamen Evelin schon wieder die Tränen vor Lachen. Sie hatte sich einen blauen Sonnenhut mit einer hübschen Tülleinlage und kleinen Blüten mit Glitzersteinen darauf ausgesucht. Liz' Hut war dagegen bombastisch groß, mit allem möglichen Schnickschnack behangen, dennoch passte er zu ihr wie die Faust aufs Auge. Dazu hatten sie über eine Stunde lang einen Handtaschenladen auf den Kopf gestellt und sich passende Handtaschen gekauft.

„Genug geplappert, ich habe einen Mordshunger. Das heißt übersetzt: Ich könnte morden für etwas zu essen." Liz griff nach der nächsten Speisekarte.

„Dann sollten wir dem schnell Abhilfe schaffen, denn ich befürchte, sonst wirst du den schnuckeligen Kellner, der dir schon die ganze Zeit verträumte Blicke zuwirft, mit Haut und Haaren verschlingen."

Liz linste über ihre Karte zu dem Kellner hinüber. „Du hast recht, doch wird der Kleine nur eine winzige Vorspeise sein."

Lachend nahm auch Evelin ihre Karte in die Hand und nach kurzer Beratschlagung bestellten sie bei dem jungen Kellner mit dem Sonnyboy-Look. Seine Blicke fuhren schmeichelnd über Liz' Körper. Wäre Henry hier, würde er dem Jungen wohl den Kopf dafür abreißen.

Sie entschieden sich beide für einen hausgemachten Eistee mit frischer Minze, einen leichten Salat und Süßkartoffelpommes. Nach dem Aufnehmen der Bestellungen nahm der Kellner die Karten und ging in die Küche zurück.

Evelin lehnte sich entspannt in ihrem Stuhl nach hinten. Es war ein schlichtes, aber nettes kleines

Café. Die Tische waren gut besetzt und die Menükarte versprach frisch zubereitetes Essen.

Der Kellner brachte ihre Eistees und zwinkerte Liz verschmitzt zu. Nur Liz und sie wussten, dass der Milchbubi keinerlei Chancen bei Liz hatte. Doch das machte seine Flirtversuche nicht weniger reizvoll, Liz fühlte sich unter seiner Aufmerksamkeit sichtlich wohl.

Bei ihr und Henry schien es gerade ein paar Spannungen zu geben, aber Liz hatte auch nach mehrmaligem Nachfragen nicht mit der Sprache rausrücken wollen. Evelin konnte nur hoffen, dass Henry bald die Augen aufgingen und er Liz endlich die Beachtung schenkte, die sie verdiente, sonst würde er noch sein blaues Wunder erleben. Liz war eine reizende und anmutige Frau. Andere Männer sahen das ebenfalls und könnten versuchen, die angespannte Lage auszunutzen.

Evelin steckte sich den Strohhalm zwischen die Lippen und saugte den erfrischenden Tee ein. Kühl rann er ihre Kehle hinunter. Es war eine Wohltat in der Hitze und sie schloss genießerisch ihre Augen.

„Der ist unheimlich gut, nicht wahr? Warte, bis du die Süßkartoffelpommes probiert hast. Sie machen hier alles selbst und verwenden nur frische Lebensmittel."

Dass Liz einen anderen Koch lobte, war eine Auszeichnung für ihn.

Und sie hatte recht. Wenig später kam schon ihre Bestellung. Der Salat war knackig und frisch, die Süßkartoffelpommes waren eine wahre Sünde. Schweigend genossen sie ihr köstliches Mahl, jede von ihnen in die eigenen Gedanken versunken.

Nachdem sie aufgegessen hatten, saßen sie träge in ihren Stühlen.

„Ich glaube, ich platze gleich wie ein Luftballon." Liz tätschelte sich den Bauch.

„Ganz bestimmt. Schließlich hast du noch meine übrigen Pommes aufgegessen." Evelin grinste schadenfroh.

Daraufhin erhob sich Liz. „Ich werde mich mal zu den Toiletten begeben und schauen, was mich da noch so erwartet."

Evelin spitzte die Ohren, schaute auf und beobachtete, wie Liz in der Toilette verschwand. Kurz darauf war auch der süße Kellner darin verschwunden.

„Oh je", dachte sie. Das würde Henry gar nicht gefallen. Plötzlich stand ein älterer Kellner neben ihr und wartete auf ihre Aufmerksamkeit. „Entschuldigung, ich habe hier einen Brief, der für sie allein bestimmt ist. Ich wurde gebeten, ihnen diesen auszuhändigen."

Verwundert nahm Evelin den braunen DIN-A4-Umschlag entgegen. Sie drehte ihn in ihren Händen hin und her, aber nirgendwo gab es einen Anhaltspunkt, von wem er stammen könnte. Bevor Evelin den Kellner fragen konnte, war er auch schon spurlos verschwunden.

Evelin runzelte die Stirn und schaute sich unauffällig im Café um. Plötzlich fühlte sie sich sehr unwohl.

Wer sollte sie hier kennen und aus welchem Grund sollte ihr jemand einen Umschlag über einen Dritten überreichen? Bis heute Morgen hatte sie selbst nicht gewusst, dass sie zu Mittag in dieses Café kommen würde. Wurde sie etwa beobachtet?

Evelin war mit einem Mal ganz schlecht.

Ehe sie den Umschlag öffnen und hineinschauen konnte, kam Liz aus dem Bad gestürmt. Sie machte einen flatterhaften, verwirrten Eindruck. Dazu bemerkte Evelin noch ihre geschwollenen Lippen und den glasigen Blick. Sie stützte sich an dem Stuhl gegenüber von Evelin ab und zog ein Gesicht wie drei Tage Regenwetter.

„Ich glaube, ich habe einen Fehler gemacht.“

Alarmiert erhob sich Evelin und wollte zu Liz hinübergehen. Doch diese wurde auf einmal kreidebleich und fixierte ängstlich einen Punkt hinter ihr.

„Oh nein …“, hauchte sie und ihr Gesicht verlor nun jegliche Farbe.

Evelin rechnete mit dem Schlimmsten. Langsam drehte sie sich um und wünschte sich im gleichen Augenblick, sie hätte es nicht getan.

Mit langen Schritten und grimmigen Gesichtern betraten Adrian, Falco, Henry und David das Café. Ihre Blicke hatten die beiden Frauen sofort gefunden und nagelten sie an Ort und Stelle fest.

Nur mühsam gelang es Evelin, zu schlucken. Sie hatte gerade das Gefühl, zu ihrer Hinrichtung abgeholt zu werden.

Die Männer kesselten die Frauen ein, und mit einer Stimme, die sie an Adrian noch nie vernommen hatte, sprach er: „Ihr kommt jetzt mit. Auf der Stelle! Und ich will keinen einzigen Ton von euch hören, verstanden?“

Liz brachte ein nur leichtes Nicken zustande, ihr war der Schock mehr als anzusehen.

Henry griff nach ihrem Arm und wollte sie aus dem Café führen. Da versperrte ihm auf einmal der junge Kellner den Weg. Mit großen, ängstlichen Augen verfolgten die Frauen das Geschehen.

„Ich weiß ja nicht, wer sie zu sein glauben, aber ich denke, diese Damen können selber entscheiden, wann und mit wem sie gehen wollen.“ Er verschränkte die Arme vor der Brust und stierte Henry feindselig an.

Evelin hielt die Luft an. Sie hatte Respekt vor seinem Mut, und der gehörte eindeutig dazu, wenn man sich diesen vier Männern mit einer Aura aus Stahl entgegenstellte. Mittlerweile hatten sie die ganze Aufmerksamkeit der Gäste.

Evelin knetete ihre Hände.

Es lag eine gespannte Stille über dem Raum, die zum Greifen nah war.

Henry verzog spöttisch die Lippen. Er ging einen drohenden Schritt auf den anderen Mann zu, und man musste diesem zugutehalten, dass er keinen Zentimeter zurückwich.

Henry war zwar etwas kleiner als dieser, doch seine dominante Art ließ ihn größer erscheinen, als er war.

Henry beugte sich zu dem Kerl hinüber und zischte ihn an. „Glaubst du, du Dreikäsehoch kannst es mit mir aufnehmen? Eine Frau wie Liz ist über deinem Niveau. Sie will erobert werden und eine starke Hand spüren, die sie zum Schreien bringt. Also gebe ich dir einen gut gemeinten Rat: Tritt sofort zur Seite und ich vergesse diesen Vorfall. Auch dass du deine Zunge in ihrem Mund hattest. Ansonsten werde ich herausfinden, wo du wohnst und dir dein mickriges Leben zur Hölle machen, verstanden?“

Ein bisschen tat Evelin der junge Mann leid, der mit jedem Satz immer kleiner und blasser geworden war. Liz dagegen strahlte auf einmal wie ein Sonnenaufgang. Dass sich Henry so für sie einsetzte, schien ihr sehr zu gefallen.

„Ich …“ Der junge Mann ließ peinlich berührt den Kopf hängen und machte schnell den Weg frei.

Henry fasste Liz am Arm an und führte sie hinaus. Auch Adrian flüsterte Evelin ins Ohr: „Komm. Draußen wartet der Wagen.“

Sie sah noch, wie David ihre Einkaufstüten nahm und Falco das Portemonnaie zückte, um ihr Essen bei dem jungen Kellner zu bezahlen.

Im nächsten Moment waren sie aus ihrem Blickfeld verschwunden, und Adrian führte sie zu dem Auto, das direkt vor dem Café parkte. Henry und Liz folgten ihnen. Die beiden Frauen wurden nach hinten gesetzt, Adrian und Henry nahmen vorn Platz, wobei Adrian den Wagen fuhr.

David und Falco stiegen in das zweite Auto ein und fädelten sich hinter ihnen ein.

Während der Fahrt herrschte eisiges Schweigen.

Immer wenn Evelin versuchte, ihre Stimme wiederzufinden, spürte sie Adrians strengen Blick aus dem Rückspiegel auf sich und verkniff sich jeden Kommentar. Henry schaute aus dem Fenster, sodass sie seine Mimik nicht sehen konnte, und Liz fummelte verunsichert an dem Band ihrer neuen Handtasche herum. Diesen Ausgang hatten sich Evelin und Liz wesentlich anders vorgestellt.

Evelins Gedanken fuhren Achterbahn. Was hatten die Master nun mit ihnen vor? Eine Bestrafung würde es sicherlich geben, aber in welchem Ausmaß? Ob sie die Strafe lindern konnte, wenn sie sich einsichtig zeigte?

Doch der Blick, den Adrian ihr immer wieder zuwarf, sprach Bände. Evelin schluckte mühsam den Kloß in ihrer Kehle herunter, ihre Hand legte sie auf ihre mintgrüne Handtasche. Dort fühlte sie etwas knistern. Kurz bevor die Männer in das Café gestürmt waren, hatte sie den Umschlag unauffällig in ihre Tasche gleiten lassen. Der Brief lag heiß und pulsierend unter ihrer Hand, und trotz ihrer Furcht davor, was sich darin befand, konnte sie es nicht abwarten, einen Blick hineinzuwerfen.

***

Adrian hatte beinahe einen Herzinfarkt bekommen, als David ihn angerufen und zerknirscht zugegeben hatte, die beiden Frauen aus den Augen verloren zu haben. Sie hatten ihn ausgetrickst und das Weite gesucht.

Tausend Gedanken waren Adrian gleichzeitig durch den Kopf geschossen: Waren die beiden von der Loge oder Marcel entführt worden? Hatten sie beschlossen, zu gehen und irgendwo neu anzufangen? Hatte Evelin ihn verlassen?

Adrian hatte das Gefühl, sein Herz würde in tausend Scherben zerspringen. Hatte er es sich bis zu diesem Moment nicht eingestehen wollen, so war ihm nun bewusst, dass er absolut und unabdingbar in diese Frau verliebt war. Ihr Lächeln, genauso wie ihre Sturheit, hatten ihn im Sturm erobert.

Er hatte sofort Henry und Falco über den Zwischenfall informiert. Falco hatte seine Leute angewiesen, nach den beiden zu suchen. Er leitete eine Security-Agentur, und wenn er die Frauen nicht fand, dann fand sie keiner.

Nach vielen Telefonaten und einer langen Wartezeit, in der Adrian am liebsten selbst rausgestürmt wäre und nach ihnen gesucht hätte, kam endlich der erlösende Anruf. Man hatte sie in einem kleinen Lokal geortet und scheinbar waren beide unverletzt. Falco und Henry waren mittlerweile bei Patrick angekommen und in Windeseile fuhren sie mit quietschenden Reifen zu dem kleinen Café.

„Wenn ich Liz in die Finger kriege, kann sie sich auf was gefasst machen. Bestimmt steckt sie hinter all dem." Henry raufte sich die Haare. „Ich werde ihr so sehr den Arsch versohlen, dass sie die ganzen nächsten Wochen nicht mehr sitzen kann."

Adrian stimmte ihm in Gedanken zu. Es würde eine ordentliche Bestrafung auf die beiden zukommen, damit hatten sie bestimmt gerechnet. Dass sie in Gefahr schwebten, konnten sie ja nicht wissen, denn es hatte ihnen keiner gesagt.

Adrian war unendlich froh, dass Evelin nicht vorgehabt hatte, ihn zu verlassen. Seine Seele schien geradezu beflügelt und ein glückliches Lächeln stahl sich auf sein Gesicht.

Vor dem Café hatte bereits ein ziemlich schlecht gelaunter David auf sie gewartet. Er nahm es den beiden Frauen übel, dass sie ihn so an der Nase herumgeführt hatten, und würde sich später dafür erkenntlich zeigen.

Gemeinsam betraten sie den kleinen Laden, und sobald Adrian Evelin dort sitzen sah wie ein zu Tode erschrockenes Reh, aber unverletzt, wollte er sie nur noch in seine Arme ziehen und nie mehr loslassen. Doch die beiden Frauen hatten ihnen einen gehörigen Schrecken eingejagt, und dafür würde es eine Strafe geben, die sie nicht so schnell vergessen würden. Mike und Jan waren auf dem Anwesen geblieben und bereiteten alles vor. Das würde ein Spaß werden! Blieb nur die Frage, ob Liz und Evelin das genauso empfinden würden. Adrian grinste, denn da war er sich nicht so sicher.

***

Die Tür der Eingangshalle glitt mit einem endgültigen Geräusch hinter ihnen zu. In den Ecken flimmerten Kerzen in allen möglichen Größen. Es kam Evelin vor, als würde ihr sogar das lieb gewonnene Anwesen seine Enttäuschung über ihr Vergehen zeigen. Es herrschte eine angespannte, doch erwartungsvolle Atmosphäre.

Evelin warf Liz neben ihr einen unsicheren Blick zu. Diese erwiderte ihn und kaute nervös auf ihrer Lippe herum.

„Evelin und Liz.“

Beide Frauen zuckten augenblicklich zusammen. Die Blicke der Master brannten sich schier in ihren Rücken, und Evelin traute sich nicht, sich umzudrehen. Sie wollte die Enttäuschung und die Wut nicht in Adrians Augen sehen.

„Dreht euch um und kniet euch hin, sofort.“ Henrys Stimme duldete keinen Widerspruch.

Nach einem ängstlichen Blickwechsel drehten sich die Freundinnen gemeinsam um und gingen auf die Knie.

Evelin rauschte das Blut in den Ohren. Die Angst vor Adrians Bestrafung hatte sie fest im Griff. Ihr Herz schien wie mit Stacheldraht umwickelt. Sie hätte sich nie vorstellen können, dass ihr die Meinung und Zuneigung eines Mannes jemals so wichtig sein würde.

„Sieh mich an, Evelin." Adrians Stimme vibrierte in einem sanften Bariton.

Ängstlich hob Evelin ihr Kinn und schaute in Adrians Gesicht. In seiner Mimik konnte sie nichts lesen, doch als sie in seine Augen schaute, erwartete sie kein Gewittersturm, sondern ein zarter Sommerwind. Sein Blick war voller Liebe und ließ ihr Herz einen Moment lang aussetzen. Aber der Moment verflog schnell, und nun lag wieder die Strenge eines Masters in seinem Gesicht, sodass sie sich nicht sicher war, ob sie sich den liebevollen Blick nur eingebildet hatte.

„Ihr habt heute etliche Regeln gebrochen. Wir haben euch vertraut und ihr habt das Vertrauen missbraucht. David war für eure Sicherheit verantwortlich, somit habt ihr auch ihn hintergangen. Allein wart ihr in fürchterlicher Gefahr." Adrian schaute beide Frauen vorwurfsvoll an.

Die Vorwürfe waren für Evelin sogar schlimmer als die gnadenlose Strenge.

„Es tut uns leid, Master, dass wir Euch solche Umstände bereitet haben. Wir wollten doch nur einmal allein sein, uns frei bewegen können. Wie sollten wir wissen, dass es für uns gefährlich sein würde? Und überhaupt …" Trotzig schob Liz ihr Kinn vor. „Ich verstehe nicht, von welcher Gefahr ihr Männer sprecht. Wie sollen wir auf uns achtgeben, wenn wir über drohende Gefahren im Unklaren gelassen werden?" Liz hatte die Arme vor der Brust verschränkt.

Henry durchbohrte sie mit seinen Blicken, ging auf sie zu, fasste in ihre lange Mähne und zog ihren Kopf nach hinten. „Willst du das etwa als Ausrede

nutzen, um mit einem Wildfremden öffentlich rum-
zuknutschen?"

Liz riss erschrocken die Augen auf. Auch Evelin
hatte Henry noch nie so zornig erlebt. Sie hätten es
wissen müssen. Liz war Henry ganz und gar nicht
egal.

„Wenn es dich so sehr nach diesem Mann verlangt,
werde ich dich sofort gehen lassen. Dort ist die Tür.
Wenn es dein Wunsch ist, kannst du uns verlassen.
Solltest du aber bleiben wollen, werde ich dir zeigen,
wem du gehörst. Du warst heute eine unartige und
freche Sub. Ich glaube, ich habe dich in letzter Zeit
zu sehr vernachlässigt, aber ich werde heute Abend
alles nachholen. Es ist deine Entscheidung."
Evelin beobachtete fasziniert die Szene.

Henry strahlte eine rohe männliche Kraft aus, ganz
anders als der ruhige Mann, der er sonst war. Es
musste ihn schwer getroffen haben, Liz mit dem
Kellner erwischt zu haben. Doch scheinbar war genau das der Tropfen, der das Fass zum Überlaufen
gebracht hatte. Liz schmiegte sich an ihn, ob bewusst oder nicht. Es schien ihr zu gefallen, Henrys
ganze Aufmerksamkeit zu haben. Das war etwas,
das er ihnen beiden zu lange verwehrt hatte.

Liz war wie Wachs in seinen Händen. „Ich werde
nirgendwo hingehen, Master."

Henrys Zorn schien ein wenig besänftigt. Geräuschvoll stieß er die Luft aus. Ihm war die Erleichterung anzusehen.

Er trat wieder zu Adrian, Falco und David, deren
strenge Blicke jede Kleiderschicht durchdrangen.

„Ihr bleibt hier auf den Knien und wartet, bis ihr
geholt werdet. Ihr werdet keinen Ton von euch geben, verstanden?"

Adrian verschränkte die Arme vor der Brust, und Evelin versuchte zu schlucken, doch der Kloß, der in ihrer Kehle saß, ließ sich nicht verscheuchen.

Beide Frauen nickten ängstlich.

***

Adrian, Falco und Henry gingen schnellen Schrittes in den Märchengarten, in dem Mike bereits alles vorbereitet hatte. Neben roten Kerzen, die überall standen und ein sanftes Licht abgaben, warteten ein Strafbock und lederne Manschetten, die am Dach des Pavillons angebracht waren, auf ihre Opfer. In aller Ruhe kleideten die Männer sich um und zogen rote Masken über die Augen. Der mystisch gestaltete Ort und die maskierten Männer tauchten alles in eine unwirkliche Welt. Genau das, was sie beabsichtigt hatten.

Adrian konnte es kaum mehr erwarten. Sein Schwanz zuckte begierig. Diese Session würden die beiden Frauen so schnell nicht vergessen. Falco strich zärtlich über den Bock, und Henry grinste diabolisch die hängenden Manschetten an.

Evelin und Liz würden niemals mehr an eine solch unüberlegte Aktion denken. Die Master waren bereit, ihnen zu zeigen, wer die Herren in diesem Haus waren.

Adrian spürte, wie sich ein Grinsen auf seinem Gesicht ausbreitete. Das würde höchst interessant und erregend werden.

Kapitel 18

Die Frauen hörten, wie sich hinter ihnen die Tür öffnete. Danach umgab sie wieder eine allumfassende Stille.

Evelin traute sich nicht, sich zu bewegen. Zu einschüchternd war die Drohung, die Adrian ausgesprochen hatte. Mittlerweile zitterte ihr Körper unkontrolliert. Sie fühlte das Adrenalin durch ihr Blut rauschen und ihr Herz flatterte wie ein aufgeregter Schmetterling.

Auf einmal spürte sie eine warme Hand an ihrem Rücken und zuckte zusammen. Es war David, der in sanftem Ton sprach und ihre Nervosität linderte.

„Beruhig dich, Evelin. Deine Bestrafung wird dich an deine Grenzen führen, aber nicht überfordern. Vertrau uns und lass dich fallen, wir werden dich auffangen." Seine Hand strich über ihren Rücken, bis sich das Zittern gelegt hatte. Scheinbar waren sie keine Sekunde allein gelassen worden. „Es ist so weit. Zieht eure Sachen aus und folgt mir."

Evelin rauschte es in den Ohren. Ihr war nur zu bewusst, dass Liz neben ihr stand und anfing, sich auszuziehen, während David sie abwartend im Schein der Kerzen dabei beobachtete. Kurz dachte Evelin an ihre Narben, doch Adrian hatte recht gehabt, wenn er sagte, sie müsse sie als einen Teil von sich akzeptieren. Die Narben gehörten zu ihr, und sie musste lernen, sie hinzunehmen. Evelin versuchte, ihr Gedankenkarussell zu stoppen. Langsam hob sie die Hände und fing an, sich zu entkleiden. Liz war bereits nackt und hatte demütig den Kopf gesenkt.

Als die letzte Hülle fiel, spürte Evelin eine Erleichterung und Aufgeregtheit, die sie zuvor nicht gekannt hatte. Sie fühlte, wie sich ein Prickeln in ihrem Schoß ausbreitete. Erregt linste sie zu Liz hinüber. Sie hatte kleine straffe Brüste, einen flachen Bauch und strahlte Stolz und Ergebenheit aus. Ihre Hände hatte sie auf dem Rücken verschränkt, was ihrer Statur zu mehr Größe verhalf.

Auf einmal war da ein Männerkörper, der sich an ihren Rücken presste. Es hatte etwas Erregendes, dass sie nackt vor David stand, der für sie noch ein wenig Fremdes an sich hatte.

„Du wirst, wie Liz, die Hände auf dem Rücken verschränken und den Blick senken."

Sein Atem kitzelte sie am Ohr. Evelins Körper prickelte dort, wo David sie berührte.

Er trat einen Schritt zurück und gab ihr somit wieder mehr Freiraum. Sie zögerte keine Sekunde und tat, was er verlangte.

„Sehr brav, meine Lieben, aber das wird eure Bestrafung nicht mildern. Ihr werdet mir jetzt folgen."

Master David öffnete die Vordertür und ging hindurch. Liz warf Evelin noch einen schnellen aufmunternden Blick zu und folgte ihm nach draußen. Den Schluss der kleinen Schlange bildete Evelin.

Ein kühler Wind erwartete sie und strich angenehm über ihren erhitzten Körper. Die Kieselsteine unter ihren nackten Füßen stachen unangenehm in ihre Fußsohlen. Sie hätten auch gemütlich durch das Haus und zur Hintertür hinaus spazieren können, wo weiches Gras auf sie gewartet hätte. Sicherlich hatten die Master das mit Absicht gemacht. Evelin warf David in Gedanken Tausende Verwünschungen entgegen.

Ihr Weg führte sie in den märchenhaften Teil des Gartens, mit dem kleinen Brunnen und dem eisernen Pavillon in seiner Mitte.

Als Evelin die anderen drei Master erblickte, die dort mit roten Masken über den Augen auf sie warteten, schrie alles in ihr danach, wegzurennen. Der stahlharte Blick der Männer lag ununterbrochen auf den beiden Frauen. Das Kribbeln in Evelins Körper verdoppelte sich, und als sie den Strafbock und das Seil mit den ledernen Manschetten sah, wurde ihr Mund so trocken wie eine Wüstenlandschaft. Das Ziehen in ihrem Innern breitete sich wie ein loderndes Inferno weiter aus.

Als sie Adrians Blick erwiderte, waren ihre Gedanken mit einem Mal wie weggeblasen. Sie nahm nur noch seine flackernden Augen wahr. Alles um sie herum verschwamm und ließ sie vergessen, dass sie nicht allein waren.

Adrian kam auf sie zu, nahm ihre Hände und führte sie unaufhaltsam auf den Strafbock zu. Evelin fühlte keine Bedenken mehr wegen der Bestrafung. Auf einmal war ihre Angst wie weggeweht. Allein die Aufregung vor dem Kommenden ließ ihr Herz schneller schlagen. Evelin saugte die Wärme von Adrians Händen auf wie eine Ertrinkende. Nur nebenbei spürte sie, wie Falco ihr weiche Manschetten um die Füße band und sie damit am Bock fixierte. Sie wollte, dass die Master die Manschetten bei ihr benutzten. Auch wenn sie schlimme Erinnerungen an die Fesseln hatte, so fühlte sie sich bei ihnen sicher.

Adrian gab ihr zu verstehen, sie solle sich mit dem Bauch auf das schwarze Leder legen. Evelin tat es ohne zu zögern, wobei ihr Blickkontakt keine Sekunde abbrach.

Adrian befestige ihre Hände an ledernen Manschetten, die auf der anderen Seite des Bockes befestigt waren. Evelin versuchte, sich zu bewegen, konnte sich aber keinen Millimeter rühren. Sie lag fest fixiert auf dem Strafbock, den Blicken der Männer ausgeliefert. Evelin spürte ihren Herzschlag kräftig gegen das Leder schlagen. Sie konnte nur noch den Kopf bewegen, und so warf sie einen Blick zur Seite.

Dort hing Liz, mit den Manschetten um die Handgelenke, an einem Seil, das an einem Balken des Pavillondaches angebracht worden war. Ihre Füße waren mit einer Stange gespreizt, sodass sie keinerlei Bewegungsfreiraum mehr hatte. David grinste ihr voller Vorfreude ins Gesicht. Henry stand mit einem Blick daneben, als wollte er Liz augenblicklich verschlingen.

„Sie sind so weit.“

Evelin konnte Falcos Stimme hinter sich hören.

Adrian kniete sich vor Evelin und schaute ihr ins Gesicht. „Ihr werdet nun eure Strafe bekommen. David wird Liz selbst bestrafen und hat sich für dich Falco ausgesucht. Falco wird dich die Gerte spüren lassen, während Liz der Rohrstock küssen wird.“

Liz wimmerte und versuchte, sich in dem Seil zu winden.

„Liz kann einiges an Schmerz ertragen. Henry hat Liz in ihren Sessions bereits an ihre Schmerzgrenzen herangeführt. Ihr werdet dennoch beide zwanzig Schläge bekommen und jede von euch wird diese mitzählen, verstanden?"

Evelin war schwindelig vor Angst. Konnte sie die Schmerzen wirklich ertragen?

„Ich werde die ganze Zeit über bei dir bleiben."

Evelin atmete hörbar aus. Sie wusste, die Strafe war rechtens, und so fügte sie sich mit einem tapferen Nicken ihrem Schicksal.

„Ich kann euch nicht hören."

Evelin befeuchtete mit der Zungenspitze ihre trockenen Lippen. „Ja, Master Adrian, ich habe verstanden."

Liz tat es ihr nach und Adrian gab den anderen Männern ein Zeichen. Evelin fing wieder an zu zittern, konnte es nicht unterdrücken.

Sie zuckte zusammen, als Falcos Hand sie am Rücken berührte. Er strich langsam zu ihrem Nacken hinauf und wieder hinunter zu ihrem Po. Dort knetete er ihre Pobacken, und Evelin spürte, wie sich ihre Muskeln entspannten. Es erregte sie, zu wissen, dass Falco hinter ihr stand und einen ungehinderten Blick auf ihren nackten Körper hatte.

Plötzlich hörte sie ein Zischen, und schon brannte ein Schmerz auf ihrer rechten Pobacke auf, der sich schneidend in ihre Haut fraß.

Erschrocken schrie sie auf.

„Evelin, fang an zu zählen."

Adrian ließ sie nicht aus den Augen.

Sie hob ihren Blick. „Eins."

Adrians Blick war warm und aufmerksam. Die Maske verhinderte jedoch, dass sie mehr von seinem Gesicht sehen konnte. Als würden sie sich wirklich im 18. Jahrhundert befinden und von den Männern für ihren Ungehorsam gezüchtigt werden.

Evelin hörte Liz aufschreien und zählen. Im nächsten Moment traf Evelin die Gerte auf der anderen Pobacke.

„Zwei", stieß sie atemlos aus. Evelin wusste nicht, wie sie bis zum Schluss durchhalten sollte.

Ein weiterer Hieb landete auf ihrem Hintern, der nächste berührte ihren empfindlichen Oberschenkel. Das Brennen wanderte wie heiße Lava durch ihr Innerstes. Falco wartete, bis sich Evelin wieder gesammelt und den Schmerz angenommen hatte.

„Vier", schluchzte sie.

Das Zischen der Gerte kam nun in schnelleren Intervallen. Evelin schrie ihre Qual laut heraus und ihre Tränen liefen wie ein Wasserfall über ihr Gesicht. Immer wieder hielt Falco inne und wartete, bis sich der Klang der Pein mit ihrem Inneren verbunden hatte. Sie wünschte, er würde es schneller hinter sich bringen, damit die Bestrafung bald ein Ende hatte.

„Vierzehn."

Die Gerte tanzte leicht über ihren Rücken und ließ Evelin Zeit, um Kraft zu schöpfen. Mittlerweile standen ihr Hintern und ihre Oberschenkel in Flammen. Ein Brennen und Lodern hatte sich ihrer bemächtigt. Der Schweiß lief ihr ins Gesicht. Adrian blieb, wo er war, und gab ihr durch seine Anwesenheit die nötige Kraft, die Bestrafung durchzustehen. Die Gerte zischte abwechselnd auf ihre ungeschützten Oberschenkel.

Evelin schrie, weinte und spürte, wie ihr Bewusstsein versuchte, abzudriften. Doch jeder erneute Schlag mit der Gerte brachte sie in die Wirklichkeit zurück. Sie hatte schon lange aufgehört, Liz zu lauschen. Der Schmerz und Adrians warmer Blick waren alles, was ihre kleine Welt in dem Moment ausmachte.

Die Schläge kamen nun in schneller Reihenfolge, und Evelin hatte das Gefühl, zu verbrennen. Ihre Haut schien mit heißem Öl übergossen und die Tränen nahmen ihr die Sicht. Mit letzter Kraft hauchte sie "Zwanzig".

Erschöpft, nicht in der Lage, auch nur einen Finger zu rühren, lag sie schwer atmend auf dem Bock. Der Schweiß lief ihr in Strömen über den Körper und sie fühlte sich hundeelend.

Adrian und Falco lösten ihre Fesseln und halfen ihr auf die Beine. Evelin musste sich an Adrian anlehnen, sonst hätten ihre Beine unter ihr nachgegeben. Er nahm ihr Gesicht in seine Hände und hauchte ihr einen Kuss auf die Stirn.

„Du warst sehr tapfer, meine süße Amazone."
Falco kam mit einem frischen Handtuch und tupfte ihr damit vorsichtig über das Gesicht. Dann beugte er sich zu ihr hinunter und gab ihr einen sanften Kuss auf die Lippen. „Ich fühle mich geehrt, der Erste sein zu dürfen, der dich mit der Gerte bekannt gemacht hat. Die nächsten Tage wirst du an nichts anderes mehr denken als an die roten Striemen auf deinem Hintern." Falco zauberte eine kleine Cremedose hervor und wandte sich ihrer schmerzenden Kehrseite zu. „Jetzt werde ich mich um deinen glühenden Hintern kümmern."

Evelin hielt die Luft an und spürte, wie er die kühlende Creme auf ihrem geschundenen Hintern verteilte. In diesem Moment hätte sie ihm die Füße küssen können, denn es stellte sich augenblicklich eine Linderung des schmerzhaften Brennens ein. Der Schmerz war noch immer da, hatte aber seine

Unerträglichkeit verloren. Erleichtert stieß sie den Atem aus. Sie hätte dem Teufel ihre Seele verkauft, nur für dieses wohltuende Gefühl.

Adrian zauberte ein Glas Traubensaft hervor und hielt den Strohhalm an ihre trockenen Lippen. Gierig trank sie den süßen Saft, der ihr kühl die Kehle hinunterrann. Es schmeckte einfach himmlisch, und sofort spürte sie, wie eine pulsierende Energie sie durchströmte.

„Langsam, meine Liebe. Du bekommst nachher noch mehr davon." Adrian nahm ihr das Glas wieder ab und Evelin schnaubte entrüstet.

Belustigt fing Falco an zu grinsen. „Na, wenn deine Amazone noch schnauben kann wie ein wildes Pferd, scheine ich ja doch nicht allzu fest zugeschlagen zu haben."

Adrian drehte den Kopf und warf einen prüfenden Blick auf Evelins Hintern. Seine linke Augenbraue schob sich dabei nach oben. „Ich denke, du hast ganze Arbeit geleistet, Falco. Dieses wunderschöne Muster wird Evelin ein paar Tage lang zur Schau stellen dürfen."

Evelin wollte entrüstet mit den Füßen aufstampfen. Sie behandelten sie wirklich wie ein Pferd auf dem Viehmarkt. Fehlte nur noch, dass sie ihr Gebiss in Augenschein nehmen wollten.

Falco klatschte ihr plötzlich auf den brennenden Hintern.

Überrascht kreischte Evelin auf und drehte sich zu ihm um. Falco schnappte sich ihre Hände und drückte Evelin an seinen Körper. Sie konnte deutlich seine Hitze und die Muskeln unter seinem Hemd fühlen. Seine mächtige Erektion presste er an ihre nackte Scham und rieb sich an ihr.

Evelin zog zischend die Luft ein. „Da hat aber einer außerordentlichen Spaß daran, anderen Schmerzen zuzufügen." Schnell schloss Evelin ihren Mund. Sie hatte mal wieder gesprochen, bevor sie nachgedacht hatte. Die Gerte musste ihr Gehirn zu Püree verarbeitet haben.

Falco lachte rau und nickte in Liz' Richtung. „Anscheinend bin ich nicht der Einzige hier, den es scharfmacht, eine unartige Sub zu bestrafen."

Evelins Blick glitt zu Liz herüber. Der Anblick verschlug ihr den Atem und ließ sie erregt erzittern.

Liz hing erschöpft in den Seilen. Ihr Hintern war mit dunklen, roten Striemen bedeckt. Henry und David standen nackt um sie herum. Henry küsste sie leidenschaftlich auf den Mund und David knabberte an ihrem Bauch. Liz stöhnte und ihr glasiger Blick sprach von wohligem Entzücken.

Evelin versuchte zu schlucken. Die ganze Szene war furchtbar erregend für sie und verursachte eine heftige Hitze in ihrer Mitte. Sie spürte, wie sich ihre Brustwarzen aufrichteten. Ihr Blick lag wie gebannt auf Liz und den zwei Mastern.

„Lassen wir sie in Ruhe ihr Verlangen stillen. Mit dir sind wir auch noch nicht fertig." Adrian stand neben ihr und zog sie sacht aus Falcos Umarmung, hinaus in den Garten.

Das Blut rauschte ihr in den Ohren und sie zuckte bei jedem Schritt zusammen. Der Schmerz an ihrer Kehrseite war erregend, und sie fühlte, wie sie feucht wurde.

Auf der Wiese, neben der Trauerweide, wartete ein provisorisches Bett aus Decken und dicken Kissen. Überall standen brennende Fackeln und verliehen der Szene etwas Mystisches. Doch anstatt darauf zuzugehen, blieben sie vor dem Baum stehen.

Falco presste sich wieder an ihren Rücken und gab ihrem Körper Nähe und Wärme. Evelin war froh darüber, denn ihre Gefühle waren das reinste Chaos.

Adrian hob ihre Hände in die Höhe. Überrascht sah Evelin, dass dort Manschetten von einem dicken Ast baumelten. Adrian schaute ihr tief in die Augen und wartete ab. Mit einem kurzen Nicken gab Evelin ihre Zustimmung. Ihr Herz klopfte immer lauter.

Sie war bereits zu weit im Strudel der Lust und der Begierde versunken und wollte sich diesem Gefühl ganz und gar hingeben. Die Scham schwand mit jeder Berührung, die ihren Körper liebkoste. Dazu kam, dass die Master genau wussten, was sie taten. Sie strahlten eine dominante Aura aus, die Evelin in ihren Bann gezogen hatte. Sie fühlte sich wohl in ihrer Nähe und genoss ihre Aufmerksamkeit, die nun ganz allein auf ihr lag.

Adrian fixierte das Leder an ihren Handgelenken und prüfte, ob die Manschetten nicht zu fest und nicht zu straff saßen. Danach ließ er seine Hände federleicht über ihre Haut tanzen, hinunter zu ihrer Schulter und dann über ihre Brüste. Er stand ganz nah vor ihr, seine Finger neckten ihre erregten Knospen und umkreisten sie quälend langsam.

Sein Mund schwebte nur wenige Zentimeter vor ihrem, und doch erschien er ihr so unendlich weit weg. Sie wollte ihn unbedingt küssen, seine warmen Lippen auf ihren spüren, seine Lust schmecken. Sie konnte hören, wie schwer er atmete. Sein Blick glich mittlerweile dem eines gefährlichen Raubtieres, das kurz vor dem Sprung auf sein unwissendes Opfer lauerte. Allein dieser Anblick verursachte ihr ein Frösteln, und sie fühlte, wie sich eine Gänsehaut auf ihrem Körper ausbreitete. Adrian sah so fremd aus mit der Maske, doch seine Augen erschienen ihr unendlich vertraut. Sie roch seinen Duft und spürte seine Anwesenheit bis in jede Zelle ihres zitternden Körpers.

Adrian ließ nicht einen Moment den Blick von ihr, als er einen Schritt rückwärtsging, seine Hände hob und langsam begann, sein Hemd aufzuknöpfen.

Evelin hatte das Gefühl, keine Luft zu bekommen. Mit Falco in ihrem Rücken, dessen gewaltiger Schwanz sich an ihren Hintern presste, dann Adrian, der unheimlich heiß in dem Gefunkel der Fackeln aussah und seinen Adonis-Körper entblößte, war das mehr, als sie ertragen konnte. Sie spürte, wie feucht sie zwischen den Beinen war, und rieb die Oberschenkel aneinander.

Mittlerweile raste ihr Puls, und auch ihr Atem kam in kurzen Stößen. Adrian zog sich das Hemd aus, und Evelin hatte das Gefühl, in Flammen aufzugehen, wenn er sie nicht augenblicklich berührte.

„Bitte, Master Adrian."

Sie wand sich in ihren Fesseln und leckte sich mit der Zungenspitze über die Lippen. Dadurch verursachte der harte Stoff von Falcos Jeans eine schmerzhafte Reibung an ihrem mitgenommenen Hintern, die den Schmerz geradezu in ihre Vulva katapultierte.

Adrian schlich langsam näher und blieb kurz vor ihr stehen. Sie versuchte, sich ihm entgegenzustrecken, was durch ihre Fixierung natürlich nicht funktionierte.

Entrüstet schnaubte sie auf.

„Was willst du von mir, Evelin? Sprich es aus." Sein Ton war verführerisch und versprach absolute Wonne.

„Bitte küss mich."

Evelin schluchzte, sie wollte ihn endlich spüren, schmecken und fühlen. Mit allem, was sie besaß, ihrem Körper und ihrer Seele, wollte sie sich ihm hingeben.

Adrian legte eine Hand in ihren Nacken und ließ seine geöffneten Lippen sanft über ihren Mund gleiten.

Evelin stöhnte frustriert.

Falco begann, an ihrem linken Ohr zu knabbern.

Evelin war sich sicher, dass dies die süßeste Folter war, die sie jemals erlebt hatte. Es lag eine Unerträglichkeit in diesen Liebkosungen. Sie spürte, dass ihr Körper überreizt war von den Zärtlichkeiten und nach härteren Berührungen lechzte.

„Bitte, ich will mehr."

Adrian hielt inne, dann presste er seinen Mund gierig auf den ihren, und Evelin gab ein erleichtertes Seufzen von sich.

Ihre Zungen kämpften wild darum, die Erste sein zu dürfen, die Einlass in den Mund des anderen fand.

Seine Lippen waren weich und pressten sich doch unerbittlich auf die ihren. Als Evelin keine Luft mehr bekam und ihr schwindelte, ließ Adrian von ihr ab. Es war berauschend, Adrian in diesem Zustand zu sehen, der von ihr verursacht worden war. Seine Augen waren vernebelt, die Lippen geschwollen, ein paar Strähnen seines Haares hatten sich gelöst und hingen verflucht sexy in sein Gesicht.

Evelin fühlte sich beflügelt. Sie war mit beiden Händen an einen Baum gebunden und hatte doch Macht über die Männer. Provozierend leckte sie sich über ihre Lippen.

Adrians Mundwinkel hob sich leicht. „Ich habe das Gefühl, meine kleine Amazone fühlt sich gerade etwas zu wohl", sagte er und warf Falco hinter ihr einen bedeutsamen Blick zu.

Noch ehe Evelin reagieren konnte, hatte sich Falco schon heruntergebeugt und ihre Füße geschnappt, an deren Knöchel Adrian jeweils eine schwarze Manschette befestigte, die mit einer eisernen Stange in der Mitte verbunden waren. Dadurch wurden ihre Beine gespreizt und ihre Pussy jedem offenbart, der genauer hinsah.

Evelin stieg die Röte ins Gesicht. Sie war so auf die Manschetten im Baum konzentriert gewesen, dass sie die silberne Stange am Fuße des Baumes gar nicht registriert hatte. Nun fühlte sie sich so entblößt und verletzlich wie noch nie.

„Evelin." Adrians Stimme war genau an ihrem Ohr.

Falco und Adrian hatten die Positionen getauscht. Falco ragte dabei groß und unnahbar vor ihr auf. Sie starrte auf ein wunderschönes Tattoo, das sich auf seinem beeindruckenden Brustkorb befand. Auf jeder Brust war ein Flügel tätowiert, der sich jeweils bis unter sein Schlüsselbein zog und aus dem sie je ein Eulenauge anstarrte. Durch das Flackern der Fackeln, schienen die Flügel zu tanzen. Falcos Blick schickte heiße Stromstöße durch ihren Leib.

Evelin versuchte, sich zu bewegen, konnte sich aber keinen Millimeter rühren. Sie war seinen Blicken schutzlos ausgeliefert.

Nun fühlte sie, wie Adrian ihr über den Bauch bis hinauf zu ihren Brüsten streichelte.

Falco beobachtete jede seiner Bewegungen.

Sie spürte, wie ein kühler Luftzug ihre erhitzte Mitte berührte, und erschauerte. Adrians Fingerspitzen spielten mit ihren Brüsten und fingen an, ihre Nippel zu umkreisen. Mit einem Mal drückte er sie zusammen. Danach zog er an ihnen, sodass Evelin das Gefühl hatte, sie würden zu ihrer doppelten Größe anschwellen. Sie konnte ein Stöhnen nicht unterdrücken und schmiegte sich an seinen harten Körper.

Falco kam näher und kniete sich vor Evelin in das Gras. Sein Blick lag ununterbrochen auf ihrem nackten Körper. Evelin beobachtete ihn unter halb geschlossenen Lidern. Das Blut rauschte ihr heiß durch die Venen.

Sie schämte sich, vor Master Falco nackt zu sein, und gleichzeitig erregte es sie aufs Äußerste.

Plötzlich kniff etwas in ihre linke Brustwarze.

Evelin schrie überrascht auf und schaute an sich herunter. Eine silberne Klammer hielt ihren Nippel fest zusammengepresst. Daran war eine Kette mit edlen, weiße Perlen befestigt, an deren Ende die zweite Klammer baumelte, die gefährlich aussehend hin- und herschwang.

Der Anblick jagte einen Schauer durch ihren Körper. Ein pulsierender Schmerz zog von ihren Brüsten aus in ihre Nervenbahnen, vermischte sich mit dem Brennen auf ihrem Hintern und ließ ihre Spalte verlangend pochen.

Falco beugte sich näher zu ihr, sodass sie seinen warmen Atem an ihrer Haut spüren konnte.

Evelin zitterte vor Begierde.

Falco warf ihr ein freches Grinsen zu, griff nach ihren Beinen und senkte seinen Mund auf ihre Scham.

Evelin legte den Kopf in den Nacken und schnappte hörbar nach Luft. Falco leckte genüsslich über ihre Schamlippen, hinauf zu ihrer pulsierenden Perle, dann wieder hinunter und versenkte seine Zungenspitze in ihrer süßen Öffnung.

Evelin war wie elektrisiert. Ihr Körper glich einer Hochspannungsleitung. Die Gefühle in ihr waren so widersprüchlich, dass sie einem nicht aufzuhaltenden Tornado entsprachen.

Im nächsten Moment spürte sie ein Ziehen in ihrem rechten Nippel. Stöhnend sah sie, dass Adrian dort die zweite Klammer befestigt hatte. Beide schmückten nun auf wunderbare Weise ihre Brüste, und die weißen Perlen leuchteten im Schein der Flammen.

Der pulsierende Schmerz, Adrians heiße Küsse in ihrem Nacken und das Lecken von Falcos Zunge an ihrer Pussy brachten sie schier um den Verstand. Sie fühlte sich wie ein Vulkan kurz vor dem Ausbruch und hörte sich selbst stöhnen und keuchen.

„Lass dich fallen", säuselte Adrian hypnotisierend in ihr Ohr.

Evelin zitterte am ganzen Körper. Sie versuchte, gegen etwas anzukämpfen, von dem sie schon lange wusste, dass es aussichtslos war. Als hätte sie das sichere Ufer verlassen und würde sich im tiefsten Gewässer befinden, ließ sie sich treiben. Ihr Gehirn schaltete sich aus, und sie spürte ihre Sinne mit einer solchen Intensität, dass es nur einen weiteren Zungenschlag brauchte, um sie kommen zu lassen. Ein Feuerwerk explodierte in ihrem Inneren und augenblicklich fühlte sie ein Ziehen in ihren Brüsten.

Sie schrie laut auf und öffnete die Augen. Falco hatte die Klammern entfernt und saugte fest an ihren Nippeln.

All diese köstlichen Empfindungen verschlangen sie, wie eine riesige Welle. Sie legte den Kopf in den Nacken und sah weiße Funken am Sternenhimmel umherwirbeln.

Ihr Körper zuckte unkontrolliert und sie ließ sich erschöpft in den Seilen hängen. Evelin spürte, wie ihre Füße und Hände befreit wurden und sie hochgehoben wurde. Jemand trug sie und legte sie auf weiche Decken und flauschige Kissen.

Ihr verschleierter Blick war noch immer in den Himmel gerichtet. Die weißen Funken hatten sich jetzt verlangsamt, geblieben war der normale Sternenhimmel mit einem runden Vollmond über ihnen.

Kapitel 19

Adrian nickte Falco zu, der die Geste erwiderte und zum Pavillon zurückkehrte. Evelin machte einen zufriedenen und befriedigten Eindruck. Es war unheimlich erregend gewesen, sie zum Orgasmus zu bringen und zu sehen, wie sie, losgelöst von allem, in seinen Armen gekommen war. Entspannt lag sie in den Kissen und ein glückliches Lächeln zeichnete sich auf ihrem Gesicht ab. Schnell entledigte er sich seiner Hose und befreite seinen erigierten Schwanz. Ein kühler Luftzug streichelte seinen erhitzten Körper.

Zufrieden legte er sich neben Evelin auf die Decken und zog sie in seine Arme. Seufzend schmiegte sie ihren Kopf an seine Schulter und spielte mit den Fingern an seinen Brusthaaren. Adrian vergrub sein Gesicht in ihren Haaren und atmete ihren Duft ein. Er überlegte, ob es möglich wäre, daraus sein ganz eigenes Parfüm herstellen zu lassen.

Evelin hatte ihr Bein über seines geschoben, und er konnte fühlen, wie ihre Hand, auf Erkundung gehend, tiefer glitt. Ihre Finger fanden schnell seinen erigierten Penis, streichelten über seinen Schaft und massierten vorsichtig seine Spitze. Adrian lehnte seinen Kopf entspannt nach hinten, überließ sich ihrer Führung. Er hatte sich in einer Session noch nie die Zügel aus der Hand nehmen lassen. Es sei denn, er wollte es so und gab den Befehl dazu.

Mutig geworden, benutzte Evelin ihre ganze Hand und strich an seinem Phallus auf und ab. Mit der anderen Hand ergriff sie seine Hoden und fing an, sie zu kneten. Adrian konnte spüren, wie der erste Lusttropfen aus seiner Schwanzspitze hervorquoll.

Im nächsten Moment bewegte sich Evelin fort von ihm und kniete mit glitzernden Augen zwischen seinen Beinen.

„Ich will Euch schmecken."

Ihre Lippen senkten sich auf seinen Schaft. Wäre Adrian nicht darauf vorbereitet gewesen, wäre er auf der Stelle gekommen. Sein Schwanz glitt tiefer in ihre Mundhöhle hinein. Ihre Lippen pressten sich fest zusammen und bewegten sich langsam auf und ab. Nach ein paar schnelleren Stößen in ihren Mund zog sie seinen Schwanz heraus und strich mit der Zungenspitze an seinem Ständer auf und ab wie an einem Eis. Mit einer Hand hielt sie seinen Penis und fing an, an seiner Spitze zu saugen, mit der anderen massierte sie fest seine Hoden, die sich schon verräterisch zusammengezogen hatten.

Adrian konnte ein Stöhnen nicht unterdrücken.

Evelin wusste genau, was sie da tat, das spürte er mit jedem ihrer fantastischen Zungenschläge. Aus schmalen Augen beobachtete er sie und musste sich zusammenreißen, nicht sofort in sie einzudringen. Der Anblick ihres nackten Körpers im Fackelschein, die roten Abdrücke auf ihrem Hintern und das unersättliche Funkeln in ihren Augen brachten ihn fast um den Verstand. Mit unglaublicher Anstrengung löste er sich schwer atmend von ihr.

Sie zog einen Schmollmund und sah so süß aus, dass er nicht anders konnte, seine Pläne über Bord warf und sie mit einem Ruck auf seinen Schoß beförderte. Dabei umfasste er fest ihren Po und fing an, ihn zu kneten. Sie keuchte überrascht auf und verzog das Gesicht, als sie seine Hände auf ihrem brennenden Po spürte. Ihre malträtierten Nippel berührten seine Brust.

Evelin stöhnte, nahm sein Gesicht in ihre Hände und küsste ihn gierig, ihre feuchte Vulva rieb sie dabei verlangend an seinem Schwanz. Beide keuchten und küssten sich eng aneinandergeschmiegt.

Jede Hemmung war verflogen, es zählte nur noch die ersehnte Vereinigung zwischen ihren Körpern.

„Darf ich Euch reiten, Master?", flüsterte sie verführerisch in sein Ohr.

Adrian biss ihr leicht in das Ohrläppchen. „Sehr gerne, ma chérie."

Ihre Haut glänzte vor Schweiß. Die Nippel waren geschwollen und ihr Gesicht gerötet. Langsam hob sie ihre Hüften und ließ sich vorsichtig auf seinen Phallus sinken. Ihr Blick brannte sich in seinen und mit einem heftigen Ruck packte er sie und stieß in ihre heiße Mitte.

Evelin schrie auf. Sie war so feucht, dass er sofort tief in sie eindringen konnte. Evelin legte den Kopf in den Nacken und fing an, ihre Hüften zu bewegen.

Adrian hatte noch nie etwas Schöneres gesehen. Ihre Körper bewegten sich im Einklang miteinander, Evelin wurde immer hemmungsloser, hob ihr Becken an, ließ es abwechselnd kreisen und senkte es wieder auf ihn herab.

Adrian beobachtete sie mit zusammengebissenen Zähnen. Ihm stand der Schweiß auf der Stirn, doch er wollte dieses herrliche Schauspiel noch nicht beenden. Nun beugte sie sich zu ihm hinunter und verschränkte ihre Hände mit den seinen. Ihre Locken tanzten wild um sie herum und ihre Augen glänzten in einem dunklen Grün. Er hatte das Gefühl, in ihnen zu versinken.

Dann griff er nach einer ihrer Brüste und kniff in ihren empfindlichen Nippel.

Evelin schrie auf und ritt ihn noch schneller. Ihre feuchte Höhle zog sich eng um seinen Schaft zusammen.

Adrian fasste nach ihren Händen und hielt sie hinter ihrem Rücken fest. Nun hatte er wieder die Kontrolle, und während sie ihm tief in die Augen sah, fing er an, hart in sie zu stoßen. Seine Hüfte klatschte gegen ihre heiße Mitte. Evelin stöhnte heiser und versuchte, sich aus seinem Griff zu befreien. Doch er stieß weiter und weiter in sie. Er wusste genau, wann ihr Orgasmus sie überrollte, denn ihre Vagina drückte in diesem Moment seinen Schwanz fest zusammen.

Evelin keuchte berauscht auf und fühlte, wie sie innerlich explodierte. Er keuchte auf, stieß noch mehrmals in sie hinein, spürte, wie sein Orgasmus ihn überrollte und er sich in sie ergoss.

Ermattet sank sie auf ihn.

Mit heftig schlagendem Herzen und nach Atem ringend blieben sie liegen. Adrian streichelte Evelin das Haar aus dem Gesicht und vergewisserte sich, dass es ihr gut ging.

Sie grinste ihn verschmitzt an und er grinste zurück. Sein Herz quoll über vor Liebe zu dieser Frau. Er wusste nicht, woran es lag, doch er musste es ihr sagen, auch auf die Gefahr hin, dass er sie gehen lassen musste. Es könnte durchaus sein, dass sie noch nicht bereit dafür war, eine längerfristige Beziehung mit ihm einzugehen. Sein Herz würde vor

Trauer über den Verlust in tausend Scherben zerspringen.

Adrian atmete einmal kräftig ein und aus, küsste ihre Stirn und glitt, bevor er noch etwas sagen konnte, in einen tiefen Schlaf.

Evelin fühlte sich wie auf Wolke sieben. Ihr Körper bestand nur noch aus Pudding, und doch schnurrte ihre Seele vor Zufriedenheit. Sie war gesättigt und verspürte große Glückseligkeit.

Adrian war wie durch ein Wunder bei ihr aufgetaucht, als ihr alles hoffnungslos erschien. Er hatte alles, was sie ausmachte, an sich gerissen, ihren Körper, ihre Seele, und sie mit seiner Begierde und Liebe gefüllt wie eine Puppe, die durch einen Zauber zum Leben erweckt wurde.

Sie spürte eine Wärme in ihrem Inneren, die ihre Schutzmauer schmelzen ließ. Adrian hatte es geschafft, trotz all ihrer Gegenwehr Risse hineinzuschlagen und das trübe Glas immer durchsichtiger werden zulassen.

Sie wollte ihm sagen, wie wohl sie sich bei ihm fühlte und dass sie sich wünschte, für immer bei ihm bleiben zu können. Doch eine bleierne Müdigkeit nahm sie in Besitz. Sie konnte ihre Augen nicht mehr offen halten. Gemütlich kuschelte sie sich an Adrian und war gleich darauf eingeschlafen.

Evelins Augenlider zuckten, langsam öffnete sie ihre Augen und kniff sie sofort wieder zu. Gleißendes Sonnenlicht umgab sie, daher drehte sie sich automatisch zu dem großen Körper um, der auf ihrer anderen Seite lag. Er war warm, weich und duftete angenehm beruhigend.

Mit einem Schlag war Evelin wach und schaute in Adrians Gesicht. Sie konnte es nicht glauben. Bisher war er nie über Nacht bei ihr geblieben, doch nun lag er entspannt neben ihr, und seine ruhigen Atemzüge verrieten, dass er tief und fest schlief.

Vorsichtig hob sie ihre Hand und nahm eine seiner Haarsträhnen zwischen die Finger. Sein Haar fühlte sich unglaublich weich an und lag ausgebreitet, wie ein dunkler Fächer, um seinen Kopf herum.

Evelin konnte sich nicht an Adrian sattsehen. Seine leicht geöffneten Lippen waren zu verführerisch für sie. Langsam beugte sie sich über ihn und gab ihm einen Kuss. Er zuckte kurz mit dem Mundwinkel, gab ein lautes Schnarchen von sich und schlief weiter, als wäre nichts gewesen. Evelin musste sich die Hand vor den Mund halten, um nicht laut zu lachen. Dass Adrian schnarchte, würde sie ihm später unter die Nase reiben.

Vorsichtig, um ihn nicht zu wecken, krabbelte sie unter ihrer Decke hervor, stand auf und streckte sich. Sie spürte noch eine leichte Erschöpfung in den Gliedern, und als sie begann, sich zu bewegen, meldeten sich protestierend ihre Oberschenkel. Sie hatte Muskelkater in den Beinen, dazu kam das Brennen auf ihrem Hinterteil. Etwas ungelenk nahm sie eine der Decken auf, hüllte sich darin ein und schlenderte zu dem eisernen Pavillon hinüber. Am Tag sah alles viel unbeschwerter und unschuldiger aus als in der Nacht.

Von Liz, Henry und David war keine Spur mehr zu sehen. Auch Falco konnte sie nirgendwo entdecken. Wie ihr erst jetzt wieder einfiel, hatte er sich im Laufe des Abends leise zurückgezogen, und dafür war sie ihm dankbar. Sie hatte es unglaublich erotisch gefunden, von ihm berührt zu werden, doch Sex haben wollte sie allein mit Adrian.

Gemächlich ging sie durch die Hintertür in das Haus. Vor der Küche angekommen, spürte sie auf einmal etwas Flauschiges an ihren Beinen entlangstreichen. Sie schaute an sich herunter und wurde mit einem empörten Miauen begrüßt.

„Ich wünsche dir auch einen schönen guten Morgen, Mrs. Murphy."

Ein weiteres Schlängeln um ihre Beine und ein lauteres Miau machten ihr klar, dass Mrs. Murphy etwas Bestimmtes von ihr wollte. Evelin folgte ihr in die Küche, nahm eine Tüte mit Katzenfutter aus der Schublade und füllte es in Mrs. Murphys Napf. Gierig stürzte die Katze sich auf ihre Pastete aus Geflügel, und Evelin strich ihr einmal über das weiche Fell, bevor sie sich auf den Weg in ihr Zimmer machte.

Dorthin unterwegs begegnete ihr keine Menschenseele, alle schienen noch zu schlafen. In ihrem Zimmer ließ Evelin als Erstes das Laken fallen, ging zu dem großen Spiegel, drehte sich um und schaute sich ihren Po und ihre Oberschenkel an. Überrascht stellte sie fest, dass das Muster aus Striemen in verschiedenen Rottönen wunderschön aussah. Es hatte etwas Faszinierendes an sich.

Evelin fühlte sich durch eine wunderbare Handschrift gezeichnet, aber das würde sie Falco bestimmt nicht unter die Nase reiben. Der Schmerz war sehr intensiv gewesen, und ohne Adrian an ihrer Seite hätte sie es wahrscheinlich nicht so gut überstanden. Jetzt stahl sich ein stolzes Lächeln auf ihr Gesicht. Sie hatte ihre Bestrafung ertragen und war danach für ihre Tapferkeit mehr als belohnt worden.

Leichtfüßig tänzelte sie ins Badezimmer, wo sie sich eine erfrischende Dusche gönnte. Als das warme Wasser ihre geschundene Haut berührte, seufzte sie wohlig auf, genoss das Wohlgefühl, welches ihren Körper umschmeichelte und den Schweiß und Dreck der letzten Nacht fortwischte.

Danach griff sie nach einem der kuscheligen Baumwollhandtücher, die überall herumlagen, und wickelte sich darin ein.

Vor dem Waschbecken hielt sie an und wischte mit der Hand über den beschlagenen Spiegel. Dabei glitt ihr Blick auf ihre Handgelenke. Die ledernen Manschetten vom Vorabend hatten keine Spuren hinterlassen. Es kam ihr vor, als wäre es erst gestern gewesen, dass sie als absolutes Nervenbündel vor diesem Spiegel gestanden hatte. Damals hatte sie sich fest vorgenommen, von hier zu verschwinden.

Ein glückliches Lächeln stahl sich auf ihr Gesicht. Sie hätte niemals gedacht, dass sie sich hier so wohlfühlen würde und für Adrian mehr empfinden könnte - als Mann, nicht nur als Master. Wenn sie ihn sah, wurde alles andere nebensächlich. Er war ihr Leuchtfeuer in der Dunkelheit und hatte sich mit jedem Tag weiter in ihr Herz geschlichen. Er war wie ein Traumprinz in ihr Leben getreten und hatte mit seiner Dominanz ihr Dasein wieder in die richtigen Bahnen gelenkt. Jetzt strahlte ihr eine selbstbewusste, glückliche Frau im Spiegel entgegen und kein blasses Gespenst mehr, welches Angst vor seinem eigenen Schatten hatte.

Evelin ging in ihr Zimmer und zog sich ein T-Shirt und eine schwarze Jeans an. Der Stoff schmiegte sich eng an ihre geschundene Haut, etwas, das sie jetzt schon liebte. Sie hätte sich auch für einen weiten Rock entscheiden können, um den Schmerz auf ihrem Hintern erträglicher zu machen, doch sie wollte ihn spüren und die damit verbundene Erinnerung an die letzte Nacht so lange es ging aufrechterhalten.

Evelin fing an, albern im Zimmer auf und ab zu tanzen und sprang fröhlich von einem Bein auf das andere. Wenn jemand sie jetzt sehen könnte, würde er sie für verrückt halten.

Plötzlich stolperte sie über ihre eigenen Füße und fiel lachend auf das Sofa, auf dem noch die Einkaufstaschen vom Vortag standen. Sie purzelten wie bei einem Dominospiel eine nach der anderen auf den Boden und verteilten ihren Inhalt auf dem Teppich. Seufzend blieb Evelin liegen und besah sich das Chaos. Der Sonnenhut aus Stroh mit dem hübschen blauen Band, das Kleid und die neue sexy Unterwäsche überlagerten sich in einem Wirrwarr aus Stoff.

Evelin stützte den Kopf auf einer Hand ab und ließ ihre Füße über der Lehne des Sofas hin und her baumeln. Auf einmal erblickte sie eine braune Papierecke, die aus ihrer Handtasche herauslugte. Mit einem Schlag war sie wie elektrisiert und ihr Puls beschleunigte sich. Den Briefumschlag aus dem Café hatte sie in der ganzen Aufregung vom Vorabend total vergessen gehabt.

Schnell stand sie auf, bückte sich nach ihrer Tasche, zog den Umschlag heraus und schaute ihn sich noch einmal von allen Seiten an. Es gab keinen Hinweis auf einen Absender oder eine Anschrift. Das beklemmende Gefühl, das sie schon im Café beschlichen hatte, kehrte zurück und verursachte ihr ein unangenehmes Ziehen im Magen.

Evelin hatte die unbestimmte Empfindung, dass sich irgendetwas bedeutsam ändern würde, wenn sie den Brief öffnete. Doch ihre Neugier und Sorge setzten sich durch. Mit klopfendem Herzen machte sie den Umschlag auf und griff hinein. Ihre Hand ertastete glattes, kühles Papier. Sie zog die Blätter heraus und starrte auf einen Brief, der mit einer krakeligen Handschrift beschrieben war.

Ihr stockte der Atem, sie bekam keine Luft mehr und die Schrift drehte sich vor ihren Augen.

Willst du deine Schwester wiedersehen, komm am nächsten Tag um 10 Uhr in den Stadtpark Lichtenberg.

Und zwar alleine!

Ansonsten wird deine Schwester diesmal wirklich sterben.

Kapitel 20

Wie unter Trance griff sie noch einmal in den Umschlag, zog das restliche Papier heraus und erstarrte zu Eis. Mit aufgerissenen Augen schaute sie auf Fotos, die ihre Schwester Madeleine zeigten, und zwar quicklebendig.

Auf dem Ersten stand sie mit einem fremden Mann in einer imposanten Eingangshalle. Ihr Gesicht sah blass aus und ihr Blick schien unruhig umherzuwandern.

Fahrig blätterte Evelin weiter.

Auf dem nächsten Foto saß Madeleine auf einem Bett, nur bekleidet mit einem knappen Nachthemd, welches mehr Haut zeigte als verhüllte.

Madeleine war auch auf jedem weiteren Foto zu sehen. Sie war zwar am Leben, doch lächelte sie auf keinem der Bilder. In ihren Augen lagen Angst und Verzweiflung, die Evelin nur allzu gut kannte.

Ein paar Fotos waren absichtlich so geschossen worden, dass man das Datum auf einer Zeitung oder einer Uhr sehen konnte. Evelin war sofort Madeleines Kette ins Auge gesprungen, die identisch war mit ihrer. Es bestand für sie kein Zweifel daran, dass die Fotos echt waren. Für sie stand fest, dass ihre Schwester Madeleine noch am Leben war und sich in den Händen von Marcel oder einem der anderen grauenhaften Männer der Loge befand.

Evelins Herz verkrampfte sich schmerzhaft. Die Fotos entglitten ihren zitternden Händen, flatterten hinunter auf den Boden und verteilten sich auf dem

Teppich. In ihrem Kopf machte sich ein lautstarkes Pochen breit. Schnell presste sie sich die Hand auf den Mund, stolperte zur Toilette und übergab sich mit einem lauten Würgen.

Erschöpft saß sie anschließend neben der Toilette, griff nach einem Handtuch und vergrub ihr Gesicht darin. Ein Schluchzen erschütterte ihren Körper.

Sie sank auf die kalten Fliesen und rollte sich zusammen, während sie verzweifelt in das Handtuch schrie. Sie weinte so lange, bis ihr Körper keine Kraft mehr dazu fand und sie ausgedörrt zurückließ.

Das schlechte Gewissen und eine ohnmächtige Wut ergriffen von ihr Besitz. Madeleine war die ganze Zeit am Leben gewesen! Dabei hatte Evelin gesehen, wie diese leblos, voller Blut, ohne fühlbaren Puls am Boden gelegen hatte! Marcel hatte sie in dem Glauben gelassen, für den Tod ihrer Schwester verantwortlich zu sein.

Evelin hätte sich wegen dieser Lüge fast das Leben genommen und fing gerade erst wieder an, sich lebendig zu fühlen. Wie hatte das alles nur passieren können?

Doch eines wusste sie mit Sicherheit: Sie würde Madeleine befreien, koste es, was es wolle.

Mühsam richtete sie sich auf. Ihre Glieder waren steif vom Liegen auf den harten Fliesen. Evelin bewegte sich langsam und ungelenk. Sie wusch sich das Gesicht und trank gierig von dem kühlen Wasser. Danach ging sie in das Zimmer zurück und blieb vor den Fotos stehen. Sie hatte das Gefühl, Madeleine würde sie von jedem vorwurfsvoll anstarren.

Evelin ballte die Hände zu Fäusten und ihre Fingernägel bohrten sich schmerzhaft in ihre Haut. Sie wusste, was sie als Nächstes tun musste, auch wenn sich ihr Herz dabei anfühlte, als würde es von einem Hammer zerschlagen. Sie musste Adrian verlassen. Er würde sicherlich nicht verstehen, warum sie gegangen war. Sie war sich sicher, er würde sich schlimme Vorwürfe machen. Doch sie konnte ihn nicht einweihen, denn sie würde nie wieder riskieren, dass ihrer Schwester etwas zustieß.

Ihr Herz stach mit jedem Atemzug mehr, als würde sich eine Eisschicht darüber ausbreiten und die Liebe, welche sie für Adrian empfand, unterdrücken. Entschlossen sammelte sie die Fotos auf, packte sie in den Umschlag zurück und verstaute ihn in ihrer Handtasche. Sie hatte noch genau zwei Stunden Zeit, bis sie an dem angegebenen Ort sein musste.

Bevor sie es sich anders überlegen konnte, lief sie zum Nachttisch, zog die oberste Schublade auf und holte das neue Handy heraus, das Adrian ihr vor ein paar Tagen geschenkt hatte. Für den Fall, dass sie in die Stadt wollte und trotz der Wache jemanden anrufen musste. Bis jetzt hatte sie keine Verwendung dafür gehabt.

Schnell suchte sie im Internet die Nummer eines Taxiunternehmens heraus und bestellte sich ein Taxi. Die Adresse des Anwesens hatte sie bei ihrem gemeinsamen Einkaufsbummel mit Liz erfahren.

Evelin schaute sich im Zimmer um, jedes Detail nahm sie tief in sich auf, um es nie wieder zu vergessen. Sie trat vor das Gemälde und besah sich ein letztes Mal die wunderschöne Malerei. Dann zwang sie sich dazu, ihre kreisenden Gedanken zu ordnen und sich zu konzentrieren. Selbst wenn sie es schaffen sollte, Madeleine zu befreien, würde sie sehr wahrscheinlich nie wieder einen Fuß in dieses Haus setzen können. In Wahrheit wusste sie, dass das Treffen eine Falle sein würde, doch durfte sie ihre Schwester kein zweites Mal im Stich lassen. Wer wusste schon, was sie gleich erwarten würde, oder noch schlimmer, ob Adrian ihr jemals verzeihen würde.

Eine tiefe Kälte umklammerte ihr Inneres mit eisigen Krallen und ihre Schutzmauer begann sich wieder aufzurichten. Es stimmte Evelin traurig, so schnell in alte Muster zurückzufallen, ihre Gefühle hinter einer Schutzwand zu verstecken. Andererseits war sie froh darüber, machte es ihr die ganze Sache doch wesentlich einfacher zu ertragen. Sie musste sich wappnen, sich von der Kälte und dem Hass in ihrem Innern leiten lassen, sonst würde sie nicht von diesem Anwesen kommen und Marcel oder der Loge nicht gegenübertreten können.

Evelin stopfte das Handy in ihre neue Handtasche, warf sie sich über die Schulter und ging zur Tür. Sie konnte nur hoffen, dass alle immer noch in ihren Zimmern waren und schliefen. Es würde ihr alles abverlangen, die Wachen davon zu überzeugen, dass sie wirklich aus eigenem Antrieb gehen wollte.

Evelin schüttelte den Kopf. Irgendwie würde sie es schon hinbekommen. Sie musste es einfach schaffen.

Es war schließlich für Madeleine.

Evelin öffnete die Tür und wagte es nicht, sich noch einmal umzudrehen, aus Angst, die Tränen ihres Verlustes nicht mehr zurückhalten zu können. Sie war hier so glücklich gewesen.

Adrian würde tief verletzt sein, und sie konnte es nicht verhindern. Sie spürte, wie etwas in ihrer Seele klirrte. Ihre gläserne Mauer würde ihr helfen, sie vor dem Kommenden zu beschützen. Das versuchte sie sich jedenfalls einzureden.

Mit einem endgültigen Klicken schloss sie die Tür hinter sich.

Evelin kam sich vor wie in einem Spionagefilm.

Sie schlich leise und schnell durch das große Anwesen, lauschte auf jedes noch so kleine Geräusch. Ihr Herz klopfte laut vor Aufregung. Sollte sie Adrian oder einem der anderen Männer hier über den Weg laufen, wäre ihre Flucht mit Sicherheit gescheitert.

Leise glitt sie die lange Treppe herunter und sparte die knarrenden Stufen aus. Mit der Zeit hatte sie gelernt, welche außerordentlich laut quietschten und die man daher lieber ausließ. Sie war gerade auf der untersten Stufe angekommen, als neben ihr eine Tür geöffnet wurde.

Erstarrt blieb sie stehen.

Liz, die in einen weichen Morgenmantel gehüllt war, kam heraus und sah sie verschlafen an. In den Händen hielt sie eine dampfende Tasse Kaffee. Der Duft ließ Evelins leeren Magen laut knurren und erinnerte sie daran, dass sie normalerweise schon am Frühstückstisch sitzen würde.

„Evi? Was machst du hier? Ich dachte, ihr liegt noch draußen und schlaft." Liz versuchte, ein herzhaftes Gähnen zu unterdrücken.

Evelins Herz setzte kurz aus. Warum musste sie auch Liz über den Weg laufen? Evelin musste sie irgendwie loswerden. Ihr fiel nur eine Möglichkeit ein, und diese würde Liz das Herz brechen, aber Evelin lief die Zeit davon. Es musste leider sein.

Evelin spürte, wie ihre Miene starr und abweisend wurde. „Ich werde gehen, Liz." Evelin versuchte, ihrer Stimme eine Überzeugungskraft zu verleihen, die sie momentan nicht besaß.

Liz Augen wurden mit einem Mal tellergroß und ihr Gesicht leichenblass. „Was hast du gesagt?"

Liz machte Anstalten auf Evelin zuzugehen, doch diese hielt ihre Hand hoch. „Du hast richtig gehört, Liz. Ich werde jetzt gehen." Evelin holte tief Luft. „Du weißt nicht, was gestern zwischen mir und Adrian vorgefallen ist. Es war nicht richtig, was er getan hat. Ich will nicht mehr hierbleiben und seine Sklavin spielen. Darum gehe ich jetzt und werde nie wieder herkommen. Ich habe genug von diesem ganzen Masterkram. Ich bin damit fertig. Es ekelt mich langsam an. Ich dachte, es wäre eine Vorliebe von mir, aber da habe ich mich getäuscht. Nach dem, was ich erleben musste, würde ich davon liebend gerne Abstand nehmen und ganz neu anfangen. Es tut mir leid, Liz." Bei dem letzten Satz brach ihr fast die Stimme.

Liz stand wie angewurzelt da. Ihre Hände mit der Kaffeetasse zitterten, die Lippen bebten und ihre Augen glänzten verräterisch feucht. „Du … du brauchst nicht zu gehen. Bleib wenigstens so lange, bis du mit Adrian darüber geredet hast. Ich bin sicher, das Ganze ist nur ein Missverständnis. Er liebt dich, das sieht doch ein Blinder, und ich dachte, du würdest genauso empfinden."

Evelin war es, als würde eine Axt zielgenau in ihr Herz treffen. Sie hatte sich so sehr gewünscht, dass Adrian das Gleiche fühlen würde wie sie, und nun, wo sie eine Bestätigung dafür bekam, musste sie alles zerstören, was zwischen ihnen war. Sie schüttelte benommen den Kopf.

„Nein Liz." Sie musste für die nächsten Worte ihre ganze Kraft sammeln. „Ich will ihn nicht wiedersehen. Ich … ich liebe ihn nicht."

Da waren sie, die Worte, die wie Säure über ihre Lippen kamen. Das war zu viel, ihr Herz fühlte sich an, als wollte es in tausend Stücke zerspringen.

Schnell drehte sie sich um, ging zur Haustür, griff nach der Klinke und öffnete sie.

„Leb wohl", flüsterte sie, als sie die Tür hinter sich schloss.

Eine leichte Brise kühlte angenehm ihr erhitztes Gesicht, doch die Trauer in ihrem Herzen konnte sie nicht fortwehen. Genauso wenig wie die paar Tränen, die sich aus Evelins Augen geschlichen hatten.

Schnell wischte sie sich mit dem Arm über das Gesicht. Sie hatte jetzt keine Zeit zum Weinen, denn der schwierigste Teil lag noch vor ihr. Sie musste zum vorgegebenen Treffpunkt, sich mit dem Entführer in Verbindung setzen und Madeleine befreien.

Entschlossen lief sie zur Einfahrt des Anwesens.

Sie hatte Glück, es waren nur Mike und Erik anwesend. Bei allen vier Wachen hätte sie vielleicht klein beigeben müssen. Ihre Laseraugen durchdrangen einfach alles. Die Männer konnten nicht so leicht getäuscht werden wie Liz. Evelin musste entschlossen und unnahbar rüberkommen.

Die beiden Männer sahen sie schon von Weitem. Die letzten Schritte ging Evelin betont langsam, um wieder Atem zu schöpfen.

„Hey Evelin. Wohin so früh am Morgen? Ich dachte eigentlich, nach der letzten Nacht würden du und Liz noch bis in den Mittag hinein schlafen.“

Evelin bemühte sich um einen neutralen Gesichtsausdruck. Es kostete sie viel Kraft, nicht den Riemen ihrer Tasche mit der Hand zu quetschen.

„Die Nacht verlief nicht so, wie ich es mir erhofft habe.“ Innerlich gab sie sich einen High Five. Sie schaffte es, ihre Stimme traurig und doch bestimmt klingen zu lassen.

Mike und Erik sahen erst sich, dann Evelin verwundert an. Sie spürte geradezu, wie deren Röntgenaugen zum Einsatz kamen.

Okay, es war Zeit für Plan B.

„Ich werde gehen.“ Und als hätten sie nur auf ein Zeichen ihrerseits gewartet, traten ihr die Tränen in die Augen und liefen heiß ihre Wangen hinab. Sie musste sich nicht einmal groß dafür anstrengen. „Ich will Adrian nicht mehr sehen. Er hat gesagt, es stehe mir frei, zu gehen, wann ich will, und jetzt ist der Zeitpunkt gekommen.“

Mike kam ein paar Schritte auf sie zu, stoppte aber, als er sah, wie sie sich anspannte. „Was ist passiert, Evi? Du kannst mit uns über alles reden.“

Erik schaute sie besorgt an. „Egal, was gestern zwischen dir und Adrian geschehen ist, es ist wichtig, dass ihr darüber redet und es aus der Welt schafft. Am besten gehen wir jetzt gleich zu ihm.“

Evelins Sinne liefen auf Hochtouren. Sie musste bestimmter auftreten, sonst wäre ihr Plan zum Scheitern verurteilt.

„Nein! Ich werde nicht mehr mit ihm sprechen. Ich habe es so lange hier ausgehalten, wie ich konnte. Aber jetzt will ich damit abschließen. Ich will

Adrian nicht sehen." Die Lüge kam ihr nicht weniger schmerzhaft als beim ersten Mal, dafür umso einfacherer über die Lippen.

Mike und Erik schauten sich besorgt an. Doch noch ehe Mike etwas sagen konnte, traf ein Taxi ein und hielt vor dem Tor.

Sie wischte sich mit dem Arm über das Gesicht und sah den beiden Mastern direkt in die Augen. „Es tut mir leid, aber ich kann nicht bleiben."

Somit ging sie zwischen ihnen hindurch und drückte den Knopf, um das Tor zu öffnen. Ihr Puls dröhnte ihr in den Ohren, jeden Moment rechnete sie damit, dass einer von beiden sie packen und am Gehen hindern würde.

Doch nichts geschah.

Als das Tor weit genug auf war, schob sie sich hindurch und ging mit festen Schritten auf das Taxi zu. Sie traute sich nicht, sich umzudrehen, und klammerte sich an den Trageriemen ihrer Handtasche. Zitternd öffnete sie eine der hinteren Türen des Autos, stieg schnell ein, nannte dem Fahrer die Adresse und schnallte sich an.

Das Taxi wendete und fuhr los. Evelin lehnte ihren Kopf an das Fenster und schaute hinaus. Die Tränen, die ihr Gesicht herunterliefen, nahm sie gar nicht wahr. Sie sah Adrian vor ihrem inneren Auge. Seine Verwirrung und den Schmerz in seinem Gesicht, über ihre plötzliches Weggehen.

Sie hatte ihn verloren, und es würde nichts auf der Welt geben, was ihr helfen könnte, diesen Verrat wieder gutzumachen, sollte sie es jemals lebend aus den Fängen von Marcel und der Loge schaffen. Doch so langsam überkam sie das Gefühl, zu keiner Zeit mehr frei sein zu können.

Egal, wo sie sich befand, die Loge lauerte in jedem Schatten, bereit, sich auf sie zu stürzen und sie endgültig zu vernichten. Sie war für die Loge eine Gefahr, hatte zu viel gesehen und über die Loge erfahren. Sie musste nur an den mörderischen Blick des Grauhaarigen zurückdenken und schon lief ihr ein eiskalter Schauer über den Rücken.

Evelin rieb sich fröstelnd über die Arme. Sie durfte jetzt lediglich an ihre Schwester denken, sonst würde sie endgültig den Verstand verlieren.

***

Adrian stand starr in Evelins Zimmer. Sein Blick glitt über jedes einzelne Möbelstück, das wunderbare Wandgemälde und blieb an den verstreuten Einkaufstaschen hängen.

Er fühlte sich, als wäre ihm ein Eimer mit eiskaltem Wasser, mit sehr vielen Eiswürfeln darin, über den Kopf geschüttet worden. Schleppend ging er durch das Zimmer zum Bett und starrte mehre Minuten einfach nur darauf.

Als er heute früh draußen auf der Zeltstatt aufgewacht war, hatte er vor einer völlig aufgelösten Liz und einer wütenden Horde von Mastern gestanden. Er hatte in dem Moment mit allem Möglichen gerechnet, jedoch wäre er niemals auf die Idee gekommen, dass Evelin der Grund für die langen Gesichter sein könnte.

„Was hast du getan, Adrian?" Henry hatte verärgert die Fäuste in die Hüften gestemmt.

Verwirrt hatte Adrian sich den Schlaf aus den Augen gerieben und mit einer Hand nach der schlafenden Evelin neben sich getastet. Doch seine Hand griff ins Leere und ein ungutes, kaltes Gefühl machte sich in seinem Inneren breit.

Mit festem Blick fokussierte er Henry. „Was ist geschehen? Wo ist Evelin?“

„Evelin ist fortgegangen, Adrian.“

Adrian fühlte das Blut in den Ohren rauschen und hoffte, sich verhört zu haben. Ungläubig sprang er auf, schnappte sich seine Sachen und zog sich in Windeseile an. „Das kann nicht sein. Warum sollte sie gehen wollen?“

Henry verschränkte die Arme vor der Brust. „Liz traf Evelin, als sie sich gerade aus dem Haus schleichen wollte. Evelin erzählte ihr, sie würde es hier nicht mehr aushalten und wolle so weit wie möglich von dir weg. Sie benahm sich Liz gegenüber äußerst seltsam und abweisend. Also frage ich dich noch einmal, was hast du mit ihr gemacht?“

Es fühlte sich wie ein Hammerschlag in den Magen an. Adrian konnte es nicht glauben, war barfuß an den anderen vorbeigestürmt und hatte, zwei Treppen auf einmal nehmend, die Stufen erklommen.

Nun stand er wie angewurzelt in Evelins verlassenem Zimmer. Er hoffte immer noch, seine Sinne würden ihm einen Streich spielen und alles wäre ein großes Missverständnis. Doch sosehr er es sich auch wünschte, von Evelin war keine Spur zu sehen. Die Sachen auf dem Boden waren Zeugnis einer schnellen Flucht.

Als hätte jemand ihm alle Luft aus den Lungen gepresst, sackte er schwer auf das Bett. Wenn er die Augen schloss, konnte er immer noch ihre Aura und ihren lieblichen Duft wahrnehmen.

Was war nur geschehen?

Hatte er etwas nicht richtig gemacht? Irgendwelche Warnzeichen nicht erkannt?

Evelin hatte keinen unglücklichen Eindruck auf ihn gemacht. Im Gegenteil, er hatte das Gefühl gehabt, sie wäre hier glücklich gewesen. Hatte er sich so sehr täuschen können?

Er schaute auf seine Hände hinunter und vergrub das Gesicht darin.

Er hatte sie verloren.

Sie war fort und würde nicht wiederkommen.

Sein Herz stach in seiner Brust, so etwas hatte er bisher noch nie gefühlt. Jetzt, wo er sich im Klaren darüber war, was er für diese Frau empfand, war sie nicht mehr bei ihm.

Adrian ballte die Hände zu Fäusten.

Er hatte ihr zwar versprochen, sie gehen zu lassen, wenn sie es wollte, aber doch nicht so. Ohne eine Erklärung ihrerseits.

Er wollte gerade aufstehen, da sah er eine kleine Ecke Papier unter dem Bett hervorblitzen. Langsam beugte er sich vor, zog daran und erstarrte.

Es handelte sich um ein Foto, und die Frau auf dem Bild hatte verblüffende Ähnlichkeit mit Evelin. Nur die Haare waren länger als ihre und die Augen hatten einen hoffnungslosen Glanz.

Adrian untersuchte jedes noch so kleine Detail auf dem Foto. Es graute ihm vor dem Schluss, den er daraus ziehen musste.

Scharfe Krallen der Angst gruben sich tief in sein Fleisch. Er hatte vermutet, dass Evelin irgendetwas sehr bedrückte, dass sie ein Geheimnis hatte, welches sie noch nicht preisgeben konnte. Jetzt hatte er das unbeirrbare Gefühl, den Schlüssel in den Händen zu halten.

Diese Frau sah Evelin so ähnlich, dazu kam das geschätzte Alter des Bildes. Egal, wie Adrian das Foto wendete und sich seine Gedanken überschlugen, es ließ nur einen Schluss zu: Diese beiden Frauen mussten miteinander verwandt sein.

Seine Knöchel traten weiß hervor und er knirschte mit den Zähnen. Wut, gemischt mit der fürchterlichen Angst um Evelin, bemächtigte sich seiner.

Jetzt konnte er erahnen, warum sie einfach so gegangen war. Eine Welle der Erleichterung sprudelte durch ihn hindurch. Evelin hatte ihn nicht verlassen, weil sie von ihm genug hatte. Sie hatte vor, ihre Verwandte zu suchen.

Aufgrund des Fotos musste er annehmen, dass jemand Zwielichtiges seine Finger im Spiel hatte. Er kannte vieler solcher Aufnahmen von seinen eigenen Recherchen aus der Detektei. Das Bild war bis ins kleinste Detail inszeniert worden. Von der Anzeige des Tages und der Uhrzeit, bis hin zu der Umgebung des Raumes und der Pose der jungen Frau.

Adrian konnte nur hoffen, dass nicht die Loge ihre Finger im Spiel hatte. Andererseits, warum wollte er sich selbst belügen? Alle Anzeichen wiesen ganz eindeutig auf das Vorgehen der Loge hin, aber weshalb würden sie so verdeckt an Evelin herangehen?

Wer, wenn nicht sie, konnte ein Interesse an Evelin und ihrer Verwandten haben?

Adrian zog zischend die Luft ein und presste die Lippen zu einem schmalen Strich zusammen.

Marcel Lammers.

Weshalb sonst sollte er in die Stadt zurückgekehrt sein, wenn nicht, um Evelin in die Finger zu bekommen?

Mit einem Ruck stand er auf, lief im Zimmer auf und ab, seine Gedanken rasten. Dann stoppte er und sein Blick richtete sich auf das halb geöffnete Fach des Nachtschranks.

Mit schnellen Schritten war er bei ihr und riss sie mit einem Ruck ganz auf. Die Schublade flog ihm mit einem protestierenden Knirschen entgegen. Darin lag die leere Hülle des Handys, das er Evelin vor Kurzem geschenkt hatte.

Adrian atmete hörbar aus, denn jetzt hatte er eine Möglichkeit, sie zu finden. Er hoffte nur, es würde nicht schon zu spät sein.

Kapitel 21

Das Taxi stoppte. Schnell rieb sich Evelin die Tränen aus dem Gesicht.

„Wir sind da, das macht dann 36 Euro." Der misstrauische Blick des Taxifahrers begegnete ihr im Rückspiegel. Siedend heiß wurde ihr bewusst, dass sie gar kein Geld hatte. Allein ihre Handtasche mit dem Umschlag des Entführers und das Handy hatte sie dabei.

Ihr Zögern war auch dem Fahrer aufgefallen, der sich nun zu ihr umdrehte und den Arm über den Sitz legte. „Was ist jetzt? Sie müssen bezahlen, sonst kann ich Sie nicht gehen lassen."

Der Fahrer war ein älterer Herr mit Halbglatze und schmierigen Haaren. Evelin waren der Mann sowie die ganze Situation sehr unangenehm. Fieberhaft suchten die Gedanken in ihrem Kopf nach einem Ausweg, aber ihr einziger Einfall war, wegzulaufen. Doch würde sie es schaffen, jetzt, da der Taxifahrer sie nicht aus den Augen ließ?

„Hallo, können Sie nicht mehr sprechen? Was ist mit meiner Bezahlung, ein bisschen dalli bitte. Sonst müssen wir uns was anderes einfallen lassen, wenn Sie kein Geld dabeihaben." Dabei ließ er seinen anzüglichen Blick mehrmals über ihren Körper wandern.

Evelin wurde ganz flau im Magen und unbewusst griff sie nach ihrer Kette.

„Ah, was haben wir denn da? Das ist aber ein schönes Schmuckstück, ist das echtes Gold?"

Evelin lief bei dem gierigen Blick des Mannes ein Frösteln über den Rücken, doch wenigstens zog er sie nicht mehr mit den Augen aus. Der kleine Herzanhänger wog plötzlich viel schwerer in ihrer Hand.

„Okay, Schätzchen.“ Der Fahrer beugte sich trotz seiner Leibesfülle geschickt zu ihr nach hinten. „Du hast jetzt die Möglichkeit, mir deine Kette als Pfand zu geben, oder wir fahren auf direktem Wege zur Polizei.“

Evelin fand sich einer Zwickmühle wieder. Mit Sicherheit würde der Kerl sie nicht zur Polizei fahren, dafür waren seine anzüglichen Worte von gerade noch zu gut in ihrem Gedächtnis. Aber sollte sie ihm wirklich die Kette geben, das einzige Schmuckstück, das ihr von ihren Eltern geblieben war? Das Blut rauschte ihr in den Ohren und sie rieb die verschwitzte Hand an ihrer Hose ab. Ihr lief die Zeit davon. Resigniert band sie die Kette in ihrem Nacken los und schaute sie sich noch einmal ganz genau an. Jede lieb gewonnene Einkerbung und die Gravur auf der Rückseite. Es brach ihr das Herz, sie abzugeben, aber Madeleine zu retten war jetzt wichtiger.

Der Taxifahrer riss ihr die zarte Goldkette aus der Hand und untersuchte sie fachmännisch. „Sehr schön, wirklich echtes Gold“, redete er leise vor sich hin und hielt das Herz ins Licht, um es besser ansehen zu können. Grinsend ließ er den Schmuck in seiner Jackentasche verschwinden, dann schaute er Evelin durch den Spiegel an. „Jetzt hau ab, es sei denn, du hast Lust, mich anderweitig zu bezahlen.“

Gerade drehte sich der Fahrer wieder zu ihr um, als Evelin schon die Tür aufriss und in Windeseile aus dem Wagen kletterte. Sie ließ die Tür offen und rannte zur nächsten Häuserecke, folgte so lange einem Fußgängerweg, bis sie sich sicher war, die Straße mit dem Taxi so weit wie möglich hinter sich gelassen zu haben. Evelin lehnte sich zitternd an eine Häuserwand und presste die Lasche ihrer Handtasche so sehr zusammen, dass sich ihre Knöchel weiß verfärbten. Angespannt biss sie sich auf die Lippen und schmeckte Blut.

Sie versuchte, langsam durch die Nase ein- und durch den Mund wieder auszuatmen. Irgendwo hatte sie mal gehört, das würde helfen, sich zu entspannen. Doch entweder war das ein Irrglaube oder ihr Körper wollte nichts davon wissen, denn er vibrierte vor Adrenalin. Mit zu Fäusten geballten Händen gab sie sich einen Ruck und ging weiter.

Nun fühlte sich jeder Schritt schwerer an als der vorherige, und langsam beschlich sie das Gefühl, einen großen Fehler gemacht zu haben. Wäre es vielleicht doch besser gewesen, zur Polizei zu gehen? Hätte sie Adrian von dem Erpresserbrief erzählen sollen?

Evelin schüttelte den Kopf und ließ ihren Pony in ihr Gesicht fallen. Am liebsten hätte sie sich in irgendeiner Ecke zusammengerollt, ganz klein gemacht, für die Umwelt unsichtbar. Doch dieser Sehnsucht konnte sie nicht nachgeben. Nicht nachdem sie wusste, dass ihre Schwester noch am Leben war. Evelin durfte nichts unversucht lassen, sie zu befreien.

Ihre innere Stimme fragte sie ängstlich, wie sie das zu bewerkstelligen gedachte, und Evelin sperrte sie kurz entschlossen zu den anderen Ängsten in einen Käfig.

An der nächsten Straßenecke blieb sie stehen. Von dort aus konnte sie den Eingang des Parks sehr gut überblicken.

Dieser Stadtteil war nicht gerade einladend und schrie geradezu nach einer Falle. Kaum ein Mensch war auf den Straßen unterwegs. Nur ein paar grölende Jugendliche zogen ihre Bahnen.

Evelin spähte zu dem Grün der Bäume hinüber.

Neben ihr befand sich ein unscheinbarer Laden, der Elektrogeräte verkaufte, soweit sie es in den Schaufenstern erkennen konnte. Schnell schaute sie auf ihrem Handy nach der Uhrzeit. Es waren noch zehn Minuten Zeit bis zum Treffen. Sie musste gleich in den Park gehen, so wie es in dem Brief stand, doch ihre Beine waren wie festgewachsen. Routiniert wanderte ihre Hand zu ihrem Hals und fand nur Leere vor. Es war ein seltsames Gefühl, das leichte Gewicht der feinen Goldkette nicht mehr zu spüren. Evelin fühlte sich ohne sie nackt und entblößt. Nun konnte sie nie wieder Trost aus ihrem Anhänger schöpfen.

Auf einmal ertönte ein schrilles Klingeln aus ihrer Handtasche. Um ein Haar hätte sie diese fallen gelassen, während sie vor Schreck ein paar Zentimeter in die Luft sprang. Mit fahrigen Händen durchsuchte sie ihre Tasche nach dem Handy.

Nachdem sie es gefunden hatte, leuchtete Adrians Name ihr darauf entgegen. Diese wenigen Buchstaben waren wie ein Zauberspruch, den sie nur aussprechen musste, um all ihre Angst aus ihrem Kopf zu vertreiben.

Mehrere Sekunden lang starrte sie auf die schwarze Schrift. Ein Wechselbad der Gefühle durchzog ihr Innerstes, wie ein Schiff den riesigen Ozean. Ihr

Herz schlug in einem schnellen Takt und ihr Daumen schwebte über dem grünen Höhrer. Sie rang mit sich und nach kurzem Zögern drückte sie die Taste. Langsam nahm sie das Handy ans Ohr.

Adrians Stimme bebte vor unterdrücktem Ärger, das konnte sie deutlich hören.

„Evelin Marten, du sagst mir jetzt sofort, wo du bist, und bewegst dich nicht von der Stelle, bis ich bei dir bin. Hast du das verstanden?"

„Das …" Sie musste sich räuspern. „Das geht nicht, du darfst nicht kommen. Ich bin fortgegangen."

Ihr wurde auf einmal heiß und kalt gleichzeitig, Hoffnung und Angst liefen in ihr um die Wette, und es war nicht abzusehen, wer gewinnen würde.

„Evelin, ich weiß, was du vorhast, ich habe ein Foto deiner Verwandten gefunden. Egal, was diese Leute von dir verlangen, sie werden sich nicht daran halten. Du schwebst in größter Gefahr."

„Sie heißt Madeleine und ist meine ältere Schwester." Mehr brachte Evelin nicht heraus. Die wiederkehrende Angst rauschte wild durch ihre Venen, und Evelin zog eine ihrer Haarsträhnen so fest um den Finger, dass die Fingerkuppe rot anschwoll und im Takt ihres Herzens pochte. Der Schmerz half ihr, bei Verstand zu bleiben.

„Ich kann mir vorstellen, was in dir vorgehen muss. Aber es ist zu gefährlich. Wer auch immer dir dieses Foto geschickt hat, wird dir deine Schwester nicht ohne Weiteres aushändigen. Sie haben nur dafür gesorgt, dass du allein und verwundbar bist. Sag mir, wo du gerade bist, und ich komme sofort. Wir werden deine Schwester zusammen befreien, aber du musst mir vertrauen."

Evelin schwieg. Zu gern hätte sie ihm ihr Herz ausgeschüttet. Ihm von ihrer ohnmächtigen Angst erzählt, wieder in den Fängen dieser grausamen Männer zu landen oder festzustellen, was sie ihrer Schwester alles angetan hatten. Jedoch bestanden die Erpresser darauf, sie allein zu treffen, und es blieb keine Zeit mehr, sich anders zu entscheiden.

Etwas in Evelin zerbrach, und sie versuchte, die aufsteigenden Tränen wegzublinzeln. Die nächsten Worte hatten so viel Bedeutung, trotzdem konnte sie sie nur flüstern.

„Es tut mir leid. Das alles … Aber ich muss das allein durchstehen." Sie zog an ihren Haaren, bis die Kopfhaut schmerzlich kribbelte. „Ich liebe dich. Leb wohl."

Sie glaubte zu hören, wie Adrian zischend Luft holte.

„Evelin!" Seine Stimme brach und damit auch ein Teil ihres Herzens.

Schnell drückte sie die rote Taste und beendete das Gespräch. Evelin musste sich die Hand auf den Mund pressen, um nicht laut aufzuschreien. Heiße Tränen benetzten ihr Gesicht. Sie krümmte sich zusammen, versuchte, wieder Atem zu schöpfen, und fühlte, wie sie langsam in Panik geriet.

Auf einmal fiel von hinten ein Schatten über sie.

„Ich wusste doch, dass du kommen würdest, Evelin. Allzeit bereit, ihre geliebte Schwester zu befreien. Du bist so durchschaubar wie ein Opferlamm."

Evelin versteifte sich augenblicklich und bittere Galle stieg in ihrer Kehle hoch. Diese Stimme würde sie ihr ganzes Leben lang nicht mehr vergessen. Noch bevor sie sich umdrehen konnte, presste sich ein harter Männerkörper an sie. Sie wollte schreien, doch plötzlich legte sich ein streng riechendes Tuch auf ihr Gesicht. Panisch wedelte sie mit den Armen, aber gegen den unbeugsamen Griff des Mannes konnte sie sich nicht wehren. Schon spürte sie, wie ihr die Sinne entglitten und ihr Körper in seinen Armen erschlaffte.

„Du gehörst mir, Evelin, für immer und ewig", flüsterte die Stimme ihr ins Ohr.

Ein gemeines Lachen erklang, das sich in ihrem Kopf festsetzte und von überall widerhallte. Evelin konnte nur noch daran denken, dass sie Marcel wieder einmal auf Gedeih und Verderb ausgeliefert war, als sie auch schon in einer alles verzehrenden Schwärze versank.

Kapitel 22

Evelin spürte als Erstes eine angenehme Wärme.

Ihre Fingerspitzen und Zehen fingen an zu kribbeln, und ihr Körper erwachte nach und nach aus seiner Bewusstlosigkeit, wie Dornröschen aus ihrem hundertjährigen Schlaf. Nur langsam konnte Evelin ihre trägen Gedanken erfassen. Immer wieder entglitten sie ihr, und es war, als würde sie auf einem Ozean aus vergangenen Erinnerungen reiten. Benommen öffnete sie einen spaltbreit ihre Augen.

Sie lag mit einer Decke zugedeckt auf einem ausgefransten Sofa. Sofort meldete sich ihr Magen, und sie konnte sich gerade noch über den Rand beugen, bevor sie bittere Galle erbrach. Mühsam wischte sie sich mit der Decke über das Gesicht. Ihre Glieder zitterten unkontrolliert.

Zwei braune Lederschuhe traten plötzlich in ihr Blickfeld. Evelin erstarrte. Zum wievielten Mal an diesen Tag, das konnte sie nicht mehr sagen. Eine ungeheure Furcht wanderte durch ihre Nervenbahnen. Wenigstens war sie nun wieder klar bei Verstand, aber trotz der Decke zitterte sie.

Sie war völlig schutzlos gewesen, was hatte man ihr in der Zeit angetan?

Der Mann ging vor ihr in die Knie. Es war Marcel, mit einem verführerisch aussehenden Glas Wasser in der Hand. „Evelin, es tut mir leid. Scheinbar war die Dosierung des Chloroforms zu stark. Ich bin froh, dass du wieder wach bist. Hier, das wird dir guttun."

Marcels Stimme zu hören, versetzte ihr einen Stich. Ihr wurde zum ersten Mal bewusst, wie charmant und clever er sie zu seinem Vorteil nutzte. Zum Beispiel, um Frauen zu umgarnen, damit er sie hinterher besser entführen konnte.

Er war so dicht vor ihr, dass sie Angst hätte, ihm auf seine feinen Schuhe zu kotzen, wäre noch irgendetwas in ihrem Magen.

Bei genauerem Hinsehen bemerkte sie einige Veränderungen an ihm. Scheinbar war die bisherige Zeit auch an ihm nicht spurlos vorbeigegangen. Seine sonst so gut gepflegten Haare standen zu allen Seiten seines Kopfes ab. Die Falten um seine Augen hatten sich vertieft, und dunkle Schatten flackerten in seinen Pupillen. Das Lächeln, welches er ihr zeigte, hatte etwas Gezwungenes. Von dem feinen Aufreißer mit der betörenden Stimme war keine Spur mehr zu sehen.

„Hier, trink." Er hielt ihr das Glas vor die Nase. Durch die Wärme seiner Hand war es beschlagen. Das Wasser musste eiskalt sein.

Evelin schluckte mühsam und eine unglaubliche Wut erwachte in ihrem Innern. „Glaubst du allen Ernstes, ich würde irgendetwas von dir annehmen? Du hast mich betäubt, verdammt noch mal. Was soll das Theater? Wo ist meine Schwester? Du warst es doch, der mir die Fotos hat zukommen lassen."

Ihre letzten Worte schrie sie laut heraus. Es war vielleicht nicht sinnvoll, seinen Entführer anzuschreien, doch es handelte sich hier um Marcel. Keiner kannte ihn so gut wie sie. Jetzt war Schluss mit seinen Spielchen.

Sie würde sich nicht noch einmal von ihm um den Finger wickeln lassen. Hitze stieg in ihr auf und brachte ihr Blut zum Kochen. Sie fühlte sich stark und hatte nun endlich die Kraft, sich gegen ihn zu behaupten.

Kurz sah sie Adrian vor sich, wie er ihr aufmunternd zunickte. Nie wieder würde sie sich klein machen und vor jemandem buckeln. Schon gar nicht vor so einem Verrückten wie Marcel.

Dessen Gesicht bekam eine ungesunde Farbe, und die Fingerknöchel, die das Glas hielten, traten weiß hervor. Sein Körper bebte, und während seine Gesichtszüge teuflisch wurden, zerbrach mit einem lauten Klirren das Glas in seiner Hand.

Evelin schrak zusammen. Die Scherben stachen in Marcels Hand und Blut und Wasser tropften zu Boden.

Er verzog keine Miene und sein Blick lag die ganze Zeit auf ihr. Mit einem Mal fing er an, wie verrückt zu lachen. Er erinnerte sie an einen durchgeknallten Wissenschaftler.

Marcel stand auf und warf die Scherben in den Raum. Dann ging er zu einem Tisch, hob ein Tuch auf und wickelte es sich um die verletzte Hand.

Evelin traute sich nicht, sich auch nur einen Zentimeter zu rühren. Mit großer Angst musste sie feststellen, dass der Mann vor ihr völlig den Verstand verloren hatte.

Sie studierte mit schnellem Blick die Umgebung und erkannte, dass sie sich in einem Holzhaus befanden. Es gab nur diesen mit allerlei verkommenen Möbeln vollgestellten Raum. Die kleine Küche zu ihrer Linken war bis oben hin zugemüllt. Anscheinend lebte Marcel schon eine ganze Weile hier.

Direkt vor ihr befand sich die einzige Tür, die ihr jedoch unendlich weit weg erschien. Durch das Fenster daneben konnte sie das Grün von Bäumen erkennen. Wenn sie sich auf das Hören konzentrierte, nahm sie nur Vogelgezwitscher wahr. Keine Autos, keine Stimmen. Anscheinend war sie mitten im Wald, allein mit ihrem verrückten Entführer.

Evelin versuchte, ihr Zittern zu unterdrücken. Sie ließ ihre Beine langsam auf den Boden gleiten. Dann testete sie vorsichtig, wie weit sie diese schon wieder belasten konnte. Zu ihrer Erleichterung stellte sie fest, dass sie einen guten Stand hatte. Langsam erhob sie sich und Marcel drehte sich zu ihr um. Das Tuch an seiner Hand hatte sich bereits rot verfärbt. Sein Blick war der eines bettelnden Hundes. Wüsste sie nicht, wozu er imstande war, hätte sie vielleicht Mitleid mit ihm gehabt.

Er kam ein paar Schritte auf sie zu.

„Bleib stehen, komm nicht näher."

Sein Blick verdunkelte sich und er ballte die Hände zu Fäusten. „Weißt du eigentlich, was ich durchgemacht habe, als du weg warst? Ich habe alles Mögliche getan, um dich wiederzufinden. Und dann muss ich mir sagen lassen, dass du zu diesem Adrian Lorain geflüchtet bist." Als er Adrians Namen aussprach, spuckte er wütend auf den Boden. „Du bist mein Ein und Alles. Evelin, du bist meine Königin. Ich liebe dich!"

Marcel ging auf sie zu.

Schnell umrundete Evelin das Sofa, bis es zwischen ihnen stand.

„Du bist wahnsinnig! Deine Königin? Du sagst, du liebst mich. Ist das deine Art, deine Liebe zu zeigen?" Sie drehte sich zur Seite, hob das Shirt ein

Stück und zeigte ihm die weißen Narben auf ihrem
Rücken.

Evelin konnte genau erkennen, dass Marcels Augen bei deren Anblick zu strahlen anfingen.

„Die Narben kennzeichnen dich als mein Eigentum. Sie sind so wunderschön. Lass sie mich berühren." Seine Stimme hatte etwas Sehnsüchtiges an
sich.

Angeekelt schüttelte sie den Kopf und ließ das
Shirt wieder sinken. „Was du mir angetan hast, werde ich verkraften, aber niemals verzeihe ich dir, was
du meiner Schwester zugefügt hast. Wo ist sie? Madeleine hatte keinen Puls. Du hattest sie umgebracht."

Evelin stach sich die Fingernägel in die Handbal-
len, denn nur zu gut hatte sie die Bilder von damals
vor Augen. Sie hatte zusehen müssen, wie Marcel
ihre Schwester blutig schlug. Ihre Schreie würde sie
nie vergessen.

Danach hatte er den Käfig geöffnet, in dem sie
sich befand, und sie war zu ihrer Schwester geeilt.
Alles war voller Blut gewesen und Madeleine hatte
nicht mehr geatmet. Bevor Evelin versuchen konnte, sie wiederzubeleben, hatte Marcel sie an den
Haaren gepackt und wieder in ihr Gefängnis zu-
rückgeschleppt. Evelin hatte getobt wie eine Wilde,
doch Marcel war ihr körperlich überlegen. Er sperrte sie mit dem schrecklichen Wissen ein, schuld am
Tod ihrer Schwester zu sein. Evelins Herz blutete
vor Trauer und Schmerz, und sie schwor sich in diesem Moment, sich das Leben zu nehmen. Dass sie
in dem Chaos wegen Madeleines Tod entkommen
konnte, war ein Hohn des Schicksals.

Etwas in Marcels Augen veränderte sich. Er sackte ein wenig in sich zusammen und stützte dann die Hände in die Hüften. Sein irrer Blick fuhr genüsslich über ihren Körper. „Deine ach so geliebte Schwester habe ich an die Loge verschachert."

Evelin erbleichte. Sie hatte so sehr gehofft, sie würde falschliegen.

„Wo ist sie, lebt sie noch?" Die Worte kamen flüsternd über ihre bebenden Lippen.

Marcel lächelte siegesgewiss und streckte seinen Arm nach ihr aus.

Das Zittern begann in ihren Beinen und schlängelte sich in ihrem Körper weiter nach oben, in die Brust, die Arme und den Hals. Die Angst vor Marcel ließ ihren Körper beben.

Evelin wusste mit absoluter Klarheit, dass er ihr keine Wahl ließ. Entweder sie kam freiwillig zu ihm zurück, oder er würde sie zwingen.

Das Leben ihrer Schwester lag in ihren Händen, und so schwer es ihr auch fiel, sie würde sich freiwillig ausliefern, wenn nur die geringste Chance bestand, dass Madeleine noch am Leben war.

Von dem charmanten Mann von damals war nichts mehr übrig geblieben. Er war ein Schatten seiner selbst.

Doch Evelin hatte keine andere Wahl.

Sie beide wussten, dass er die Karten in den Händen hielt. Als hätte sie tonnenschwere Zementblöcke an den Füßen, ging sie auf ihn zu. Je näher sie ihm kam, umso breiter und grotesker wurde sein Grinsen.

Evelin schwindelte es, und sie hatte das Gefühl, keine Luft mehr in die Lungen zu bekommen. Sie hob ihren Arm, sodass sie nur noch wenige Zentimeter von seiner verletzten Hand entfernt war.

Plötzlich stoppte sie und stach sich die Fingernägel in die Haut. Das Blut rauschte ihr in den Ohren, und sie zwang sich, Luft in ihre Lungen zu saugen. Ihre Zähne schlugen zitternd aufeinander.

„Warum zögerst du? Willst du, dass deine Schwester stirbt?", zischte Marcel wie eine Schlange.

„Natürlich nicht, aber …"

Sie hatte das Gefühl, ein riesiger Felsbrocken würde auf ihrem Herzen sitzen und es langsam zerquetschen, bis es mit einem lauten Knall zerplatzte.

Marcels Augenbrauen zogen sich streng zusammen. „Es ist wegen ihm, oder?" Wütend fuhr er mit der ausgestreckten Hand durch die Luft. „Dieser Lorain hat dir den Kopf verdreht, nicht wahr? Dieser verdammte Mistkerl. Ich schwöre dir, wenn ich den in die Finger kriege, bringe ich ihn um."

Die letzten Worte schrie er ihr geifernd entgegen. Sein Gesicht wurde dunkelrot und Evelin blieb wie angewurzelt stehen.

„Solltest du Adrian jemals begegnen, wird er es sein, der dich fertigmacht!" Erschrocken schlug sie sich die Hand vor den Mund.

Marcels Augen richteten sich hasserfüllt auf sie. Er presste die Kiefer so fest aufeinander, dass die Adern an seinem Hals hervortraten. „Wir werden ja sehen, wer wen als Erstes erledigt."

Mit einem Satz war er bei ihr, griff mit seiner unverletzten Hand nach ihrem Arm und drückte schmerzhaft zu. Durch den Schwung wurde sie an seinen Körper gepresst und fand sich in einer festen Umklammerung wieder.

Das Ganze geschah innerhalb eines Wimpernschlags.

Evelins Herz klopfte hart in ihrem Brustkorb. Sie wand sich in seinem Griff und versuchte, Marcel gegen das Schienbein zu treten. Sie schrie aus Leibeskräften und strampelte mit den Füßen. Doch durch die vorherige Betäubung verlangsamten sich ihre Bewegungen viel zu schnell, und Marcels fieses Lachen wurde immer lauter.

Schließlich sackte sie in seiner Umarmung zusammen. Ihre Kehle brannte, und sie sehnte sich nach dem kühlen Traubensaft, den Adrian ihr die letzten Male zu trinken gegeben hatte.

„So ist es gut, mein Kätzchen.“

Marcels Lippen bewegten sich an ihrer Schläfe, doch anstatt weich und angenehm wie die von Adrian, waren seine rau und forsch. Evelin kniff die Augen fest zusammen und versuchte, möglichst ruhig zu atmen. Sie spürte, dass sie kurz davorstand, in Hysterie auszubrechen.

„Ich habe dich mir so lange aufgespart, wollte dich erst ficken, wenn ich deinen Willen gebrochen hatte. Ich habe dich wie eine Königin behandelt, habe nur die anderen Sklavinnen gefickt, und was machst du? Sobald deine Schwester ein wenig blutend am Boden liegt, haust du einfach ab! Wie konntest du mich verlassen?“

Seine Finger strichen federleicht über ihren Hals, hinunter zu ihren bebenden Brüsten. Im nächsten Moment fasste er ihr an die Kehle und drückte zu. Erschrocken riss Evelin die Augen auf und versuchte, sich aus seiner Umklammerung zu befreien. Marcel rammte sie mit einer Bewegung an die Wand. Ihre Zehenspitzen kratzten Halt suchend über den Boden. Mit den befreiten Händen bemühte sie sich, Marcels Griff zu lockern und sie schaffte es fast, doch in diesem Moment drückte er nur noch fester zu. In seiner Raserei bemerkte er nicht wie der Verband an seiner Hand sich dunkelrot verfärbte.

„Und dann muss ich zusehen, wie dieser Lackaffe dich mit in seine Festung nimmt, wo ich nicht an dich herankomme."

Sein Griff wurde immer enger, und Evelin japste keuchend nach Luft, ihr Herz trommelte vor Todesangst.

„Der Millionär Adrian Lorain. Sag mir, Evelin, hat er gut gevögelt? Hat sein Schwanz dich befriedigt?"

Evelin spürte, wie Schwärze am Rand ihres Blickfeldes auftauchte und silberne Punkte vor ihren Augen tanzten.

Sie bekam kaum noch Luft.

„Du hast mich vor der Loge lächerlich gemacht. Sie haben mich sofort aus ihrem Kreis ausgeschlossen. Weißt du überhaupt, was das bedeutet? Man steigt nicht so einfach aus der Loge aus. Man verschreibt sich ihrer mit Leib und Seele. Einem Logenmitglied läuft eine versteckte Sklavin davon? Du hast uns beide damit zur Zielscheibe der Loge gemacht. So ein Verrat wird nicht verziehen. Für sie wissen wir zu viel über die Loge. Als ich ihnen deine Schwester ausgeliefert habe, wurde mir klar, dass sie mich töten wollten. Ich konnte verschwinden, mir einen kleinen Vorsprung verschaffen und musste mich seitdem in den fiesesten Löchern verstecken."

Marcel ließ ihre Kehle los und Evelin sackte auf dem Boden zusammen. Keuchend sog sie die kostbare Luft in ihre Lungen und hustete, bis ihr Hals wie Feuer brannte. Bestimmt würde sie blaue Flecken bekommen. Wieder einmal hatte Marcel sie auf seine Weise gezeichnet.

„Soll das heißen, du hast gar keine Möglichkeit, mir meine Schwester wiederzubringen?" Jedes Wort war ein schmerzhaftes Stechen in ihrem Hals.

Marcel lachte, griff nach ihrem Arm, presste sie erneut an die Wand und vergrub das Gesicht in ihren Haaren. Evelin konnte seine Erektion an ihrem Hintern spüren.

„Du hast es erfasst. Wie hätte ich dich sonst vom Anwesen locken können, wenn nicht mit dem Versprechen, dich wieder mit deiner Schwester zu vereinen?"

Ein Tritt in die Magengrube hätte nicht schlimmer sein können. Sie hatte all das, was sie sich mit Adrian aufgebaut hatte, aufgegeben, nur um ein weiteres Mal als Marcels Gefangene zu enden. Sie hatte Adrian, Liz und den anderen ganz umsonst solche Sorgen bereitet und war blind ins Verderben gelaufen.

Und wofür? Sie würde ihre Schwester nie wiedersehen. Tief in ihrem Innern hatte sie geahnt, dass es eine Falle sein würde. Doch die Angst um Madeleine hatte ihre Wahrnehmung getrübt.

Marcels Hand schob sich in ihren Ausschnitt und glitt über ihre Brüste. Seine Stimme war wieder seidenweich.

„Du hast mich ewig warten lassen, mein Kätzchen. Jetzt hole ich mir, was mir zusteht." Er presste sie enger an sich, und seine Finger wurden drängender. „Ich werde dich so lange ficken, bis du schreist. Du wirst an nichts anderes mehr denken als an meinen Schwanz."

Evelin spürte eine brodelnde Wut, die mit einer großen Portion Furcht gemischt war. Ihr war bewusst, dass Marcel sie vergewaltigen und sehr wahrscheinlich töten würde. Sein Verstand schien ihm abhandengekommen zu sein.

Sie wollte so nicht enden. Als er sie das erste Mal entführt hatte, hatte sie sich nicht getraut, sich zu wehren, aus Furcht, ihrer Schwester damit zu schaden, doch das würde sie jetzt nicht mehr hindern. Ihre Schwester war in den Händen der Loge, und diese hatte mit Marcel gebrochen.

Seine Hand griff nach ihrer Brust und drückte sie schmerzhaft zusammen.

Evelin dachte keine Sekunde länger nach und ließ sich nach hinten in seine Umarmung sacken.

„So ist es gut, meine Süße, lass locker.“

Sie ballte die Hände zu Fäusten. Sie hatte nur diese eine Chance, ansonsten wäre sie verloren.

In der nächsten Sekunde spannte sie sich an und nutzte alle Energie, um ihren Kopf nach hinten zu werfen. Sie spürte einen peinigenden Schmerz in ihrem Hinterkopf explodieren und hörte gleichzeitig ein ekelerregendes Knacken.

Marcel schrie laut auf.

Sein Griff um sie löste sich.

Im ersten Moment blind vor Schmerzen, stolperte sie auf die Tür der Blockhütte zu und stellte mit großer Erleichterung fest, dass sie nicht abgeschlossen war. Evelin riss sie auf und rutschte, sich am Geländer festhaltend, die vier Treppenstufen herunter.

Vor ihr verlief ein Pfad in den Wald hinein.

Evelin zögerte keine Sekunde und rannte los. Mit jedem Schritt verwandelte sich der Schmerz in ihrem Kopf in ein routiniertes Pochen, und Adrenalin schoss durch ihre Venen. Es ließ sie schneller laufen als jemals zuvor.

Sie hörte noch, wie Marcel zornig nach ihr rief, als sie einen Haken schlug und im Wald verschwand.

Kapitel 23

Evelin rannte, so weit es ihre Beine zuließen. Ihr Atem kam laut und keuchend aus ihrem Mund. Ein schmerzhaftes Ziehen pochte in ihrer Seite und ihre Lungen schrien nach Luft.

Sie durfte nicht anhalten, sie musste weiter!

Marcel würde versuchen, sie einzuholen, und das durfte nicht passieren. Evelin versuchte, auf seine Schritte zu lauschen, doch das Rauschen des Blutes in ihren Ohren und ihr lautes Schnaufen waren alles, was sie wahrnehmen konnte.

Sie wich einem Baum aus, blieb an einer Wurzel hängen und stolperte, mit den Armen um Gleichgewicht rudernd, weiter. Sie stützte sich an den Stämmen ab und konnte doch in dem vielen Grün keinen Ausweg aus dem Wald erkennen. Der Pfad, dem sie am Anfang gefolgt war, hatte nach kurzer Zeit aufgehört, und so kämpfte sie sich durch das Dickicht.

Mittlerweile waren ihre Schritte langsamer geworden, denn die Schmerzen in ihrem Hals, ihrem Kopf und der Seite wurden unerträglich. Sie schleppte sich einen Schritt nach dem anderen weiter. Kurz musste sie stehen bleiben und schnaufend Luft holen. Die Arme hatte sie dabei auf die Knie gestützt. Ihr ganzer Körper zitterte von der ungewohnten Kraftanstrengung. Evelin wusste nicht, wie lange sie noch die Energie hatte, sich zu bewegen.

Da ertönte das Knacken eines Zweiges.

Das Geräusch hallte im stillen Wald ohrenbetäubend laut wider. Evelin duckte sich erschrocken in den nächsten Busch und schaute sich hektisch um. Da zerbrach ein weiterer Ast.

Marcel musste ganz in der Nähe sein.

Er hatte sie eingeholt.

Evelin mobilisierte ihre letzten Kräfte, horchte leise und stieß sich von der Erde ab. Sie rannte, schlug Haken um Bäume herum und meinte, den Wald vor ihr lichter werden zu sehen. Ein erleichtertes Glücksgefühl machte sich in ihrem Herzen breit. Gleich war sie aus dem grünen Labyrinth heraus.

Plötzlich nahm sie einen huschenden Schatten zu ihrer Rechten wahr und jemand stieß mit ihr zusammen. Evelin fühlte sich, als wäre sie in vollem Lauf gegen eine Felswand gerannt. Ihr bereits pochender Kopf sandte einen peinigenden Schmerz in ihren gesamten Körper aus, und kurz wurde es schwarz um sie herum. Sie spürte kaum, wie sie hart zu Boden geschleudert wurde. Benommen blieb sie liegen und konnte keinen klaren Gedanken mehr fassen.

Ein Gesicht schob sich in ihr Blickfeld. Verschwommen erkannte sie Marcels wutverzerrtes Antlitz. Es war mit Blut verschmiert und seine Nase hatte einen Buckel.

Evelin hatte ihn voll erwischt. Ein Lächeln stahl sich auf ihre Lippen. Es tat gut, ihm einen Teil ihrer Schmerzen zurückgezahlt zu haben.

„Du verdammte Hexe hast mir die Nase gebrochen und findest das auch noch komisch?"

Evelin sah den Schlag nicht kommen, als die Ohrfeige ihren Kopf zur Seite warf und ihre Ohren klingeln ließ. Mittlerweile sandte ihr ganzer Körper ein wildes Pochen im Takt ihres rasenden Herzens ab, welches durch ihre Angst und das Rennen noch verstärkt worden war. Doch ihr Verstand war wie in Watte gepackt und ihr Sichtfeld beängstigend klein geworden.

Ich habe verloren, hämmerte es in ihrem Kopf und eine Träne rann langsam ihre verschmutzte Wange hinab. Evelin würde Adrian, Liz, Madeleine und all die anderen nie wiedersehen.

„Ja, heul du nur, du Hure. So leicht kommst du mir nicht davon. Du wirst für alles büßen, was du mir angetan hast. Ich werde dir das Fleisch von den Knochen peitschen."

Wenn Evelin noch die Kraft gehabt hätte, hätte sie ihm laut ins Gesicht gelacht. Dieser kranke Mensch zerstörte ihr Leben und bedrohte sie mit Folter und Tod, sprach aber im gleichen Atemzug von seinem Verlust, von der Loge ausgeschlossen worden zu sein. Marcel hatte eine gestörte Persönlichkeit. Sie glaubte nicht, dass da noch irgendetwas zu retten war.

Evelin spürte, wie er sich mit seinem ganzen Gewicht auf sie legte und sie dadurch schwer Luft bekam.

Die Angst kehrte mit einem Schlag zurück.

Zugleich berührten sie seine kalten Hände an ihrer Hüfte. Grob riss er ihr die Hose herunter, und Evelin verzog schmerzhaft das Gesicht, weil sich spitze Steine und Äste in ihre weiche Haut bohrten. Für Evelin lief alles wie in Zeitlupe ab, und ihre Nackenhaare stellten sich auf, als sie hörte, wie er den Reißverschluss seiner Hose öffnete. Sie fing unkontrolliert an zu zittern, ihr Verstand war wie erstarrt und sie konnte keinen Finger mehr krümmen.

Er schob seinen Mund an ihr Ohr, zischte sie mit warmen Atem an und Evelin drehte sich der Magen um.

„Du Schlampe wolltest nicht meine Königin werden, jetzt wirst du spüren, was es heißt, meine Sklavin zu sein.“

Evelin versuchte, ihre Arme zu heben und ihn fortzuschieben, doch ihr ganzer Körper fühlte sich bleischwer an. Sie schaffte es einfach nicht, war wie zu einer Salzsäule erstarrt und kniff fest die Augen zu. Die Hände krallte sie in die feuchte Erde und spürte, wie sie an ihren Fingern kleben blieb.

Seine gierigen Hände wanderten an ihrer Seite abwärts und fuhren fast schon zärtlich über ihre Oberschenkel. Im nächsten Moment gruben sich seine Finger tief in ihr Fleisch, und Evelin keuchte auf vor Schmerz.

„Marcel, bitte nicht.“

Sein Blick schnellte zu ihrem Gesicht. Evelin konnte sich mit vor Angst weit aufgerissenen Augen und bebenden Lippen in seinen Augen spiegeln sehen.

„Dafür ist es zu spät, Evi. Die Narben auf deinem Fleisch haben nicht ausgereicht, dich an mich zu binden. Jetzt bleibt mir nichts anderes übrig, als deine Seele zu zeichnen. Dann wirst du für immer mir gehören.“

Beim Klang ihres Kosenamens überzog sie eine Gänsehaut. Marcels Verstand war in eine Dunkelheit abgedriftet, in der sie ihn nicht mehr erreichen konnte.

Er schob grob ihre Beine auseinander. Evelin rauschte das Blut durch den Körper. Sie hoffte, sie würde jeden Moment in eine Ohnmacht fallen, die sie vor dem Kommenden bewahren könnte.

Marcel rutschte näher an sie heran und sie konnte seinen warmen Penis an ihrem Oberschenkel spüren. Das Zittern in ihrem Körper wurde schlimmer und ihr entwich ein Wimmern.

Auf einmal vibrierte die Erde.

Evelin öffnete ängstlich ihre Augen. Blätter wurden aufgewirbelt und raubten ihr die Sicht. Lautes Fluchen war zu hören und Marcels Gewicht verschwand von ihrem Körper.

Vorsichtig, wie ein befreiter Vogel, holte sie wieder Luft. Bis zum heutigen Tag war ihr nicht bewusst gewesen, wie kostbar dieses Gut war.

Marcel schrie auf, und es waren Kampfgeräusche zu hören, Männerstimmen, Gestöhne und das Rascheln der Blätter.

Auf einmal wurde es mucksmäuschenstill.

Evelin konnte sich immer noch nicht rühren, zu tief saß der Schock in ihren Gliedern. Sanfte Hände fassten zitternd nach ihrem Gesicht.

Evelin zuckte zusammen, drehte stöhnend den Kopf und sah in Adrians stürmische Augen, die plötzlich vor ihrem Gesicht auftauchten. Sie brauchte einen Moment, um zu begreifen, dass es kein Traum war. Seine Hände fühlten sich weich und warm an.

„Evelin, hörst du mich? Ich dachte, ich hätte dich verloren.“

Seine Stimme brach und sie konnte es in seinen Augen verräterisch glitzern sehen. Evelin hob ihre Hand und legte sie an seine Wange. Er küsste ihre dreckigen Finger und atmete erleichtert aus.

„Du hast mir schon wieder das Leben gerettet, lass dir das nicht zu Kopf steigen." Hustend kamen die Worte über ihre Lippen.

Adrian lachte gehemmt. Die Sorgenfalten auf seiner Stirn glätteten sich ein wenig.

Evelin versuchte, sich aufzusetzen. Er stützte sie und half ihr, die zerrissene Hose hochzuziehen. Sie fühlte sich bis in die hintersten Winkel ihrer Seele entblößt, daher war sie für jedes bisschen Stoff, das ihren Körper bedeckte, dankbar. Als sie endlich saß, musste sie innehalten, weil sich plötzlich alles um sie herum drehte.

„Lass mich nach ihr sehen." Falco erschien in Evelins Blickfeld und leuchtete ihr mit einer Taschenlampe in die Augen. Dann überprüfte er mit geübten Fingern den Rest ihres Körpers. „Das Blut scheint nicht von ihr zu sein, dennoch muss sie untersucht werden. Vielleicht hat sie eine Gehirnerschütterung. Ich werde ihr erst einmal etwas gegen die Schmerzen geben."

Als die Männer die dunklen Flecken an ihren Armen und ihrer Kehle entdeckten, verfinsterten sich ihre Blicke.

Evelin glaubte, immer noch zu träumen. Oder konnte es wirklich sein, dass ihr Albtraum ein Ende hatte? War es real, dass Adrian sie voller Liebe anschaute, anstatt sie zu hassen?

Auf einmal spürte sie einen Stich in ihrem Arm und die Schmerzen ebbten langsam zu einem dumpfen Pochen ab. Erleichtert seufzte sie tief auf.

„Kannst du versuchen aufzustehen?"

Evelin brachte nur ein leichtes Nicken zustande.

Adrian und Falco hielten sie an den Armen und halfen ihr vorsichtig hoch. Sie musste sich an Adrian anlehnen, denn sie traute ihren wackelnden Beinen nicht zu, sie zu tragen.

Adrian strich sanft über Evelins Kinn. Sie sahen sich an, und es standen so viele ungesagte Worte zwischen ihnen, die unbedingt ausgesprochen werden wollten.

„Alles wird gut, Evi. Wir reden später." Er strich ihr vorsichtig über den Rücken und gab ihr einen Kuss auf die Stirn. Die Haut brannte an der Stelle, und das Gefühl bahnte sich, wie flüssiges Gold, einen Weg direkt in ihr Herz. Sie wünschte sich sehnlichst, mit ihm allein zu sein.

„Du verdammter Dreckskerl! Lass deine Flossen von meinem Mädchen!"

Evelin erstarrte in Adrians Armen und nahm nun erst wahr, was sich hinter Adrian abgespielt hatte.

Marcel kniete im Laub, die Arme auf den Rücken gedreht. Sein Gesicht leuchtete in verschiedenen Blau- und Grüntönen. Drei bewaffnete Männer mit schwarzen Sturmmasken hielten ihn in Schach.

Marcels hasserfüllter Blick lag auf ihr und Adrian.

Einer der Vermummten stieß ihm kräftig in den Magen, sodass er sich hustend und fluchend nach vorn krümmte.

Adrians Gesichtszüge versteinerten und seine Augen wurden zu Schlitzen. „Falco, bring Evelin zum Jeep und dann zum Doc. Ich habe noch etwas zu erledigen."

Evelin wurde eiskalt ums Herz. „Nein! Tu das bitte nicht." Das Sprechen kratzte unangenehm in ihrem Hals und sie bekam einen Hustenanfall.

Adrian fasste sie besorgt an den Schultern. „Evelin, jetzt ist keine Zeit zum Diskutieren. Falco bringt dich zum Doc. Du bist nun in Sicherheit."

Daran hatte Evelin keine Zweifel. Was ihr jedoch mehr Angst machte als alles Erlebte in den letzten Stunden, war Adrians gefühlloser Blick, wenn er Marcel musterte, als wäre der ein kriechendes Insekt. Adrian ließ seine Handgelenke knacken.

„Nein, komm mit mir. Bitte!“

„Evelin …“

Evelin fasste nach einem Zipfel seines dunklen Shirts. Sie hatte immer noch schreckliche Schmerzen, doch sie würde sich ohne Adrian an ihrer Seite keinen Zentimeter rühren.

Adrian sah Evelin ins Gesicht. „Ich werde ihn nicht töten. Aber er wird Schmerzen solche erleiden, dass er sich wünschen wird, dich niemals getroffen zu haben.“

Marcel ließ ein irres Lachen hören, bevor er durch einen Schlag von Falco mit dem Gesicht im Dreck landete.

„Adrian, bitte, ich brauche dich.“

Ihre Stimme zitterte, und sie spürte, dass sie kurz vor einem Zusammenbruch stand. Es war so viel passiert, dass ihr Verstand überfordert war.

Falco legte von hinten die Hand auf Adrians Schulter.

„Ich übernehme das hier, Adrian. Geh mit ihr.“

Adrian nickte und drehte sich mit düsterem Blick zu ihr um.

***

Adrian war schon oft wütend gewesen, doch der Hass, der nun in ihm tobte, war ein wahrer Hurrikan. Sie hatten von Glück reden können, dass er vorsichtshalber eine Ortungs-App auf Evelins Handy aktiviert hatte. So war es ihnen nicht schwergefallen, ihre Spur aufzunehmen. In dem großen Waldgebiet war die Suche jedoch wieder ins Stocken geraten. Sie mussten sich ohne Wagen und Orientierung durch das dichte Grün kämpfen. Adrian dachte, sein Herz würde jeden Moment aufhören zu schlagen, wenn er Evelin nicht endlich finden würde.

Mit großer Kraftanstrengung hatte er die albtraumhaften Gedanken in den hintersten Winkel seines Verstandes zurückgedrängt und seine ganze Aufmerksamkeit auf die Spurensuche gelegt, sonst wäre er vor Angst verrückt geworden.

Und dann hatten sie die Blockhütte gefunden, leer und verlassen, und Evelins Handy lag auf dem Tisch. Fluchend war er draußen hin und her gelaufen, ohne eine Spur von Evelin zu finden. Adrian raufte sich die Haare. Sie musste doch irgendwo sein. Im Haus war so viel Blut gewesen, ihm wurde ganz schlecht, als er daran dachte, dass es Evelin gehören könnte.

Falco holte ihn aus seiner Erstarrung heraus, denn er hatte etwas entdeckt. Durch die Trockenheit war es nicht leicht gewesen, etwas zu erkennen, doch die dickeren Laubschichten zeigten tiefere Laufspuren. Sofort folgten sie der Spur. Ein Glück, dass sie in sportlich guter Verfassung waren, somit kamen sie rasch voran.

Mit jedem Schritt traten mehr Schweißperlen auf seine Stirn. Am liebsten wäre er blind losgestürmt und hätte den umliegenden Wald zu Kleinholz verarbeitet.

Dann hörten sie etwas, und als Adrian Evelin durch das Grün des Waldes erspähte, sah er nur

noch rot. Evelin lag halb nackt und zitternd unter
dem Kerl begraben. Wie ein wilder Stier war er losgestürmt und hatte seine Faust seitlich auf Marcels
Schädel krachen lassen. Adrian war froh, dass die
anderen den Dreckskerl von ihm fortbrachten,
sonst hätte er für nichts mehr garantieren können.

Erst Evelins Keuchen brachte ihn wieder zu Sinnen. Als er ihre kalte Haut berührte und ihr in die
Augen schaute, gab es nichts Schöneres für ihn.
Doch ein schneller Blick auf die dunklen Male an
ihrem Hals und ihren Armen färbte sein Sichtfeld
rot. Er musste sich beherrschen, um sich nicht auf
den Kerl zu stürzen. Seine ganze Aufmerksamkeit
musste nun Evelin gehören. Auch wenn er liebend
gern geblieben wäre und ihn sich selbst vorgeknöpft
hätte.

Doch er wusste, Falco würde keine Gnade walten
lassen. Sie hatten noch viele Fragen, und Marcel
würde sie alle beantworten. Je schneller, desto besser für seine Gesundheit.

Ergeben seufzte er auf. „In Ordnung, ich gehe mit
dir.“

Erleichtert schmiegte sich Evelin an seine Brust
und schloss ihre Augen. Adrian gab Falco ein Zeichen, und dieser nickte verstehend, als Adrian Evelin sanft in Richtung eines Pfades schob.

„Evelin, bleib hier! Du gehörst mir, hörst du? Die
Narben werden dich immer daran erinnern. Du bist
mein Eigentum!“ Marcels Stimme war eine Oktave
zu hoch.

Evelin blieb stehen. Plötzlich wandte sie sich um
und baute sich vor Marcel auf. Das Flackern, das
Adrian in Marcels Augen sah, gefiel ihm ganz und
gar nicht, und er ballte die Hände zu Fäusten.

„Warum ich?" Ihr Flüstern wurde vom Wind aufgenommen und rauschte mit ihm bis in die Baumkronen hinauf.

Marcels Mundwinkel hob sich. Er ließ die Zunge langsam über seine Lippen kreisen. Ihm gefiel Evelins Aufmerksamkeit. „Weil du gerade zur falschen Zeit am falschen Ort warst. Du warst die Erste, die ich zu mir holte, und darum wirst du immer meine Königin sein."

Adrians Augenbrauen hoben sich besorgt.

„Wo ist meine Schwester?"

Marcel legte den Kopf schief und tat so, als würde er nachdenken. Sein diabolisches Grinsen war ihm Anzeichen genug, dass etwas fieses aus seinem Mund kommen würde. „Lass mich mal überlegen. Ich bin mir sicher, sie windet sich gerade unter einem Logenmitglied und wird flachgelegt."

Die Ohrfeige traf ihn so schnell, dass Adrian sie nicht kommen sah. Evelin hatte ihre Hand für einen weiteren Schlag erhoben, doch Adrian griff nach ihrem Arm und hielt ihn fest. Der Schwung ihrer Bewegung und die Entkräftung ließen sie stolpern.

„Genug, wir werden alles aus ihm rausholen, was wir wissen müssen."

Evelin klammerte sich sofort an ihn, als würde sie ihn nie wieder gehen lassen wollen.

„Die Loge kann man nicht besiegen. Habt ihr überhaupt eine Ahnung, worauf ihr euch da einlasst? Ihr werdet nicht mal dazu kommen, an ihre Tür zu klopfen. Sie werden euch vorher erledigen."

Evelin drehte Marcel den Rücken zu und lehnte sich an ihn. Gemeinsam ließen sie Marcel und den Wald hinter sich, aber Marcels Schreie verfolgten sie noch lange.

„Evelin, ich …“ Adrian wusste nicht, wie er anfangen sollte, es gab so viel, was er ihr sagen wollte. Doch jetzt, wo er sich ihr offenbaren konnte, wollten die Worte nicht aus seinem Mund kommen.

Er spürte, wie erschöpft Evelin war, und als sie anfing zu taumeln, nahm er sie auf den Arm. Er trug sie den Rest des Weges zu den wartenden Autos.

Patrick ging nervös vor dem Geländewagen auf und ab. Als er sie kommen sah, atmete er hörbar aus.

***

Evelin fühlte sich benommen und kraftlos, trotzdem erfreute sie sich über jede Sekunde ihrer Fahrt. Adrian saß neben ihr auf dem Rücksitz und ihr pochender Hinterkopf lag auf seinem Schoß. Er ließ den Blick nicht von ihr und streichelte ihr sanft über das Haar. Adrian beugte sich über sie und küsste sie sanft auf die Stirn. Erleichtert schloss sie ihre Augen und genoss es, am Leben zu sein.

Evelin meinte noch ihn „Ich liebe dich,“ flüstern zu hören, als die Erschöpfung sie übermannte.

Sie musste weggedämmert sein, denn ein lautes Klingeln weckte sie aus ihrem ruhigen Dahindösen. Sie hörte, wie Patrick am Steuer sprach, dann bewegte sich Adrian und telefonierte als Nächstes.

Auf einmal wurde es verdächtig still im Auto. Evelin fühlte, wie sich Adrians Muskeln anspannten, und spürte sein Unbehagen.

„Ich verstehe. Macht euch keine Vorwürfe. Ihr wisst, was jetzt zu tun ist, wir treffen uns später.“

Langsam öffnete sie die Augen.

Adrian schaute nach draußen, in Gedanken schien er weit weg zu sein. Sie zupfte an seinem Hemd, und sein Blick richtete sich auf sie.

Fragend hob sie die Augenbrauen.

Seufzend fuhr er sich mit der Hand über das Gesicht, dann schaute er sie wieder an.

„Marcel ist tot. Die Loge muss einen Scharfschützen beauftragt haben. Während des Verhörs haben sie ihn aus dem Hinterhalt erschossen. Sie müssen ihm schon die ganze Zeit aufgelauert haben und hatten sicherlich vor, euch beide gleichzeitig zu beseitigen. Ich bin nur froh, dass wir rechtzeitig kamen, damit haben wir ihren Plan wenigstens ein Stück vereiteln können."

Zwei Dinge sprangen Evelin im Kopf herum. Die drängendste Frage war, wie sie jetzt noch an Informationen über ihre Schwester kommen sollten. Und warum fühlte sie wegen Marcels Tod rein gar nichts?

Früher einmal hätte sie ein wenig um ihn getrauert. Doch nun war sie nur froh, dass er niemandem mehr schaden konnte.

Evelin griff nach Adrians Hand und umklammerte sie. Worte waren nicht nötig, um das auszudrücken, was sie fühlten. Die Tränen kamen wieder einmal, als hätten sie nur darauf gewartet, dass Adrian bei ihr war. Sie war erleichtert über den Tod eines Menschen, der so viel Unglück in ihr Leben gebracht hatte.

Kapitel 24

Der Himmel hatte seine Schleusen geöffnet und ertränkte die Erde mit seinen Tränen. Evelin stand unter dem eisernen Pavillon und beobachtete, wie der Regen auf die Blätter der Pflanzen tropfte. Langsam liefen die glitzernden Perlen herunter und verteilten sich in allen Himmelsrichtungen auf der Erde. Es hatte etwas ungemein Beruhigendes, einfach nur dazusitzen und die Natur zu beobachten. Dann wurde einem bewusst, dass es mehr gab als die alltäglichen Sorgen und Wünsche.

Sie spürte eher, dass Adrian hinter sie getreten war, als dass sie ihn hörte.

Es war tröstlich, zu wissen, dass sie nie ganz allein war. Sie hatte nun ein Zuhause mit guten Freunden, wie man sie nur jedem wünschen konnte, und einen Partner, den sie über alles liebte.

Doch genau dies in Worte zu fassen, war nicht einfach. Diese unscheinbaren kleinen Worte konnten nicht genug ausdrücken, wie sie in ihrem Innern fühlte. Mit Adrian war ihre Seele im Einklang, etwas, das sie sich nie zu Träumen erhofft hatte.

Selbst nach den vielen Wochen ihrer Genesung hatte es keiner von ihnen geschafft, diese einfachen Worte über die Lippen zu bringen. Jeder von ihnen hatte Angst, den anderen zu verschrecken oder alte Wunden aufzureißen, die noch nicht verheilt waren.

Adrian legte seine Hand auf ihre Schulter. Wie immer eine tröstende Geste, und Evelin liebte sie.

„Evelin." Adrian räusperte sich und Evelins Herz fing an, schneller zu schlagen.

Er ging um sie herum und nahm ihre Hände in seine. Die dunklen Male waren verblasst und nur noch die Erinnerung daran lebte in ihnen weiter.

Mehrmals streichelte er mit dem Daumen über ihre Hände. Erst dann blickte er sie an. „Evelin, du bist wie ein Blitz in mein Leben getreten und hast mein Herz an dich gerissen." Seine Augen brannten sich in ihre und sein intensiver Blick raubte ihr den Atem. „Bevor ich dich getroffen habe, hätte ich nie für möglich gehalten, dass so etwas existiert. Doch du hast mich eines Besseren belehrt. Ich denke, du hast so viel durchmachen müssen, dass es für ein ganzes Leben reicht."

Evelins Hände fingen an zu kribbeln und ein warmes Gefühl machte sich in ihrem Körper breit. Ihr Herzschlag glich einem Trommelwirbel.

Adrians Blick sank auf ihre verschränkten Hände. „Ich weiß, ich bin nicht sehr einfach, manchmal etwas ungehobelt und launisch. Aber könntest du dir vorstellen, dein restliches Leben an meiner Seite zu verbringen?"

Seine Blicke hielten sie gefangen und Evelin brachte kein Wort heraus.

Er kniete sich vor sie auf den Boden und Evelins Herz schlug Purzelbäume. Sie hatte Angst, durch das laute Rauschen in ihren Ohren nichts mehr zu hören.

„Evelin Marten, willst du meine Frau werden?" Sein Blick war ernst und nur eine zuckende Augenbraue verriet seine Nervosität.

Evelin musste ein Grinsen unterdrücken. Sie hätte ihn zu gerne auf die Folter gespannt, doch das strahlende Lächeln, das sich auf ihr Gesicht stahl, sagte mehr aus als tausend Worte. Früher einmal, als ihre Welt noch in den richtigen Bahnen verlief, hatte sie von solch einer Zukunft geträumt. Einer Zukunft mit einem liebenden Ehemann und eigenen Kindern. Doch diese Fantasie war schnell der gnadenlosen Realität gewichen. Danach hätte sie niemals zu träumen gewagt, dass ihr Wunsch jemals in Erfüllung gehen würde. Adrian war der Mann, den sie sich schon immer gewünscht hatte. Humorvoll, lieb und dominant. Sie wusste bis heute nicht, was sie getan hatte, um ihn zu verdienen.

„Ja, Adrian Lorain. Ich will deine Frau werden.“

Adrian grinste zurück. Seine Gesichtszüge entspannten sich augenblicklich. Langsam zog er ein blaues Kästchen aus seiner Hemdtasche heraus.

„Dieser Ring hat meiner Mutter gehört. Ich bin sicher, sie wäre mehr als einverstanden damit, wenn du ihn tragen würdest.“

Er fasste nach ihrer Hand und streifte ihr den silbernen Ring mit einem nachtblauen Saphir über den Ringfinger.

Evelin war sprachlos. Der Ring war wunderschön und passte perfekt an ihren zierlichen Finger.

„Adrian, das … Ich werde immer gut auf ihn achtgeben.“

Er nickte und erhob sich. Dann griff er nach Evelin, hob sie hoch und drehte sich lachend mit ihr im Kreis. Evelin kreischte kichernd auf und klammerte sich an ihm fest. Adrian zog sie nah an sich heran.

„Ich liebe dich, Evelin Marten.“

In diesem Moment hörte sie ein Klirren in ihren Ohren und spürte, wie ihre Schutzmauer in Tausende von Scherben zersprang. Ein bunter Glasregen wirbelte vor ihrem inneren Auge auf. Ihre Lungen füllten sich mit Luft und ihr Herz pochte befreit auf. Niemals hätte sie gedacht, den Schmerz über ihre Folter überwinden zu können. Es war wie eine Befreiung nach jahrelanger Gefangenschaft im eigenen Körper. Die Mauer war verschwunden. Adrian hatte sie gnadenlos und mit all seiner Liebe zum Einsturz gebracht.

Evelin grinste von einem Ohr zum anderen. Sie strich mit den Händen über seine Wangen. „Ich dich auch, Adrian Lorain.“

Zärtlich legte sie ihre Lippen auf seinen Mund. Sie wollte diesem Mann mit allem gehören, was sie ausmachte.

Nach der Nacht unter den Sternen hatten sie keinen Sex mehr gehabt. Adrian hatte sie behandelt wie ein rohes Ei, das jeden Moment Gefahr laufen könnte, zu zerbrechen. Am Anfang hatte sie keinen Gedanken daran verschwendet, und es hatte ihr gefallen, wie er sie umsorgte. Doch seit einer Woche waren die dunklen Male an ihrem Hals verschwunden und sie verspürte keinerlei Schmerzen mehr. Das verlangende Ziehen zwischen ihren Beinen war mit jedem Tag stärker geworden und sehnte sich nach Erlösung. Ihr ganzes Sein lechzte nach dem Mann, der sie nun in seinen Armen hielt.

Ihr Kuss wurde drängender, ihre Hände fahriger. Sie riss sein Hemd auf und strich seufzend über seine warme Haut. Dass dabei ein, zwei Knöpfe Lebewohl sagten, war ihr in dem Moment mehr als egal. Sie spürte, wie das Blut pulsierend durch ihre Adern rauschte, als hätte es nur auf diesen Augenblick gewartet. Sie wollte Sex mit diesem Mann und seinen Schwanz endlich wieder ganz in sich spüren.

In ihr explodierte eine sengende Hitze, und flackernde Lichter tanzten vor ihren Augen.

Adrians Hände fuhren über ihre Hüften, und an den Stellen, die seine Hände berührten, fühlte sich ihre Haut an, als ob sie Feuer fangen würde. Sie hatte ihr Begehren aufgrund ihrer Verletzungen so lange ignorieren müssen, dass sie nun alle Scham über Bord warf. Ihre Hände glitten über seinen Brustkorb, hinunter zu seinem Hosenknopf. Ungeduldig zerrte sie an ihm herum und stöhnte genervt auf, als er nicht nachgeben wollte.

Adrian schnappte nach ihren Händen und hielt sie fest. „Wer wird denn da so gierig sein?“

Eine Gänsehaut überzog ihren Körper. Sie spürte das Kribbeln bis in die Haarspitzen.

Adrian begann, leichte Küsse auf ihrem Gesicht zu verteilen, was sie frustriert aufschnaufen ließ.

„Immer langsam, wir werden noch viele gemeinsame Stunden haben.“

Evelin seufzte wohlig auf. Ihr Körper war voller sexueller Spannung. Sie wollte keine Streicheleinheiten, sondern leidenschaftlichen und schnellen Sex. Sie wollte ihn endlich wieder in sich spüren und hielt seine Zärtlichkeiten kaum aus.

„Bitte, ich ertrage das nicht länger.“ Evelin rieb sich ungeduldig an seinem Körper und konnte deutlich spüren, wie sein Schwanz in der Hose hart wurde.

Adrians Zunge wanderte von ihrem Ohr in ihre Halsbeuge. „Was genau willst du von mir, Evelin?“

„Ich will, dass Ihr mich bestraft, Master.“

Seine Mund hauchte heiße Küsse auf ihre Haut. „Mhmmm … und warum denkst du, sollte ich das tun?“

Evelin holte tief Luft. „Weil ich gestern versehentlich eine Eurer Rosen geköpft habe.“

Adrian hielt in seiner Bewegung inne, richtete sich auf und fokussierte sie mit strengem Blick. „Du hast was getan?“

Seine Miene drückte Fassungslosigkeit aus und Evelin konnte sich das Kichern nicht verkneifen. „Nun ja. Liz meinte, wenn ich eine Eurer Rosen verschwinden lassen würde, hätte ich wieder Eure ungeteilte Aufmerksamkeit. Und darüber musste ich so sehr lachen, dass mir die Schere aus der Hand gerutscht ist und ich eine der Rosen geköpft habe. Liz ist blass geworden und meinte, so würde es auch gehen. Einer Bestrafung würde nun nichts mehr im Wege stehen.“

„Und da hat sie ausnahmslos recht behalten. Liz werde ich für ihre Idee später zur Rechenschaft ziehen.“ Er trat einen Schritt zurück und musterte sie mit strengem Blick. „Doch zunächst wirst du bekommen, was dir nach so einer Verfehlung zusteht.“

Evelin richteten sich die Härchen im Nacken auf und ihr Puls schlug schneller. Sie spürte, wie ein Schauer der Vorfreude über ihren Körper jagte und ihre Zehenspitzen vor Aufregung zu kribbeln begannen. Adrian war wieder ganz der dominante Master, nach dem sie sich verzehrt hatte.

„Zieh dich aus und knie dich hin, wie es sich für eine reumütige Sklavin gehört.“

Evelin rauschte das Blut in den Ohren, und auf einmal war sie sich nicht mehr sicher, ob es eine gute Idee gewesen war, ihn zu reizen.

„Ich dachte, ich hätte dir damals schon gesagt, dass ich es ganz und gar nicht mag, zu warten.“

Seine Stimme war dunkel und verführerisch.

Sein Blick wollte sie schier verschlingen.

Evelin schluckte mühsam und fasste nach dem Träger ihres Kleides. Langsam schob sie ihn mit spitzen Fingern über die Schulter. Seine Augen folgten jeder ihrer Bewegungen. Es verursachte ein aufgeregtes Kribbeln in ihrer Magengegend, zu wissen, dass sie gerade diejenige war, die ihn verführte.

Vorsichtig ließ sie auch den zweiten Träger über ihre Schulter nach unten fallen. Allein ihre Arme hielten das Kleid noch an ihrem Körper, aus dem der Ansatz ihrer Brüste vorwitzig herauslugte.

Sie konnte sehen, wie sich Adrians Kehlkopf bewegte und seine Blicke flammende Spuren über ihren Körper zogen. Ihr wurde bewusst, dass vermutlich auch er ihre körperliche Nähe vermisst hatte.

Mit einem aufreizenden Grinsen ließ sie das Kleid langsam tiefer rutschen. Ihr Busen kam zum Vorschein, und der kühle Luftzug ließ ihre vorstehenden Knospen hart werden. Sein Blick schoss zu ihren aufgerichteten Nippeln und verursachte in ihrem Unterleib ein verlangendes Prickeln. Das Kleid rutschte über ihre wiegenden Hüften hinunter zu ihren Füßen, und ein Zittern erfasste ihren Körper. Mittlerweile hatte es heftig zu regnen begonnen. Die Regenschleier verzerrten das Bild um den Pavillon herum und hüllten sie beide in eine unwirkliche Welt. Es war, als gäbe es nur noch sie und ihn.

Obwohl der Regen eine gewisse Kühle mit sich brachte, glühte ihr Körper lichterloh.

„Auf die Knie!", sagte er mit belegter Stimme.

Evelin gehorchte, stieg aus dem Kleid und den Sandalen heraus und kniete sich auf die Holzdielen. Ihre Knie öffnete sie schulterbreit, die Hände legte sie auf den Oberschenkeln ab und ihr Gesicht richtete sich zu Boden. Scham und Aufregung ließen ihr Blut pulsieren. Adrian hatte nun einen uneingeschränkten Blick auf ihre intimste Stelle, und auch wenn er sie schon oft nackt gesehen hatte, war dieses Spiel aus Dominanz und Unterwerfung unglaublich erotisch. Ihr Herz schlug hart gegen ihren Brustkorb und sie hörte überlaut ihren eigenen Atem.

Eine Weile schien die Zeit still zu stehen.

Sie fühlte seinen heißen Blick auf sich gerichtet und spürte, wie sie feucht wurde.

„Wie ich sehe, ist dein Körper unheimlich erregt. Ich erkenne von hier aus, dass deine Schamlippen vor Feuchtigkeit glänzen."

Evelin blieb vor Scham über seine Worte fast das Herz stehen, und eine dunkle Röte schoss ihr in die Wangen.

"Du hast einen wunderschönen Körper, Evelin, und heute werde ich ihn besonders schmücken."

Ein Zittern erfasste sie. Was konnte er damit meinen? Das Ziehen in ihrer Vulva wurde stärker.

Sie hörte, wie Adrian sich ein Stück von ihr entfernte und hinter ihr hantierte. Dann war es wieder still. Allein der zunehmende Regen war zu hören.

Sie wusste nicht, wie lange sie schon auf dem Boden kniete, aber allmählich pochten ihre Knie und Fußgelenke von der ungewohnten Position. Sie war sich sicher, dass Adrian jede ihrer Regungen beobachtete, und dieser Gedanke ließ ihren Körper vor Begierde zittern. Ihre Nippel hatten sich längst zu kleinen, harten Beeren zusammengezogen.

Sie schloss die Augen, hörte den Regen laut auf das Dach trommeln und inhalierte den Duft der nassen Erde tief in ihre Lungen. Noch nie hatte sie sich vollständiger gefühlt als in diesem Moment, in dem sie nackt im Pavillon kniete.

Evelin spürte eine Bewegung und öffnete ihre Augen. Adrian hockte vor ihr, sein Hemd war noch immer geöffnet und der Blick auf seine enthüllte Brust, ließ ihr das Wasser im Mund zusammenlaufen. Hinter ihm entdeckte sie eine kleine Truhe mit hübschen Ornamenten drauf, deren Deckel aufgesperrt war. Die Kiste musste unter der steinernen Sitzbank gestanden haben, sonst wäre sie ihr sicherlich längst ins Auge gesprungen.

„Leg deine Hände in den Nacken.“

Evelin gehorchte, ohne nachzudenken. Jetzt konnte sie sehen, wie er ein schwarzes Seil hob und um sie herumging. Sie spürte, wie er es um ihre beiden Handgelenke wickelte. Mittlerweile trommelte ihr das Herz in der Brust. Sie konnte fühlen, wie er das Seil straff zog. Der Knoten saß fest, schnitt ihr aber nicht in die Haut.

„Mit diesen Seilen werde ich dich fesseln, bis du dich nicht mehr rühren kannst. Vertraust du mir, Evelin?“

Evelin musste schlucken, denn der Gedanke, dass sie gefesselt und bewegungslos vor Adrian liegen würde, berauschte sie. Sie wäre ihm völlig ausgeliefert.

Evelin zögerte keine Sekunde. Sie würde Adrian jederzeit ihr Leben anvertrauen.

„Ja, Master Adrian. Ich habe verstanden.“

Elegant, fast raubtierhaft stellte er sich nun vor sie.

„Wie ist deine Farbe?“

„Grün, Master.“

Kapitel 25

Evelin musste sich beherrschen, Adrian nicht auf der Stelle zu küssen. Er sah einfach zum Anbeißen gut aus.

Adrian beugte sich zu ihr herunter, sein Gesicht näherte sich ihrem und sie hoffte auf einen leidenschaftlichen Kuss.

Mit einem Grinsen im Mundwinkel schob sich eine seiner Augenbrauen in die Höhe. Er erhob sich mit einem Ruck, das Ende des Seils in seinen Händen haltend.

„Du darfst nun aufstehen."

Evelin stierte ihn aus zusammengekniffenen Augen an.

Wie um alles in der Welt sollte sie aus dieser Position allein aufstehen können, und zwar, ohne sich wie ein tollpatschiges Nilpferd anzustellen?

Sie wusste genau, dass Adrian sich gerade köstlich über sie amüsierte. Mit zusammengepressten Lippen hockte sie sich hin. Ihre Muskeln protestierten schmerzhaft. Schnaufend stellte sie sich auf ihre zitternden Beine und warf Adrian mit hochrotem Kopf böse Blicke zu.

Dieser hatte die Lippen zu einem Schmunzeln verzogen. „Komm zu mir, mein kleines Nilpferd."

Evelin pustete die Wangen auf. Wie konnte er es wagen, sie so zu nennen? Konnte er etwa doch Gedanken lesen?

Nach anfänglich zögernden Schritten ging sie auf Adrian zu und blieb vor ihm stehen. Sie hob den Kopf und schaute ihm trotzig in das Gesicht.

Adrian gab nun keine Regung mehr preis. Er trat nah an sie heran, und seine Wärme war für sie so anziehend wie für die Motten das Licht. Am liebsten hätte sie sich an ihn geschmiegt, auch auf die Gefahr hin, sich zu verbrennen.

Ihr Herz klopfte vor Vorfreude. In seinen Augen erkannte sie die gleiche Sehnsucht, die tief in ihrer eigenen Seele verwurzelt war.

Adrian fuhr mit den Fingerspitzen ihre Arme hinauf. Mit dem Seil in der Hand trat er hinter sie. Sein Mund kitzelte an ihrem Ohr. Adrian drückte seinen Körper an ihren Rücken und begann, die Schnur unter ihren Brüsten entlangzuziehen. Die Weichheit des Stricks fühlte sich auf ihrer bebenden Haut unglaublich gut an.

Adrians Hände vollführten eine wahre Zauberkunst. Er machte sie zu seinem ganz eigenen Kunstwerk und wickelte das Tau ein weiteres Mal um ihren Körper herum, diesmal legte es sich über den Ansatz ihrer Brüste.

Adrian zog die Fessel fest, und Evelin keuchte auf. Eng, aber nicht einschnürend, verzierte das dunkle Band ihren Oberkörper. Ihre Brüste ragten nun vorwitzig in die Höhe und das Seil bildete ein hübsches Muster auf ihrer Haut. Die ganze Zeit über spürte sie seine Finger auf ihrem Körper. Evelin stand unter Hochspannung.

Adrian verschnürte sie wie ein Paket, und doch war es hocherotisch. Wie ein Tanz, ein verheißungsvolles Versprechen zwischen ihnen beiden.

Evelin konnte sich nicht mehr bewegen. Sie biss sich ungeduldig auf die Lippe, als Adrian sich vor sie stellte und sein fertiges Werk betrachtete. Sie sah, wie sein Blick länger auf ihren Brüsten liegen blieben, und spürte, wie ihr das Blut schneller durch die Venen rauschte.

Bei jedem ihrer Atemzüge wurden ihre Brüste ein weiteres Stück angehoben. Ihre Nippel waren wie Kirschen auf einer Schwarzwälder Kirschtorte angerichtet, und Adrian würde sie ohne Bedauern bis zum letzten Krümel verputzen.

Adrian fasste in ihre Haare, zog ihren Kopf in den Nacken und presste seinen Mund auf ihre Lippen. Evelin stöhnte entzückt und frustriert zugleich, als sie registrierte, dass sie seinem Kuss ganz ausgeliefert war. Es war ihr nicht möglich, die Hände in sein weiches Haar zu krallen und ihn näher an sich zu ziehen.

Adrians andere Hand glitt langsam an ihrem Körper hinab. Ohne zu zögern, schob er sie zwischen ihre Schenkel, und Evelin keuchte sehnsüchtig.

Adrians Hand fuhr federleicht über ihre nassen Schamlippen und vervielfachte ihr inneres Beben, indem er mit einem Finger in ihrer Spalte auf und ab glitt, ohne ihre pulsierende Perle zu berühren. Evelin wusste nicht, wie lange sie diese süße Folter noch aushalten konnte. Sie lag gefesselt in seiner Umarmung und musste alles zulassen, was Adrian mit ihr anstellte. Sie ahnte, dass er weitere sinnliche Ideen hatte und sie ein paar davon heute kennenlernen würde.

Evelin drängte ihren Unterleib fester an seine Hand.

Sie lechzte danach, dass er ihre Perle berührte. Zu stark war die Lust, die sich in ihr angestaut hatte. Sie konnte sich nicht vorstellen, woher Adrian eine solche Selbstbeherrschung haben konnte, um sie nicht sofort zu ficken.

„Ma chérie, habe ich gesagt, du darfst dich bewegen? Wie kannst du dich nur so schamlos an mir reiben? Du bist heute wirklich unartig.“

Er entzog ihr als Erstes seine Finger, dann seinen Mund und zum Schluss seine Wärme.

Evelin fluchte. Sie fror von einem Augenblick auf den anderen.

„Ich bin noch nicht fertig mit dir“, sagte er, zog dabei ein weiteres Seil hervor, und Evelin fragte sich, wie viele Seile man wohl um einen Menschen schlingen konnte. „Du hast es gewagt, meine Rose zu zerschneiden. Sie konnte sich nicht wehren. Du wirst heute erfahren, wie sich das anfühlt, wenn man sich kein bisschen mehr bewegen und wehren kann.“

Evelin fühlte ein Lachen in ihrer Kehle aufsteigen und konnte gerade noch verhindern, dass es aus ihrem Mund prustete. Stattdessen kam ein leises Blubbern über ihre Lippen.

Adrian drückte sie allein mit seiner Aura ein paar Schritte rückwärts. Bibbernd und unendlich erregt stolperte sie zurück und spürte plötzlich etwas Kaltes an ihrem Hintern. Erschrocken quietschte sie auf und sah sich um.

Der sonst so hübsch anzusehende schmiedeeiserne Gartentisch gab nun einen bedrohlichen Anblick ab. Das Eisen war durch das Wetter ausgekühlt und biss kalt in ihren Allerwertesten. Die Decken auf dem harten Tisch kündeten von einer kommenden Session.

Adrian stand wieder dicht vor ihr, sein Blick dunkel und gierig. Er hob sie mit einem Ruck auf den Tisch. Sein Körper folgte ihrer Bewegung und half ihr in eine liegende Position.

Evelin seufzte wohlig, als sie seine nackte Brust an ihrer Haut spürte. Seine Erektion konnte sie, durch den Stoff seiner Hose, an ihrer blanken Scham spüren. Ein Gefühl, welches sie irgendwann in den Wahnsinn treiben würde.

Zärtlich küsste er ihre Nasenspitze, ihr Kinn und glitt mit seiner heißen Zunge weiter. Es war ihr wegen der Fesselung nicht möglich, sich zu bewegen. Das erste Mal konnte sie nachvollziehen, wie sich eine Schildkröte fühlen musste, die auf dem Rücken lag und sich nicht mehr alleine aufrichten konnte.

Sein Mund zog eine Spur aus heißen Küssen über ihre Haut und ihre Brüste. Plötzlich biss er in ihren Nippel und sie schrie überrascht auf. Dann spürte sie seine warme Zunge darüber lecken.

Adrian leckte, saugte und knabberte weiter an ihrer Brustwarze, und Evelin wusste nicht mehr, wie viel Zeit bereits vergangen war, seit sie gefesselt auf dem Tisch lag. Sie hörte sich selbst laut stöhnen und versuchte, sich unter ihm zu rekeln. Es war so berauschend, sich nicht wehren zu können, und trotzdem war ihr bewusst, dass er, sollte sie ihr Safeword nennen, auf der Stelle von ihr ablassen und sie befreien würde. Doch für einen Abbruch der Session war ihre Scham mittlerweile viel zu nass und die Lust rauschte wild durch ihren Körper.

Sie wollte ihn in sich spüren, jetzt. Sofort!

Als hätte er ihre Gedanken gelesen, richtete er sich auf, und während sie in seinem Blick versank, spürte sie, wie er ihre Füße auf dem Tisch aufstellte. Ihr wurde erst nach und nach klar, was er dort tat, und als hätte er nur darauf gewartet, fing ihr Puls an zu rasen.

Adrian band ihr mit zwei weiteren Seilen die Unterschenkel an den Oberschenkeln fest. Sie lag nun ganz und gar offen vor ihm, war ihm gänzlich ausgeliefert. Sie versuchte, sich in den Fesseln zu strecken, die aber keinen Millimeter nachgaben.

Adrian beobachtete sie still bei ihrem kläglichen Versuch, ein wenig mehr Spielraum zu bekommen. In seinem Gesicht stand die pure Freude.

„Du bist wunderschön, Evi. Und du bist ganz und gar mein.“

Evelin schaute Adrian zwischen ihren Beinen hindurch an. Er konnte alles von ihr sehen und hatte freien Zugang zu jedem Zentimeter ihres Körpers.

Das Blut schien in ihr zu kochen und zu brodeln. Sie hatte noch nie eine solche Lust verspürt.

Adrian stand so nah vor ihr und war doch unerreichbar für sie. Seine Haarspitzen tanzten auf seiner Schulter, als er sich lässig das Hemd auszog.

Evelin war wie hypnotisiert.

Ihre Kehle war mit einem Mal wie ausgedörrt.

Adrian beobachtete sie mit einem wissenden Grinsen. Seine Finger wanderten zu seinem Hosenknopf, und Evelin folgte jeder seiner Bewegungen.

Adrian öffnete den Knopf und zog den Reißverschluss ein Stück auf.

Dann verschränkte er die Arme vor der Brust und genoss es sichtlich, den Blick über seine erregte, bebende Sklavin wandern zu lassen.

„Mhmm, vielleicht sollte ich dich noch ein wenig zappeln lassen? Du gefällst mir in dieser Position unheimlich gut.“

Evelin traute ihren Ohren nicht. „Das ist gemein! Lasst mich nicht noch länger warten, bitte!“ Das letzte Wort kam schluchzend über ihre Lippen.

Adrians Augenbraue hob sich ein Stück. „Ma chérie, wenn du mich darum bittest, dich zu ficken, werde ich dem vielleicht nachkommen.“

Mit flinken Fingern öffnete er den Reißverschluss der Jeans ganz und entledigte sich blitzschnell seiner Hose. Die Arme in die Hüften gestemmt, trat er vor sie. Evelin lief bei Adrians Anblick das Wasser im Mund zusammen und ihr Schoß pochte verlangend. Er stand mit seiner riesigen Erektion wenige Zentimeter von ihrer heißen Vagina entfernt. Auf seiner Eichel glänzte es feucht. Adrian tat zwar unnahbar, aber sein Körper verriet ihn. Wenn er sie nur nicht immer so lange vor dem Sex warten lassen würde und sie mit dieser Folter fast um den Verstand brächte.

Mit einer Hand fasste er nach seinem Schaft und rieb sanft an seinem Phallus auf und ab. Sein Daumen glitt langsam über die Eichel und verteilte den bereits ausgetretenen Lusttropfen darauf.

Evelin hatte das Gefühl, bald zu verglühen, sollte Adrian sie nicht endlich ficken. „Bitte, Master … Ich will Euch in mir spüren.“

Adrian trat an sie heran. „Deiner Bitte komme ich diesmal sehr gerne nach.“

Sie spürte seinen Penis an ihrer Pussy und seufzte laut auf. Doch anstatt endlich in sie einzudringen, begann er, seine Hüfte vor und zurück zu wiegen.

Sein Schaft glitt dabei durch ihre nassen Schamlippen und berührte immer wieder kurz ihre Perle.

Evelin schrie vor Wonne. Ihre Glieder zitterten angespannt, und in ihrer feuchten Mitte spürte sie ein Ziehen, das durchgehend stärker wurde. Doch sobald Adrian zurückglitt, hinterließ er ein sehnsuchtsvolles Echo in ihrer Vagina, das durch ihren ganzen Körper vibrierte.

Adrians Stöhnen mischte sich mit ihrem Keuchen.

Evelin wusste, sollte er noch lange so weitermachen, würde sie auf sehr angenehme Weise den Verstand verlieren.

„Evelin, sieh mich an." Seine Worte kamen abgehackt über seine zusammengepressten Lippen.

Sie folgte seinem Befehl und schaute in sein angespanntes Gesicht. In dem Moment verharrte seine Penisspitze an ihrer heißen Öffnung und drang dann langsam in sie ein.

Evelin ballte die Hände zu Fäusten und holte zischend Luft. Selbst wenn sie gewollt hätte, hätte sie den Blick nicht von ihm lösen können. Die Muskeln an seinen Oberarmen traten scharf hervor. Es musste ihm alles abverlangen, nicht endlich tief und fest in sie einzudringen. Seine Zurückhaltung zeugte von seiner Liebe und Leidenschaft zu ihr. Evelin spürte es in ihrem rasenden Herzen. Die süße Folter, die sie beide miteinander verband, war ein Augenblick voller Vertrauen und Hingabe zwischen ihnen. Etwas Intimeres gab es nicht. Sein Blick vereinigte sich mit ihrem, so wie ihre Körper Stück für Stück mehr miteinander verschmolzen.

Endlich war sein Schwanz ganz in ihr und Adrian verharrte wenige Sekunden um Atem ringend. Seine Hände fassten nach ihren Oberschenkeln und griffen fest in ihr Fleisch. Der Schmerz vermischte sich mit der ungeheuren Lust und der Tatsache, sich nicht rühren zu können. All diese Empfindungen ließen ihre Vagina leicht zucken.

Adrian holte zischend Luft. Seine Finger krampften sich in ihr Fleisch, als er langsam aus ihr herausglitt, nur um daraufhin wieder ganz in ihrer Wärme zu versinken.

Evelin hielt nun nichts mehr. Tränen der Lust und der Freude liefen ihr übers Gesicht. Sie weinte und schluchzte, verfluchte Adrian und schwor ihm im selben Augenblick ewige Liebe.

Evelins Herz und Seele badeten in einem vollkommenen Gefühlschaos. Dort wechselten sich Liebe, Schmerz, Lust und absolutes Vertrauen miteinander ab.

Adrian stieß ein Keuchen aus und drang mit einem schnellen Stoß erneut in ihre Pussy ein. Evelin schrie sich die Kehle heiser, während er immerzu langsam aus ihr herausglitt, nur um sich dann mit einem heftigen Ruck ganz in ihr zu versenken.

Evelins Kopf schaltete gänzlich ab. Einzig und allein die Nerven in ihrem Schoß sandten ein wahres Feuerwerk an Empfindungen durch ihren Körper. Adrian nahm sie auf eine köstliche und wunderbare Weise, und das Einzige, was Evelin tun konnte, war, unter ihm zu liegen und diese süße Folter über sich ergehen zu lassen. Heiße Tränen vernebelten ihr die Sicht, und das Ziehen in ihrer Vulva wurde immer stärker.

„Adrian!" Evelin schrie auf.

Sein Penis berührte eine Stelle in ihrem Inneren, die sie durch seine langsame Bewegung in tausend Scherben zerspringen ließ. Ihr Leib zuckte unkontrolliert und Evelin spürte ihren intensiven Orgasmus bis in jede ihrer Haarspitzen.

Adrian bewegte seine Hüften nun immer schneller. Er warf jegliche Zurückhaltung über Bord und stieß mit heftigen Bewegungen in sie hinein. Seine Finger krallten sich schmerzhaft in ihre Haut, als er sich kräftig in ihr entlud. Er stöhnte ihren Namen und sackte erschöpft auf Evelin zusammen.

Adrian glitt aus ihr heraus und begann, ihre Beinfesseln zu lösen. Mit flinken Händen zog er an den Knoten und hatte Evelin in Sekundenschnelle von den Seilen befreit. Er drehte Evelin vorsichtig auf die Seite und löste auch dort die Knoten ihrer Fesseln. Evelin versuchte, ihre Glieder zu strecken, keuchte aber im selben Moment auf.

„Ganz langsam, Evi. Deine Muskeln müssen sich erst lockern und das Blut muss sich wieder verteilen.“

Adrian massierte ihre Beine. Danach nahm er ihre Arme und massierte sie ebenfalls.

Evelin ließ es geschehen. Die Berührungen seiner Hände ließen ihre Muskeln schmerzhaft prickeln. Kurz darauf zog ein leichtes Kitzeln durch ihren Körper. Evelin schloss ihre Augen und genoss die angenehme Massage von ihm.

„Evelin.“

Sie öffnete ihre Augen.

Adrian stand über sie gebeugt, seine Hose hatte er sich bereits übergestreift. Sie musste kurz eingenickt sein.

„Evelin, du musst dich anziehen. Ich will nicht, dass du dich erkältest. Komm, ich helfe dir runter.“

Evelin griff nach seinen ausgestreckten Armen und ließ sich von ihm hoch heben. Ihr Körper protestierte dabei mit einem dumpfen Pochen. Doch Evelin schwamm in einer solch glücklichen Erschöpfung, dass sie das nur am Rande wahrnahm.

Ihr Blick galt dem Mann vor ihr. „Küss mich.“

Adrian lächelte, dann nahm er sie in die Arme und berührte zärtlich ihre Lippen.

Evelin schmolz förmlich dahin. Tief zog sie seinen Duft in sich ein. Endlich fühlte sie sich – zum ersten Mal in ihrem Leben – wirklich angekommen.

„Adrian, Evelin!“

Liz stürmte zu ihnen in den Pavillon und blieb keuchend vor ihnen stehen. Als sie die beiden sah, lachte sie spitzbübisch. „Na endlich. Das wurde ja auch mal Zeit.“

Evelin hüpfte schnell vom Tisch herunter und streifte sich ihr Kleid über.

Adrian, ganz der Master, fokussierte Liz mit seinem Adlerblick.

Doch anstatt wie sonst davor zu erzittern, ließ Liz ihren Blick aufgeregt vom einen zum anderen wandern. „Es gibt gute Nachrichten. Sie haben Madeleine gefunden! Endlich haben wir die Möglichkeit, sie zu befreien.“

Evelin schlug die Hand vor den Mund und riss die Augen auf. Sie musste sich verhört haben, so viel Glück konnte es unmöglich geben, oder doch?

Sie hatte das Gefühl, zu träumen.

Liz schob sich zwischen die beiden und ergriff Evelins Hände. „Na los, worauf warten wir noch? Es gibt eine Besprechung. Alle halten schon Ausschau nach euch.“

Liz ging los und zog Evelin hinter sich her. Dann stoppte sie plötzlich, drehte sich um und nahm Evelin in die Arme. „Ach ja, und herzlichen Glückwunsch. Du wirst eine wundervolle Braut abgeben."

Völlig perplex starrte Evelin sie an. Auch Adrian runzelte hinter ihnen die Stirn.

Liz schaute von einem zum anderen. „Ach kommt schon, das war doch nur eine Frage der Zeit. So, wie ihr euch die letzten Wochen angeschmachtet habt. Falco versicherte uns, an einem Zuckerüberschuss zu leiden, wenn er euch lediglich ansah." Liz lachte laut auf.

Evelin fühlte, wie sie errötete, schaute Adrian an und beide mussten schmunzeln.

Sie würde Adrian heiraten. Einen Mann, den sie sich selbst in ihren Träumen nicht hätte vorstellen können. Und wenn alles gut ging, würde sie bald ihre Schwester wieder in die Arme nehmen können.

Welches Happy End wäre besser als dieses? Und als hätte der Himmel ihr Glück mitbekommen, versiegte der Regen und ließ die Sonne durch rosafarbene Wolken hindurchscheinen.

Mit festem Schritt und einem Herzen voller Hoffnung folgte sie Liz und Adrian in ihr neues Leben.

Autorin

Mina Miller lebt mit ihrem Lebensgefährten und ihren zwei Katzen im grünen Ruhrgebiet. Sie ist eine absolute Frühaufsteherin und liebt es, im Garten zu sitzen und zu schreiben. Ideen sammelt sie, wenn sie die Wolken beobachtet oder in ihre Musik eintaucht. Geschichten und Gedichte schreibt sie seit ihrem 15. Lebensjahr. Immer wenn sie nach der Schule in einer Buchhandlung auf den Bus wartete, durchforstete sie die Bücherreihen und träumte davon, einmal selber ein Buch zu schreiben.

Facebook: www.facebook.com/MinaMillerAutorin